魔道十兵
마도십병

마도십병 5

조돈형 新무협 판타지 소설

초판 1쇄 찍은 날 § 2007년 6월 12일
초판 1쇄 펴낸 날 § 2007년 6월 19일

지은이 § 조돈형
펴낸이 § 서경석

편집장 § 문혜영
편집책임 § 장상수
편집 § 이재권 · 유경화 · 유혜림

펴낸곳 § 도서출판 청어람
등록번호 § 제1081-1-89호
등록일자 § 1999. 5. 31
어람번호 § 제2-1224호

주소 § 경기도 부천시 원미구 심곡1동 350-1 남성B/D 3F (우) 420-011
전화 § 032-656-4452 팩스 § 032-656-4453
http://www.chungeoram.com
E-mail § eoram99@chollian.net

ⓒ 조돈형, 2006

ISBN 978-89-251-0740-0 04810
ISBN 89-251-0272-2 (세트)

※ 파본은 구입하신 서점에서 교환하여 드립니다.
※ 저자와 협의하여 인지를 붙이지 않습니다.

Fantastic Oriental Heroes

魔道十兵
마도십병
조돈형 新무협 판타지 소설

5

도서출판
청어람

목 차

제41장	믿으십시오	7
제42장	네가 살아 있었단 말이냐?	37
제43장	제 이름은 설련이에요	61
제44장	죽지 않았던 거야	95
제45장	취몽산이 맞다	127
제46장	하늘은 나를 버리지 않았다	159
제47장	무례하군요	187
제48장	아직 끝나지 않았다	221
제49장	한 잔 술의 빚은 갚았다	259
제50장	마침내 그가 눈을 떴다	299

제41장

믿으십시오

 하늘의 기운이 만물(萬物)을 만들어내는 것은 기(氣)가 위로 오르고 아래로 내려가는 운용(運用)에 의함이니 하늘 위로 오르는 기는 양(陽)이 되고 아래로 향하는 것은 음(陰)이로다.
 하늘의 도(道)는 음양을 따르니 양은 생(生)을 주관하고 음은 사(死)를 주관한다. 음양은 따로 떨어뜨려 생각할 수 없는 것이니 생사 또한 마찬가지다.
 동(動)은 양이고 정(靜)은 곧 음이다. 극동은 정으로 흐르고 극정은 동으로 흐르니 음은 양을 부르고, 양은 음을 부른다. 이로써 음양의 조화가 이루어지니 만물이 생성되고 변화하는 것은 바로 이런 이치로다.

생과 사를 넘나드는 무의식 속에서 한줄기 글귀가 뇌리에 떠오르면서 그는 그 누구도 의심치 않았던 죽음 속에서 살아날 수 있었다.

*   *   *

막천산(莫千山)에서 흘러오는 냇물이 햇살을 반사시키며 유유히 흐르고, 이름 모를 어미 새가 먹이를 찾아 냇물 위를 스치듯 유영하는 한가로운 오후.

햇빛을 막기 위함인지 얼굴 깊숙이 삿갓을 눌러쓰고 낚시를 하는 사내가 동네 아이들이 물장구를 치는 모습을 보며 빙그레 웃음 짓고 있었다.

"벌써 여름이 오는 것인가? 세월 참 빠르기도 하구나."

사내는 부드러운 미소와 함께 미끼를 갈기 시작했다.

그때, 친구들과 물놀이를 하던 한 꼬마가 머리에 묻은 물기를 털어내며 걸어왔다.

"아저씨, 많이 잡았어요?"

"글쎄, 오늘은 어째 신통치 않아."

하지만 대답과는 상관없이 꼬마는 물속에 잠겨 있는 살림망을 꺼내 들고 있었다.

푸드드득!

망에 갇힌 물고기들이 공기를 접하곤 몹시 요동을 쳤다.
어찌나 심하게 몸부림을 치는지 그 힘을 감당하지 못한 꼬마가 망을 놓치고 말았다.
"조심해! 여기는 깊은 곳이야. 빠지면 큰일 나."
사내가 깜짝 놀라 소리쳤다.
"걱정 마세요. 제가 수영을 얼마나 잘하는지 아시잖아요. 근데 신통치 않다면서 뭐가 이리 많아요? 어휴~ 무거워서 들지도 못하겠는데요."
꼬마가 시큰거리는 손목을 이리저리 돌리며 툴툴거렸다.
"숫자만 많으면 뭘 해? 큰 놈은 별로 없고 다시 풀어줘야 할 잔챙이들뿐이야."
"다시 풀어줘요? 애써 잡은 걸요?"
꼬마가 눈을 동그랗게 뜨며 물었다.
"그래야 나중에 큰 놈을 많이 잡을 수 있지."
"그래도……."
잔뜩 아쉬운 표정을 지은 꼬마가 사내의 곁으로 은근스레 다가왔다.
"저기……."
"왜?"
사내는 꼬마가 무엇을 말하려는지 이미 알고 있었지만 시치미를 뚝 떼고 물었다.
"어차피 놔줄 거면… 저한테 몇 마리 주면 안 돼요?"

"네게?"

"예."

"물고기는 가져가서 뭐 하게?"

"구워 먹으려고요. 한창 놀았더니 배가 고파서……."

꼬마가 머리를 긁적이며 허연 이를 드러냈다.

"흠, 잔챙이들은 놔주는 것이 내 신조인데……."

순간, 꼬마의 얼굴에 실망감이 스쳐 지나갔다.

"안 돼요?"

사내가 빙긋이 웃으며 말했다.

"그럴 리가? 다른 사람도 아니고 우리 정아의 특별한 부탁인데 안 들어줄 수 없지. 알았다. 원하는 만큼 꺼내봐."

"정말요?"

"내가 언제 거짓말하는 것 봤어?"

"아니요, 못 봤어요!"

거세게 도리질을 한 꼬마가 잔뜩 기대를 하고 있는 친구들에게 손짓을 했다.

우르르 몰려든 아이들의 표정에 환한 웃음이 자리하고 있었다.

"그래도 너무 많이는 안 돼. 한 사람 앞에 두 마리면 충분하지?"

"예!"

아이들이 이구동성으로 소리치자 부드러운 미소를 지은

사내는 살림망에서 적당한 크기의 물고기를 꺼내 아이들 손에 들려주었다.

"잘 익혀서 먹어야 한다. 배고프다고 서둘렀다간 탈이 나는 수가 있으니까."

"예!"

손에 물고기를 쥔 아이들이 신나서 돌아가려 할 때 사내가 그중 한 아이를 불러 세웠다.

"웅아."

웅이란 이름을 지닌 꼬마가 걸음을 멈추고 뒤를 돌아봤다.

"엄마가 동생을 낳았다지?"

"네."

"잘됐구나. 이따가 이것을 갖다 드려라. 아저씨가 주는 선물이라고 하고."

사내가 망에서 꺼낸 것은 한 자가 훌쩍 넘는 잉어였다.

"와~ 진짜 크다."

웅의 눈이 보름달만큼 커졌다.

"들 수 있겠어?"

"그럼요."

말은 그리해도 일곱 살 꼬마가 한 자도 넘는 잉어를 들기엔 꽤나 무리가 있었다. 하지만 웅은 제가 들고 있는 물고기를 친구들에게 건네고 품 안 가득 잉어를 안아 들었다.

"지금 엄마에게 갖다줄래요."

믿으십시오 13

"아저씨가 가져다줄까?"

"아니요. 제가 할 수 있어요. 고마워요, 아저씨."

몸을 휘청거리는 와중에도 인사를 잊지 않은 웅은 힘겨운 걸음걸이로 집으로 향했다.

"착한 녀석."

어린 나이에도 효심이 깊기로 유명한 웅의 뒷모습을 보며 사내는 흐뭇한 미소를 지었다.

"흠, 나도 그만 해야겠군."

해가 떨어지려면 아직 멀었지만 읍내까지 다녀올 일이 있었다. 그러자면 조금 서둘러야 했다.

사내는 익숙한 손놀림으로 낚싯대를 접고 주변을 정리하기 시작했다. 그리고 최종적으로 필요한 만큼의 물고기를 남기고 나머지 물고기는 모두 풀어주었다.

"자자, 얼른 커서 오너라. 아니면 아빠나 삼촌들을 보내든지. 그렇지 않으면 상대도 안 해줄 테니까. 하하하!"

모든 물고기의 방류를 마친 사내는 밝은 웃음과 함께 빙글 몸을 돌렸다.

마교의 첩자라는 억울한 누명을 쓰고 천목산에서 스스로 목숨을 끊었다고 세인들에게 알려진 묵조영, 막천산 기슭에서 그는 이렇게 한가로운 일상을 보내고 있었다.

"어이쿠, 실하기도 해라. 제대로 한 건 했군 그래."

묵조영이 오기만을 손꼽아 기다리던 어물전의 주인이 그가 내민 잉어를 보며 입을 쩍 벌렸다.

"그러게요. 운이 좋았습니다. 하루 종일 잔챙이만 걸리다가 겨우 낚았지요."

"운이라니! 자네 실력을 내 모르는 바가 아닌데. 아무튼 다행일세. 그렇잖아도 꼭 필요한 참이었는데."

"잘됐군요."

"참, 그리고 말일세… 부탁 하나만 들어주겠는가?"

"부탁이라니요?"

"붕어 한 마리만 잡아주게나."

"예? 붕어요?"

묵조영이 고개를 갸웃거리며 되물었다.

어물전에서 가장 흔한 물고기 중 하나가 바로 붕어, 따로 붕어를 요청할 까닭이 없기 때문이었다.

"요만한 붕어 말고. 대물이 필요하네."

손바닥을 내밀어 보이던 주인장이 양손을 벌려 원하는 크기를 보였다.

어림잡아도 한 자는 훌쩍 넘는 크기였다. 그만하면 묵조영이라도 일 년에 한두 번 볼 수 있을까 말까 할 정도의 대물, 아니, 영물급 크기였다.

"내 가격은 후하게 쳐줌세. 계속 원하는 사람이 있는데 자네를 제외하고 잡아올 사람이 없어서 말이야. 꼭 좀 부탁

하네."

"노력은 해보겠습니다만 잘될지는 모르겠네요."

묵조영의 말에 사내는 활짝 미소를 지었다.

노력은 해보겠다는 말은 곧 허락을 했다는 것이고, 비록 두어 달 남짓 정도의 짧은 거래 기간이었지만 지금껏 그가 약속을 어긴 적이 한 번도 없기 때문이었다.

"고맙네. 자, 여기 잉어 값."

사내가 은자 한 냥을 내밀었다.

"너무 많습니다."

평소보다 훨씬 비싼 가격에 묵조영이 깜짝 놀라 고개를 흔들었다.

"내 부탁한 것도 있고… 줄 만하니까 주는 것일세. 이래 봬도 내가 장사꾼이 아닌가? 손해 보는 장사는 하지 않아. 게다가 곽 노인을 돕고 싶은 마음도 조금은 있고."

"고맙습니다."

주인이 곽 노인을 언급하자 묵조영은 사양하지 않고 은자를 받았다.

"그나저나 곽 노인의 병세는 좀 어떠한가?"

"그냥 그렇습니다."

"후~ 워낙 나이가 들어서… 그래도 말년에 자네 같은 사람을 만나서 정말 다행이네."

"목숨을 구해주신 분입니다. 당연히 해야 할 일이지요."

"그래도 그게 쉬운 일이 아니지. 아무튼 바쁠 텐데 어서 가 보게. 부탁한 것 잊지 말고."

"예."

주인과 인사를 나눈 묵조영이 찾은 곳은 어물전에서 얼마 떨어지지 않은 곳에 위치한 약방이었다.

"자네 왔는가?"

약방의 일을 총괄하는 양 집사가 묵조영을 알아보고 환대를 했다.

"예. 그간 잘 지내셨습니까?"

"나야 늘 그렇지. 그래, 오늘도 곽 노인의 약을 가지러 온 것이겠지?"

"예."

"그 양반 병환은 요즘 어떤가? 차도는 좀 있는가?"

묵조영은 천천히 고개를 흔들었다.

양 집사는 그럴 줄 알았다는 듯 고개를 끄덕였다.

"미안한 말이지만 힘들다고 봐. 병이 워낙 오래된 데다가 나이가 있어서… 의원님께서도 백약(百藥)이 무효라고 하실 정도니."

"그래도 노력은 해봐야지요."

"후~ 자네의 정성이 통하면 좋을 텐데 말이야. 아무튼 조금만 더 기다리게. 손님들이 와 있어서."

한데 손님 운운하는 양 집사의 얼굴이 몹시 어두웠다.

그렇잖아도 약방에 심상치 않은 기운이 깔려 있는 것을 이상히 여긴 묵조영이 조심히 물었다.

"무슨 일 있는 겁니까?"

"일은 무슨……."

양 집사가 쓴웃음을 지으며 고개를 흔들었다.

하나, 곧 분통이 터지는 표정으로 그의 팔소매를 끌었다.

"후~ 답답해 죽겠어."

"무슨 일입니까?"

"벌써 열흘째 아무런 일도 하지 못하고 있다네."

"예? 열흘이나요? 약방에 무슨 사고라도 있는 겁니까?"

"사고라면 수습하면 되니까 차라리 답답하지는 않지. 이건 수습하고 싶어도 할 수가 없으니……."

묵조영은 더 묻지 않고 양 집사의 말을 기다렸다.

"자네, 약방에서 이상한 느낌을 받지 못했나?"

"평소와 조금 다르다고 느끼기는 했습니다."

"그렇지. 그게 다 그 빌어먹을 놈들 때문이라네."

"빌어먹을 놈들이라니요?"

양 집사는 누가 들을까 두려워하는 표정으로 주변을 살피며 말했다.

"마교 놈들 말이야."

순간, 묵조영의 눈동자에 기광이 번쩍이다 사라졌다.

"약방에 마교 사람이 왔었습니까?"

"왔던 정도가 아니라 아예 진을 치고 있네."

"무슨 일로……."

"뻔하지. 인근에서 큰 싸움이 있었다더만 그 싸움에서 부상을 당한 모양이야. 열흘 전에 갑자기 약방으로 밀어닥치더니 이 모양일세. 그동안 병사에 있던 모든 환자도 내쫓기듯 나갔고 자네처럼 약이나 가져가는 사람을 제외하고는 거의 환자를 못 보고 있어."

"그렇… 군요."

분통을 터뜨리던 양 집사는 안쪽에서 웅성거리는 소리가 나자 재빨리 표정을 바꿨다.

"이제 끝난 모양이군. 천천히 들어오게나."

그리곤 황급히 달려갔다.

"치료는 잘 받으셨습니까?"

양 집사가 우르르 쏟아져 나오는 일단의 무리에게 허리를 숙이며 물었다.

"잘은 무슨! 돌팔이 아냐? 왜 이렇게 더디 낫는 거야?"

한 사내가 버럭 성질을 내며 소리쳤다.

"부, 부러진 팔의 뼈가 붙으려면 시간이 조금 걸립니다."

"시끄러! 의원도 아닌 주제에 어디서 나불대!"

"죄, 죄송합니다."

사내의 호통에 양 집사는 어쩔 줄 몰라 하며 땀을 뻘뻘 흘렸다.

"죄송이고 뭐고 술이나 가져와."
"술은……."
"닥치고 가져오라면 가져와!"
"아, 알겠습니다."
 쩔쩔매며 시달리는 양 집사의 굽혀진 허리는 사내들이 자리를 뜬 다음에야 펴졌다.
"후~ 들어가게나."
 한참 만에 고개를 든 양 집사가 멀뚱히 서 있는 묵조영에게 힘없이 말했다.
"예."
 묵조영은 병사(病舍) 쪽으로 사라지는 사내들의 등을 잠시 응시하다 몸을 돌렸다.
 방 안에는 초로의 노인이 진이 빠진 모습으로 앉아 있었다.
"자네가 왔군."
"괜찮으십니까?"
"보다시피 이 꼴이네."
 의원이 한숨을 내쉬며 고개를 흔들었다.
"약이 떨어졌는가?"
"예."
"곽 노인의 병세는 어떤가? 여전하지?"
"예."
"후~ 의원으로서 할 말은 아니지만 힘들어. 약 기운으로 어찌어찌 버티고는 있으나 그것도 거의 한계에 왔다네. 차라리 더 이상 고생시키느니 그냥 보내주는 것이 좋을 수도 있어."

"……."

"하긴, 자네 입장에서야 그럴 수는 없겠지. 사경을 헤매는 자네를 구하고자 곽 노인 또한 그 고생을 했으니. 허허, 아무도 자네가 살 것이라 한 사람은 없었건만."

"의원님 덕분이었습니다."

"흰소리하지 말게. 나 역시 자네가 살 수 없다고 말한 사람 중에 한 명이었어. 아니, 살릴 수 없다고 가장 강력하게 주장한 사람이었지."

당시의 상황이 떠오르는지 의원의 입가에 쓴웃음이 지어졌다.

"그러고 보면 자네 목숨도 참 모질기도 하네. 그 몸으로 살아나다니 말이야."

묵조영은 별다른 대답 없이 그저 빙긋이 웃음 지을 뿐이었다.

"아무튼 자네의 뜻이 그러니 약을 내어줌세. 그래도 내가 말한 것도 생각해 보는 것이 좋을 것이야. 남는 사람도 그렇지만 당사자의 고통도 생각해 봐야지."

"알겠습니다."

"양 집사."

"예, 의원님."
"약은 준비되었나?"
"예."
 고개를 끄덕인 의원이 묵조영에게 손짓을 했다.
"되었다는군. 어서 가지고 가게나. 오래 머물다가 괜히 놈들에게 시달리게 돼. 아침에도 약 지으러 왔다가 놈들에게 경을 친 친구도 있어."
"알겠습니다."
 묵조영은 정중히 인사를 하고 방문을 나섰다.
 한창 술판이 벌어졌는지 약방이 떠나가라 고성방가가 들려왔다.
'망할 놈들.'
 묵조영은 왁자지껄 떠드는 소리가 들리는 병사와 그곳으로 연신 술상을 나르는 이들을 보며 지그시 입술을 깨물었다. 그러나 씁쓸히 한숨을 내쉬곤 곧 몸을 돌렸다.

 묵조영이 곽 노인의 집으로 돌아왔을 땐 저녁노을이 붉게 지고 있을 무렵이었다.
 더 이상 붙잡고 있는 것보다는 빨리 보내주는 것이 오히려 곽 노인에게 좋을 수도 있다는 의원의 말을 곱씹으며 무거운 발걸음으로 집으로 들어서던 묵조영은 어린아이의 울음소리에 정신이 번쩍 들었다.

"무슨 일이냐?"

단숨에 방 안으로 뛰어든 묵조영이 이미 울음 범벅이 되어 있는 운정에게 물었다.

두려움에 어쩔 줄을 몰라 하던 운정은 묵조영을 발견하고 더욱 크게 울음을 터뜨렸다.

"어찌 된 일이냐니까!"

"하, 할아버지가… 할아버지가… 우왕!!"

대답을 들을 필요도 없는 뻔한 상황이었다.

묵조영은 그 즉시 운정을 뒤로 물리고 곽 노인의 병세를 살피기 시작했다.

풀어진 눈동자엔 초점이 없고, 반쯤 벌어진 입에선 연신 가쁜 숨이 흘러나왔다. 또한 얼음장처럼 차가운 사지는 급살이라도 맞은 듯 부르르 떨고 있었다.

'급하다.'

병에 대한 별다른 지식이 없다 해도 곽 노인의 상세는 누가 보더라도 알 만큼 위태로운 상태였다.

문제는 그가 할 수 있는 일이라곤 아무것도 없다는 것.

"아, 아저씨."

묵조영이 벌떡 일어나자 운정이 놀란 눈으로 그를 쳐다봤다.

"의원을 모셔와야겠다."

"지, 지금요?"

"그때까지 네가 할아버지를 잘 보살펴야 한다."
"제, 제가요?"
운정이 겁에 질린 얼굴로 반문했다.
"넌 할 수 있어. 금방 다녀오마."
묵조영은 어쩔 줄을 몰라 하는 운정을 뒤로하고 방문을 나섰다.
"아저씨!"
운정이 울며 그의 뒤를 따랐다.
그런데 어느 순간, 묵조영을 찾아 이리저리 고개를 돌리던 운정은 곧 난생처음 보는 광경에 입을 쩍 벌리고 말았다.
한걸음에 냇물을 건너고 논밭을 뛰어넘는, 가히 비조(飛鳥)와도 같은 모습으로 눈 깜짝할 사이에 붉은 노을 속으로 사라지는 묵조영의 모습을 본 것이었다.
"와!"
눈앞에 닥친 처한 상황도 잊을 정도로 놀라운 광경에 운정의 입에선 절로 감탄사가 터져 나왔다.

쾅!
나무로 만든 약방 문이 박살나듯 열리며 한 사내가 뛰어들었다.
"의원님!"
산을 넘고 물을 건너 한걸음에 달려온 묵조영이 의원을 찾는 것이었다.

"의원님!"

"자, 자네, 무슨 일인가?"

마교도의 술 시중에 지쳐 있던 양 집사가 헐레벌떡 뛰어오며 물었다.

"의원님 계시지요?"

"당연히 계시기야 하지만……."

평소와는 다른 묵조영의 모습에 양 집사는 약간은 겁에 질린 표정이었다.

양 집사의 대답이 끝나기도 전에 방문을 열고 들어간 묵조영은 막 저녁 식사를 하던 의원을 볼 수 있었다.

그는 난데없는 묵조영의 출현에 깜짝 놀란 모습이었다.

"무, 무슨……."

"곽 노인께서 위급하십니다."

"어느 정도인가?"

침착함을 되찾은 의원이 젓가락을 놓으며 굳은 표정으로 물었다.

"급합니다."

그 한마디에 상황을 파악한 의원은 두말 않고 자리에서 일어나더니 침구(鍼灸:침과 뜸)를 집어 들었다. 그리곤 서둘러 방문을 나섰다.

"가세."

하나, 마음과는 달리 그는 한 걸음도 움직이지 못하고 자리에 주저앉고 말았다. 어느새 나타났는지 그들 앞에 마교도들이 떡하니 자리 잡고 있었기 때문이다.

"어이, 돌팔이 의원 영감. 어디를 그리 바삐 가려고 하시나?"

"벼, 병자가… 위, 위급한 병자가 있다고 해서……."

의원은 감히 눈도 마주치지 못했다.

"위급한 병자? 어허, 그런 일이 있단 말인가?"

우두머리인 듯한 사내가 짐짓 놀란 표정을 하며 물었다.

"저, 저기 산 너머 곽 노인이라는 병자가 있습니다. 상황이 워낙 급한 모양인지라……."

"아! 그렇군."

사내가 심각하게 고개를 끄덕였다.

그런 사내의 태도에서 일말의 희망을 보았는지 의원의 안색이 살짝 밝아졌다.

"그, 그렇습니다."

"그런데 어쩌라고?"

갑자기 돌변한 사내가 느물거리는 웃음을 흘리며 되물었다.

"예?"

"내가 생각하기엔 말이야. 아무리 뒤져 봐도 인근에서 우리만큼 위급한 병자는 없을 것 같은데."

그러자 수하인 듯한 사내가 재빨리 덧붙였다.

"한마디로 냉큼 기어들어 가라는 말씀이시지. 우리의 상처를 완벽하게 고치기 전까지는 함부로 나돌아다니지 말라는 엄중한 경고이시기도 하고."

큼지막한 칼을 툭툭 치며 말하는 사내의 모습에 두려움을 느낀 의원이 어쩔 줄을 몰라 하며 식은땀을 흘리자 그 꼴을 보고 있던 묵조영이 조용히 의원의 손을 잡았다.

"한시가 급합니다. 신경 쓰지 마시고 가시지요."

순간, 그의 말을 들은 마교도들의 안색이 똥색으로 변해 버렸다. 일부는 어처구니없다는 표정으로 헛웃음을 흘리기도 했다.

"하하하, 이거야 원. 어디서 날파리 한 마리가 이리 앵앵거리누."

우두머리의 한마디로 사태는 더욱 험악하게 변해 버렸다.

그 말이 곧 자신들을 책망하는 소리라 여긴 사내들이 살기 띤 눈으로 묵조영을 노려보았다.

"알아서 기어라. 그럼 목숨만은 살려주마. 셋을 세겠다. 아니, 셋도 많군."

시간을 주는 것 자체가 귀찮다는 듯 맹렬히 달려드는 사내.

그러나 그는 달려오던 기세 그대로 뒤로 날아가 처박혔.

비명도 없었다.

묵조영의 발차기에 명치를 얻어맞은 사내는 외마디 비명

도 지르지 못하고 그대로 혼절하고 말았다.
　삽시간에 벌어진 상황에 다들 몸이 굳었다.
　"제… 법 하는군."
　우두머리의 입에서 신음성과 같은 음성이 흘러나왔다.
　하나, 그는 찰나지간 수하의 몸을 날려 버린 묵조영의 움직임을 따라잡지 못했다는 것을 상기하며 말과는 달리 자신도 모르게 식은땀을 흘리는 중이었다.
　"네놈은 누구… 컥!"
　신중한 자세로 노려보며 입을 열던 우두머리의 입에서 비명과도 같은 신음이 흘러나온 것 또한 순식간이었다.
　섬전을 방불케 할 정도로 빠르게 움직인 묵조영이 그의 목을 틀어쥔 것이다.
　"켁켁!"
　우두머리가 창백해진 얼굴로 안달을 했지만 좀처럼 몸을 움직일 수가 없었다.
　"네, 네놈이 감히!"
　"어서 그분을 내려놓지 못하겠느냐!"
　전혀 예상치 못한 상황에 주변의 마교도들이 어찌할 바를 모르고 소리를 질러댔다.
　"두 가지 선택이 있다."
　묵조영이 무심한 어조로 입을 열었다.
　"하나는, 이대로 버티다 목이 부러져 죽는 것. 그건 네놈들도 마찬가지다."

묵조영의 눈이 주변을 에워싸고 있는 이들을 천천히 훑었다.

그 눈빛이 어찌나 싸늘한지 당장에라도 덤벼들 것처럼 날뛰던 이들이 은근슬쩍 고개를 돌릴 정도였다.

"다른 하나는 알아서 조용히 물러나는 것. 이대로 물러난다면 모두에게 편할 것이다."

잠시 뜸을 들인 묵조영이 연신 발버둥을 치는 우두머리에게 물었다.

"전자냐?"

우두머리는 잘 움직이지도 않는 고개를 죽어라 흔들었다.

"좋아. 그럼 후자겠군. 충고하건대 나를 시험하지 마라. 그땐 기회고 뭐고 없을 테니까."

묵조영이 엄중한 경고와 함께 틀어쥐었던 목을 풀어주자 자유를 되찾은 우두머리는 황급히 뒤로 물러나 거칠게 숨을 토해냈다.

마교도에게 시선도 주지 않은 묵조영이 의원의 손을 잡았다.

"가시죠. 제 손을 잡으세요."

의원은 요상하게 돌아가는 상황에 어찌할 바를 몰랐으나 거듭 재촉하는 묵조영의 손길을 거부할 수 없었다.

의원의 손을 잡은 묵조영이 막 발걸음을 움직이려 할 때 마교도들이 그의 앞을 가로막았다.

두 눈을 살짝 찌푸린 묵조영이 아직도 캑캑대는 우두머리를 처다봤다.

그의 시선을 느낀 우두머리 역시 묵조영을 노려봤다.

일촉즉발의 침묵이 흘렀다.

그 짧은 시간 동안 갈등에 갈등을 거듭한 우두머리는 도저히 묵조영의 상대가 될 수 없다고 판단하고는 슬쩍 턱을 치켜 돌렸다. 그것을 신호로 묵조영의 앞을 가로막았던 마교도들이 좌우로 쫙 갈라졌다.

묵조영은 붉게 상기된 눈으로 눈치를 살피는 의원의 손을 이끌며 약방을 나섰다.

"마교라면 이를 가는 나다. 조금만 늦게 움직였으면 피를 봤을 터. 다들… 운이 좋군."

약방을 나서기 전 무심코 내뱉은 묵조영의 한마디.

지나가듯이 던진 그의 한마디에 마교도들은 전신을 엄습하는 한기를 느끼며 자신들도 모르게 몸을 떨고 말았다.

"후우~"

곽 노인을 살피는 의원의 입에서 연신 한숨이 흘러나왔다.

잔뜩 찌푸린 얼굴, 꽉 다문 입술이 곽 노인의 상세가 얼마나 심각한지 간접적으로 보여주고 있었다.

"어떻습니까?"

묵조영이 조심스레 물었다.
"힘들 것 같… 소이다."
고개를 돌린 의원이 정중히 대답했다.
조금 전, 지옥의 사신과도 같은 마교도들을 간단히 요리한 데다가 빠른 걸음으로도 반 시진은 걸려야 하는 거리를 단 반 각 만에, 그것도 자신을 업다시피 하여 달려온 묵조영이 보통 인물이 아니라는 생각에 나름 조심을 하는 것이었다.
"편하게 대해주십시오."
"그래도……."
"그게 편합니다."
"알았네. 그럼 그리하지."
본인이 원하는데 굳이 존대를 할 필요는 없다고 생각했는지 의원의 말투가 예전으로 돌아왔다.
"곽 노인의 상세가……."
말을 하던 묵조영은 눈망울에 눈물이 가득한 곽운정을 힐 끗 바라보며 입을 다물더니 고개를 가로저으며 나가지 않으려는 운정을 억지로 내보낸 후에야 다시 말을 이었다.
"심각합니까?"
"심각하네."
"회복할 가능성은……."
"애당초 불가능하다는 것은 자네도 알지 않은가? 힘들어. 그래도 얼마간은 더 버틸 줄 알았거늘……."

"그 말씀은……?"

묵조영의 표정이 한층 심각해졌다. 그만큼이나 의원의 표정도 심각했다.

"내 생각이 틀리지 않는다면 오늘 밤을 넘기기 어려울 걸세."

"……."

"저 아이에겐 잔인한 말이 되겠지만 차라리 잘된 일일지도 모르지. 가능성이 없는 상황에서 서로가 고생을 하느니 말이야."

"지금껏 고생이라 생각해 본 적은 없습니다. 정아 또한 그럴 것이고요."

다소 차가운 그의 반응에 의원의 표정이 살짝 변했다.

"미안하네. 그런 뜻은 아니었다네."

"알고 있습니다. 그나마 의원님께서 최선을 다해서 도와주시지 않았다면 지금껏 살아계시지도 못하셨을 겁니다."

"도움은 무슨……."

의원이 씁쓸히 고개를 흔들더니 안타까이 말했다.

"후~ 그나저나 정아에게도 알려야 할 터인데 걱정이네. 부모도 먼저 보낸 어린것이 얼마나 충격이 클는지……."

"어리긴 해도 알 건 다 아는 녀석입니다. 그렇지 않느냐?"

묵조영이 바깥을 향해 물었다.

대답이 없자 짧게 한숨을 내쉰 묵조영이 방문을 열었다.

방문 밖에는 힘겹게 어깨를 들썩이며 억지로 울음을 참는 곽운정이 서 있었다.
 "들어오너라."
 묵조영이 힘없이 발걸음을 움직이는 곽운정을 품에 안았다.
 곽 노인의 숨결이 급격하게 거칠어진 것은 바로 그 순간이었다.
 "이보게."
 의원이 다급하게 묵조영을 부르고 묵조영과 곽운정이 곽 노인의 곁으로 달려갔다.
 "하아. 하아."
 금방이라도 숨이 넘어갈 듯한 급박한 위기가 이어지기를 얼마간, 앙상하게 마른 곽 노인의 몸에 필사적으로 침을 놓는 의원의 노력 덕분인지 하늘 높은 줄 모르고 올라가던 곽 노인의 숨결이 차츰 잔잔해지는가 싶더니 곧 평온해졌다. 동시에 초점 없이 텅 빈 허공만을 바라보던 눈동자에도 생기가 돌아왔다.
 의원과 묵조영은 그것이 사람이 숨이 끊어지기 전 때때로 보인다는 회광반조(回光返照)라는 것을 직감적으로 알아차렸으나 어린 곽운정이 알 리 없었다.
 "할아버지!"
 근래 들어 지금처럼 편안한 얼굴과 숨소리의 할아버지를 본 적 없었던 운정이 기쁨의 눈물을 흘리며 곽 노인의 손을 잡았다.

천장을 바라보던 곽 노인의 눈동자가 음성을 따라 움직이고 곧 세상 그 어떤 빛보다 따사로운 눈빛으로 운정을 바라봤다.

"정아로구나."

"응. 할아버지, 이제 괜찮은 거야?"

순간, 곽 노인의 얼굴이 애잔함으로 물들었다.

곽 노인은 이미 자신이 회복할 길이 없음을, 곧 어린 손자만 남기고 떠나야 한다는 것을 알고 있었다. 하지만 어린 손자의 물음에 곧이곧대로 대답할 수는 없었다.

애잔한 눈빛으로 손자를 바라보던 곽 노인이 어디서 그런 힘이 나는지 손자를 꽉 껴안았다. 그리곤 천천히 묵조영을 돌아봤다.

"그간 이 늙은이 때문에 고생 많으셨소이다. 진작 갔어야 할 목숨인데 괜스레 공자님께 고생만 시킨 듯합니다."

"그런 말씀 마십시오. 어서 기운을 차리셔야지요."

곽 노인은 묵조영의 말에 빙긋이 웃음을 지으며 고개를 흔들었다.

"천수를 누렸거늘 무슨 욕심이 더 있겠소이까. 다만……."

곽 노인은 운정의 머리를 쓰다듬으며 말을 잇지 못했다.

"정아는 걱정하지 마십시오. 제가 평생 동안 잘 돌보겠습니다."

"하실 일도 많으실 터인데… 이 늙은이는 공자께서 범상치 않은 인물이라는 것을 진작부터 알고 있었소이다."

"정아는 제 동생이나 마찬가지입니다."

"말씀만이라도… 고맙소이다."

"정아는 제가 책임집니다. 약속드리지요."

묵조영은 앙상하게 메마른 곽 노인의 손을 꽉 움켜쥐는 것으로 자신의 의지를 밝혔다.

곽 노인의 입가에 안도의 미소가 지어지는 것도 잠깐, 운정을 보는 그의 얼굴이 다시 애잔해졌다.

의원과 묵조영은 조손간의 마지막 순간을 방해하지 않기 위해 슬그머니 방을 나왔다.

너무나도 짧은, 그러나 어린 운정에겐 영원히 각인될 시간이 흐르자 어린 손자를 안쓰럽게 살피던 곽 노인의 눈동자가 급격히 흔들리더니 다시금 숨이 가빠지기 시작했다.

"하, 할아버지!!"

비명과도 같은 울부짖음에 잠시 방문을 나섰던 묵조영과 의원이 황급히 모습을 드러내고 그들은 눈물 범벅이 된 운정과 곽 노인을 침통한 표정으로 바라보았다.

"저, 정아. 거, 건강… 해야 한다. 그리고 꼬, 꼭 훌… 륭한 사람이……."

"할아버지!!"

일찍이 부모를 잃은 곽운정은 어린 나이임에도 죽음의 의미를 너무도 잘 알고 있었다. 그리고 영원히 함께할 것만 같은 할아버지가 곧 자신을 떠날 것이라는 것 또한 눈치 채고 있었다.

그랬기에 조부를 부르는 그의 음성이 더욱 구슬펐다.

홀로 남는 손자를 두고 도저히 떠나기가 힘든 듯 곽 노인의 눈에서 한줄기 눈물이 비쳤다.

"부탁… 드리겠… 소이다."

마지막 기력을 짜내 당부하는 말에 묵조영은 최대한 정중히 대답을 했다.

"믿으십시오."

"믿겠… 소이다."

안심을 했는지 곽 노인의 얼굴이 평온해지기 시작했다. 그리곤 연신 눈물을 흘리는 손자의 머리를 쓰다듬으며 조용히 읊조렸다.

"불쌍… 한 녀석. 이 할… 애비가 하… 늘에서라도 늘… 너를 지… 켜보… 마."

그것이 끝이었다.

툭.

운정의 머리를 쓰다듬던 곽 노인의 손이 힘없이 처졌다.

"할아버지!"

곽운정이 까무라치듯 놀라며 울부짖고 묵조영과 의원도 침통한 표정으로 연신 탄식을 내뱉었다.

오직 곽 노인만이 세상사 모든 근심을 잊은 듯 평온한 얼굴이었다.

제42장

네가 살아 있었단 말이냐?

곽 노인이 세상을 떠나고 하루도 되지 않아 약방에서 굴욕적인 망신을 당한 동료들의 복수를 위해 한 중년인이 몇몇 마교도들을 데리고 묵조영을 찾아왔다.

하지만 명색이 인근 마교의 부분타주였던 그는 수하들의 복수를 하기는커녕 오히려 오뉴월 개 맞듯이 두들겨 맞고 치욕적으로 물러나고 말았다.

그것이 끝은 아니었다.

망신을 당할 대로 당한 그들은 묵조영에 대한 깊은 앙심을 가지고 이튿날부터 대대적인 공격을 해왔는데 기존 인원에 십수 명이 충원된 그들의 전력은 가히 한 문파를 상대할 수 있을 정도로 엄청난 것이었다.

 처음 자신의 정체가 드러나는 것을 막기 위해 가급적 천마조와 마교의 무공을 사용하지 않던 묵조영은 점점 거세어지는 그들의 공세에 위협을 느낄 수밖에 없었고 결국 물러나는 것이 최선이라는 결론을 내렸다.

 그나마 다행이라면 간략하게나마 곽 노인의 장례를 치렀다는 것.

 곽 노인의 장례가 끝나자마자 묵조영은 심신이 지쳐 있는 운정을 데리고 막천산을 떠날 수밖에 없었다.

 마교도들의 집요한 추격을 뿌리친 묵조영과 곽운정이 무석(無錫)에 도착한 것은 막천산을 떠난 지 정확히 보름 만이었다.

 "아저씨, 여기가 어딘가요?"

 조부를 잃은 슬픔이 조금은 가셨는지 운정이 생기가 도는 얼굴로 물었다.

 "무석이라 하지."

 "무석이라면… 이제 다 온 거네요."

 "그래, 조금만 더 가면 된다."

 "그곳에 가면 저도 의원이 될 수 있는 건가요?"

 천진난만한 물음에 묵조영이 입가에 웃음을 띠었다.

 "그럼. 네가 열심히만 한다면 되고도 남지."

 "그렇군요."

고개를 끄덕이는 운정의 눈동자가 초롱초롱하게 빛났다.
제 나름대로 결의를 다지는지 슬쩍 깨문 입술이 귀엽기 그지없었다.

마교도들과의 충돌로 인해 어쩔 수 없이 집을 떠나게 되고, 또 의원 되는 것이 소원이라는 운정의 소원을 들어주기 위해, 그리고 무엇보다 부모님의 죽음에 대해 정확한 정보를 얻기 위해 성수의가행을 택하였지만 '인술(仁術)은 천술(天術)이다' 라는 가훈(家訓)을 지니고 무척이나 엄격하게 제자를 들이는 곳이 바로 성수의가임을 떠올린 묵조영이 약간은 염려스런 얼굴로 운정을 바라보았다.

'함부로 제자를 두지 않는다지만 정아 정도라면 성수의가에서도 받아들여 주겠지.'

애써 자위를 한 그는 연신 주위를 둘러보는 운정의 손을 꼭 잡고 성수의가가 있는 매촌(梅村)으로 향했다.

"어, 어디 있느냐?"
벌떡 일어난 심건의 발밑으로 침구가 나뒹굴었다.
"예?"
"이 배첩을 전한 사람이 어디에 있느냐 말이다."
깜짝 놀라다 못해 전신을 부르르 떠는 심건의 모습에 별생각없이 배첩을 전하러 온 하인의 눈이 휘둥그레졌다. 지금껏 이토록 흐트러진 심건의 모습을 본 적 없었기 때문이다.

"저, 접객실에……."

그가 얼떨결에 대답을 하는 사이 심건의 몸은 이미 밖으로 내달리고 있었다.

단숨에 접객실로 달려온 심건은 태연히 차를 마시고 있던 묵조영을 발견하자마자 그대로 몸이 굳고 말았다.

"너… 너!"

반가움과 놀람으로 말도 제대로 잇지 못하는 심건과는 달리 그를 발견한 묵조영의 표정은 밝기만 했다.

"그간 안녕하셨습니까?"

"네, 네가 정말……."

"조영입니다. 벌써 잊으셨습니까?"

심건의 심정을 모를 리 없는 묵조영이 싱긋 웃으며 농담을 던졌다.

"정녕… 정녕 네가 살아 있었단 말이냐?"

"예."

묵조영이 웃음을 흘리며 고개를 끄덕이자 멍한 눈으로 한참 동안이나 쳐다보다 간신히 놀란 마음을 추스른 심건이 묵조영의 맞은편 의자에 앉았다.

"어찌 된 것이냐? 난 네가 죽은 줄 알고 있었다. 아니, 나뿐만 아니라 모든 이들이 네가 죽은 줄 알고 있어."

"죽을 뻔했었지요. 하나, 질긴 것이 목숨이라고 어찌어찌 살게 되었습니다."

"내 듣기론 그날 치명적인 부상을 당하고 절벽으로 떨어졌다고 하던데?"

"예. 치명적인 부상을 당한 것도 맞고 절벽으로 떨어진 것도 맞습니다."

"네 시신을 찾기 위해 수많은 사람들이 절벽 아래 계곡을 중심으로 삼 일 밤낮을 뒤졌지만 결국 포기했다는 말을 듣고 어찌나 가슴이 아팠던지. 한데 이렇게 살아 있구나."

"운이 좋았습니다."

"운이건 어쨌건 하늘이 도왔구나. 다행이다, 정말 다행이야."

심건은 마치 죽은 자식이 살아 돌아오기라도 한 양 기쁨을 주체하지 못하고 묵조영의 손을 덥석 잡았다.

중년이 훌쩍 넘은 나이지만 아직까지 가정을 꾸리지 않은 심건은 어릴 적부터 보살펴 온 그를 진정 아들처럼 생각하는 모양이었다.

그런 심건의 애틋한 마음을 느낀 묵조영 또한 깊이 감격하며 고개를 숙였다.

"이제 몸은 괜찮은 것이냐?"

"예."

"부상은 다 나았고?"

"다 나았습니다. 이제는 괜찮습니다."

"바보 같은 것들. 마교 놈들의 간계에 속아 엉뚱한 사람을 핍박하더니만."

"예?"

"네가 절벽으로 떨어진 후, 그 모든 것이 마교 놈들의 간계라는 것이 밝혀졌다."

"어떻게……?"

묵조영이 의아스런 표정을 짓자 심건이 한층 분개한 표정으로 말을 이었다.

"당시 너를 쫓던 백마혼 장로가 그곳에 은밀히 숨어 있던 석류라는 놈을 만나 하마터면 죽을 뻔했다더라. 게다가 검각의 각주도 범장인가 뭔가 하는 늙은이와 일전을 벌였다지, 아마. 그들을 통해 마교의 간계가 드러났다."

"그들이 스스로 밝혔단 말입니까?"

"그렇다. 어차피 시간이 가면 밝혀질 일이었으니까 굳이 감출 필요가 없다고 여긴 것이었지. 네 뒤를 쫓던 이들 중 누구를 어찌 죽였는지까지도 자랑스럽게 얘기했다고 하더구나. 한마디로 마음껏 조롱했던 것이야. 눈엣가시 같던 너를 제거하는 데 성공한 데다가 세인들의 비난까지 뒤집어씌웠으니 일거양득(一擧兩得)… 아니지, 네 뒤를 쫓다 놈들의 암수에 목숨을 잃은 이들이 부지기수니 일거삼득을 한 셈이로구나."

"그렇… 군요."

묵조영이 쓸쓸히 웃으며 한숨을 내뱉었다.

과거야 어찌 되었든 일단 자신에게 씌워진 누명이 벗겨졌다는 것은 다행이란 생각이 들었다.

"그 얘기를 듣는데 어찌나 울화가 치밀던지……."

당시의 상황을 떠올리며 가슴을 치던 심건의 시선이 문득 묵조영의 옆에 나란히 앉아 있는 운정을 발견했다.

"이런, 경황이 없다 보니 아이가 있는 줄도 몰랐구나. 이 아이는 누구더냐?"

심건의 물음에 묵조영 역시 아차 하는 심정으로 운정을 불렀다.

"어서 인사를 드리거라."

말똥말똥한 눈으로 둘의 대화를 지켜보다 기다렸다는 듯 벌떡 일어난 운정이 씩씩한 음성으로 인사를 했다.

"안녕하세요. 저는 곽운정이라고 해요."

"곽… 운정? 그래, 어쨌든 반갑구나. 난 심건이라 한다."

말과 함께 심건의 고개가 묵조영에 향했다.

"제가 은혜를 입은 분의 손자입니다. 어린 나이에 부모를 잃은 데다가 얼마 전엔 할아버지까지 하늘로 보내고 세상에 홀로 남겨진 녀석이지요."

머리를 쓰다듬는 묵조영의 손길에 쾌활했던 운정의 얼굴에 슬픈 그늘이 만들어졌다.

"그런 사연이 있었구나."

심건도 안쓰런 표정으로 운정을 바라보았다.

"성수의가에서, 아니, 어르신께서 거둬주셨으면 합니다."

"내가?"

심건이 놀란 눈으로 되물었다.

"예. 녀석의 소원이 의원이 되는 것이라서요. 그리고 전 그 꿈을 이루게 해줄 의무가 있습니다. 은인과의 마지막 약속이지요."

곽 노인과의 마지막 대화를 떠올리는 묵조영의 표정은 엄숙하기까지 했다.

"은인과의 약속이라… 어떤 은혜를 입었는지는 물어보지 않아도 알겠구나."

당시 상황에서 묵조영이 어떤 도움을 받았을지는 보지 않아도 알 수 있었다. 분명 목숨의 빚이 있는 것이리라.

심건은 찬찬히 운정의 얼굴을 살폈다.

특출난 재지가 있어 보이진 않았지만 눈동자가 제법 영민해 보였고 굳게 닫힌 입술이 꽤나 의지가 강할 듯싶었다. 무엇보다 묵조영의 부탁이었다.

"알았다. 내가 결정할 수 있는 것은 아니나 이 아이가 이곳에 있도록 가주께 부탁드려 보마. 가능하면 보잘것없기는 해도 내 재주도 전수해 줄 것이고."

순간, 묵조영의 얼굴이 환해졌다.

성수의가에서 심건의 위치로 보아 그가 허락한 이상 십중구, 아니, 십중 십은 성사된 것이기 때문이었다.

"하하하하, 어찌 그런 말씀을 하십니까? 어르신의 재주가 보잘것없다면 천하에 모든 의원이 칼을 물고 죽어야 할 겁니다."

"아이 앞에서 그렇게 금칠을 할 것은 없다. 그건 그렇고……."

다소 안색을 굳힌 심건이 묵조영을 향해 손을 내밀었다.

"손을 줘보거라."

살짝 웃음을 지은 묵조영은 별다른 말 없이 손을 내밀었다.

의원이 손을 내달라는 것은 오직 한 가지 의미뿐이었으니까.

그 손을 낚아채듯 움켜잡은 심건은 네 손가락을 이용해 묵조영의 손목을 지그시 누르고 진지한 표정으로 진맥을 시작했다.

어찌나 심각한 표정인지 옆에서 쳐다보던 운정이 입술을 꼭 깨물 정도였다.

얼마의 시간이 흘렀을까?

이리저리 고개를 돌리기도 하고, 한숨도 내쉬고, 때로는 괴이한 표정을 짓기도 하던 심건이 진맥을 끝내곤 도저히 이해할 수 없다는 표정으로 물었다.

"어찌 된 것이냐?"

"무엇이 말입니까?"

묵조영은 심건이 무엇을 묻고 있는지 뻔히 알고 있었지만 내색을 하지 않고 태연스레 되물었다.

"시치미 떼지 말고 바른대로 말해보거라."

그제야 빙긋 웃는 묵조영.

"부상 말입니까? 저절로 나았습니다."

"어허, 그래도!"

능글맞은 대답에 심건이 짐짓 화를 냈다.

"부상이야 시간이 지나면 저절로 낫는 것은 당연한 것. 내가 묻는 것은 그것이 아니지 않느냐? 네 몸에 있던 기운들이 어찌 이렇듯 얌전히 있느냐 말이다. 아니지. 이건 얌전히 있는 정도가 아니라 네 몸에 아예 완전히 융화를 한 듯싶구나."

순간, 묵조영이 의미심장한 웃음을 흘렸다.

"역시, 성수의가의 신의의 눈을 피할 수는 없군요."

"또 또! 장난치지 말고 말해보거라. 그놈들이 저절로 융화가 되지는 않았을 터. 어떤 기연이라도 얻은 게냐?"

"기연이라면 기연일 수도 있겠네요."

"어떤 기연이더냐?"

심건이 궁금해 죽겠다는 표정으로 안달을 하자 묵조영은 짧게 호흡을 가다듬고 그간 그에게 일어났던 일들에 대해 차분히 설명하기 시작했다.

묵조영의 한마디 한마디에 귀를 기울이던 심건은 안타까움과 분노가 점철된 표정으로 탄성과 신음을 내뱉으며 온갖 반응을 보였다.

특히, 오랜 비로 때마침 불어난 계곡 물에 천목산에서 막천산 인근까지 떠내려 온 묵조영을 곽 노인이 건져 올렸다는 대목에 이르러선 두 주먹을 힘껏 움켜쥐었다. 그리고 곽 노인이 주변 사람들이 성치도 않은 사람이 언제 죽을지 모르는 사람을 병구완한다는 것 자체가 웃긴 일이라고, 이미 영혼이 저승에 들어선 사람이라고 포기하라 일렀음에도 묵조영을 포기 않았음을 알고는 자신도 모르게 운정의 머리를 어루만지며 감격해했다.

곁에서 그 모든 일들을 지켜보고 도왔던 운정 또한 당시 곽 노인이 떠오르는지 살짝 눈시울을 붉혔다.

"그래도 워낙 내상이 심한 통에 한참 동안 정신을 차리지 못했지요. 이백 일이던가……."

"이백 일하고 닷새요."

묵조영이 자신을 쳐다보자 운정이 재빨리 입을 열었다.

빙긋이 미소를 지은 묵조영이 다시 말을 이었다.

"그렇게 오랜 시간이 지나서야 겨우 정신을 차렸습니다. 정신을 차렸을 땐 몸의 부상은 물론이고 저를 그토록 괴롭혔던 세 가지 기운이 하나로 합쳐졌다는 것을 알 수 있었지요."

"어쩌면 내상을 치유하는 과정에서 네 몸에 있는 세 가지 기운이 하나로 융합되느라 그 오랜 시간이 걸린 듯하구나."

심건이 진맥을 통해 자신이 느낀 바를 첨가했다.

"그래도 아직 부족합니다. 이제 겨우 서로 반목하지 않을 뿐, 세 기운을 제 것으로 하려면 아직 멀었습니다. 때마침 천마호심공을 대성했기에 망정이지 그렇지 않았다면 영영 깨어나지 못했을지도 모르는 일이었습니다. 기적이지요."

무의식 속에서 떠오른 천마호심공의 마지막 오의(奧義).

절체절명의 위기에서 얻은 깨달음으로 생사의 기로에서 부활한 묵조영은 그 스스로가 당시의 상황을 기적이라 칭하고 있었다.

"그렇지. 기적이 아니고서야……."

심건도 같은 생각인지 천천히 고개를 끄덕였다.

"어쩌면 이 땅에 네가 못다 한 일들이 남아 있어서 그럴 수도 있겠고."

"예?"

묵조영이 의문을 던지자 심건의 표정이 사뭇 어두워졌다.

"그 얘기는 여기서 할 것이 아니구나. 자리를 옮기자."

"무슨… 아!"

질문을 던지려던 묵조영은 불현듯 떠오르는 바가 있어 입을 다물었다. 그리곤 운정의 손을 잡고 앞선 심건의 뒤를 따랐다. 한데 그의 표정이 총총걸음을 내딛는 심건과 다르지 않았다. 아니, 그보다 더욱 심각하고 어둡다고 할 수 있었다.

"이것이……."

손바닥만 한 함에 담긴 재와 시꺼멓게 변해 버린 몇몇 조그만 뼛조각을 보며 묵조영은 말을 잇지 못했다.

"그래. 이것이 네 부모님의 유골이다."

심건은 젓가락을 이용해 손톱만 한 뼛조각 하나를 집어 들었다.

"검게 변해 버린 이 뼈가 바로 취몽산의 독기가 골수에 스며들었음을 증명하는 것이지. 지난번에도 잠시 언급했지만 취몽산의 위력은 실로 끔찍하다. 오죽 지독했으면 당가에서도 절대 사용을 금하라는 명을 내렸을까."

"……."

묵조영은 아무런 대꾸 없이 그저 검게 변한 뼛조각만 바라보고 있었다.

그의 뇌리에 지난날 입에 담기도 힘들 정도로 고생을 하며 돌아가신 부모님의 모습이 떠올랐다.

묵조영은 치미는 분노를 가라앉히기 위해 무던히도 애를 써야만 했다.

얼마 동안이나 그렇게 있었을까?

묵조영이 차분히 가라앉은 눈빛으로 물었다.

"당가에서 나온 것이 확실합니까?"

"취몽산은 오직 당가에서만 만들 수 있다."

"그렇… 군요."

지그시 입술을 깨무는 묵조영의 얼굴에서 심건은 어떤 의지를 느낄 수 있었다.

"가볼 생각이냐?"

"물론입니다."

"태생적인 한계로 인해 세상의 인심을 얻지 못해 그렇지 엄밀히 따지자면 사대세가를 능가하는 곳이 바로 당가다. 그들의 협조를 얻는 것이 쉽지는 않을 게야. 제대로 인정을 받지 못해서 그런지 꽤나 편협하고 아집이 강하거든. 그리고 다행스럽게 누가 당가에서 취몽산을 얻어 네 부모님께 사용한 것인지 알아낸다고 해도……."

아무리 생각을 해봐도 정황상 묵조영의 부모를 독살한 이는 분명 묵가 내부에 있다는 것.

심건은 말을 끊고 묵조영의 안색을 슬쩍 살폈다.

묵조영은 그저 무심한 눈으로 바라볼 뿐이었다. 하지만 그 눈 속에 담긴 분노를 읽지 못할 그가 아니었다.

"후~ 너만 더욱 괴로울 수 있다."

"그래도… 해야지요. 부모님께서 독살당하신 것을 알았는데 가만히 있을 수는 없습니다. 뒷일이야 어찌 되었든 그건 그때 가서 생각하면 되는 겁니다. 지금 당장은 도대체 누가, 무슨 이유로, 아니군요. 그 이유는 밝힐 필요도 없는 것이군요. 돌려 생각해 보면 세 살배기 꼬마도 알 수 있을 테니까요."

묵조영이 자조의 웃음을 흘리며 고개를 떨구자 심건은 안쓰러운 눈빛으로 그를 응시하다 긴 한숨을 내뱉었다.

"하긴, 말리는 것 자체가 우스운 일이구나. 자식 된 도리로 부모의 억울한 죽음을 묵과할 수는 없는 노릇이거늘."

"죄송합니다."

"네가 죄송할 것이 무엇이냐? 당연한 이치거늘. 그래, 언제 떠날 생각이냐?"

"운정의 일이 해결되면 바로 가겠습니다."

묵조영이 침상에서 자고 있는 곽운정을 바라보며 말했다.

"운정은 걱정하지 말거라. 내가 책임지고 보살피마."

"고맙습니다."

"그런 말은 할 것 없고… 당가는 꽤나 먼 곳이다. 하루 이틀에 도착할 수 있는 곳이 아니야."

"알고 있습니다."

"더구나 은밀히 조사를 하려면 조심하지 않으면 안 된다. 네가 비록 죽은 사람으로 알려져 있으나 사람들의 기억에서 완전히 사라진 것은 아니다. 금룡신객 묵조영을 기억하는 사람은 아직도 많아."

순간, 묵조영의 낯빛이 살짝 붉어졌다.

심건의 입에서 금룡신객이라는 낯간지러운 별호가 흘러나올 줄은 미처 생각하지 못한 것이다.

그것을 의식하지 못한 심건이 심각한 어조로 계속 말을 이었다.

"괜스레 분란에 엮이면 네 입장만 곤란할 수가 있어. 비록 마교의 간계가 드러났고 네게 씌워졌던 누명이 벗겨졌다고는 하나 네가 전대 마교주의 진전을 이었다는 사실은 네게 불리하게 작용할 수 있을 게다. 때가 때이니만큼 어쩌면 과거보다 더 불을 켜고 덤벼들지도 몰라. 현재 무림의 상황이 워낙 혼란스러워서."

"마교와 의천맹의 싸움이 꽤나 치열한 모양이군요."

"치열한 정도가 아니다. 이건 완전히 사생결단을 내자는 심산이야. 곳곳에서 벌어지는 싸움으로 인해 하루에도 수십의 목숨이 날아간다고 하지, 아마."

"그 정도입니까?"

묵조영이 꽤나 놀란 표정으로 묻자 오히려 심건이 어이가 없다는 듯 되물었다.

"정말 무림이 어찌 돌아가는지 아무것도 모르느냐?"

"마교와 의천맹이 대대적인 싸움을 하고 있다는 것은 알고 있습니다. 그 외는 잘… 아예 신경을 끊고 살아서요. 이곳으로 올 때도 밤에만 이동을 해서 알아볼 틈이 없었습니다."

"궁금하지도 않더냐?"

"아예 그곳에서 묻혀 살 생각도 했었으니까요."

"허!"

심건은 기가 막힌 듯 헛바람을 뱉어냈다.

"그런데 싸움은 어찌 되고 있는 겁니까? 어느 쪽이 우위를 점하고 있지요?"

묵조영의 물음에 심건이 절레절레 고개를 흔들었다.

"딱히 어느 쪽이 우위를 점했다고 얘기할 수는 없다. 처음, 당연히 선봉에 설 줄 알았던 공야세가에서 정마대전에 참여를 하지 않는 통에 마교가 기세를 올렸지만 지금은 많이 꺾인 상태야. 뭐, 숨 고르기에 들어갔다는 표현이 맞겠지만 말이다."

"공야세가라면… 천하제일가 아닙니까? 의천맹의 전부라 할 수 있는 곳이 어째서……?"

"그야 모르지. 아니, 나뿐만 아니라 그 이유를 아는 사람은 거의 없을 게다. 뭐, 그런 명령을 내린 사람이나 알고 있겠지."

하나, 지금도 사람들은 어째서 수년간의 은거를 깨고 나온 공야치가 그런 명령을 내렸는지 알지 못했다.

"마교가 한창 기세를 올리던 시점에서 공야세가의 정예들이 움직이지 않았다는 것은 곧 의천맹, 나아가 정파의 절대적인 열세를 의미하는 것이었는데 그사이 형산파가 멸문지화를 당했고 꽤나 거세게 대항을 했던 악양의 신도세가, 구강의 문인세가마저 마교의 위협을 이기지 못하고 세가를 버린 채 물러나고 말았다. 그들이 패퇴함으로써 몇몇 지역을 제외하고는 사실상 장강 이남은 마교의 수중에 완전히 떨어진 것이나 다름없는 상황이 되었지."

"본… 가는 어찌 되었습니까?"

"나름대로 선전하고 있다. 정파가 장강 이남에 영향력을 유지하고 있는 곳은 의천맹이 버티고 있는 무창과 황산묵가와 혁씨세가가 굳건히 버티고 있는 남경 인근뿐이다. 그들마저 무너졌다면 정말 꼴이 말이 아니게 되었을 것이야. 그 역시 검각의 지원이 끊겼다면 어찌 되었을지 모르지만 말이다."

"그렇군요."

심건의 입에서 검각이란 말이 나오자 묵조영의 호흡이 왠지 모르게 가빠졌다. 그리고 자연스레 한 여인을 떠올렸다.

'선고……'

그런 묵조영의 심란한 마음을 아는지 모르는지 심건의 말은 계속 이어졌다.

"이후 육파일방과 신도, 문인세가를 중심으로 마교의 북상을 막고자 혼신의 힘을 다하고 있는 중이다."

"의천맹이 중심이 아닙니까?"

"의천맹? 흥, 공야세가가 움직이지 않는 한 의천맹은 의식이 없는 허수아비나 다름없다. 원로원인가 뭐가 하는 곳에서 의천맹을 꾸려 나가는 듯하지만 어림도 없지. 천하제일인의 그늘은 그만큼 큰 게야. 하긴, 정마대전에 불참을 선언했음에도 의천맹의 맹주가 아직도 공야치인 것을 감안하면 그가 어떤 존재인지 알 만하지."

심건은 작금의 혼란스런 상황을 방관하고 있는 공야치에 대해 그다지 좋지 않은 감정이 있음을 간접적으로 드러내고 있었지만 한편으론 개인으로서 그만한 능력을 지니고 있다는 데 어떤 경외감마저 품고 있는 모습이었다.
 "참, 무당괴협(武當怪俠)이란 이름은 들어봤느냐?"
 질문을 던지는 심건의 표정이 의미심장했다.
 "글쎄요. 모르겠는데요."
 무림의 상황이 어찌 돌아가는지도 제대로 모르고 있는 묵조영이 개인의 별호를 알 리가 없었다.
 "누구인지 짐작 가는 사람도 없느냐?"
 심건의 표정이 더욱 의뭉스러워졌다.
 "전혀요."
 "쯧쯧, 이렇게 눈치가 없어서야……."
 "제가 아는 사람입니까?"
 "너무 잘 알아서 탈이지. 다름 아닌 곡운의 별호니까."
 "예~ 에!"
 묵조영이 깜짝 놀라 두 눈을 치켜떴다.
 "놀랐느냐? 하긴, 나도 그 소식을 들었을 때 꽤나 놀랐다. 과거 녀석의 몸을 치료하면서 몸 안에 잠재된 기운이 만만치 않았다는 것을 알고 있었지만 그 정도로 명성을 떨칠지는 미처 생각하지 못했으니 말이야. 마교 놈들이 녀석의 별호만 들어도 벌벌 떨 정도라더라."
 "하하. 녀석이라면 그럴 만도 할 겁니다."
 묵조영은 오랜만에 들은 친우의 소식이 그렇게 반가울 수가 없었다.

"뿐이더냐? 최근 들어 새로운 고수들이 속속 출현하고 있다. 네 사촌 형인 묵화성은 황산대호(黃山大虎)라는 별호를 얻었고 항주에서 마교의 호법을 물리치며 실력을 보인 혁씨세가의 장자는 운중룡(雲中龍)이라 불리고 있다."

묵조영은 아무런 대꾸 없이 그저 고개만 끄덕였다.

하나, 조금 의외인 것이 있었으니 자신이 알기론 황산묵가의 후기지수 중 최고 고수는 묵화성이 아니라 바로 묵언도였던 터. 그가 아니라 묵화성이 그런 명성을 떨치고 있는 것이 조금은 놀라운 일이었다.

"하지만 그들 역시 검각의 추 소저에 비하면 상당히 모자람이 있으니 곡운과 더불어 마교의 무리에게 죽음과도 같은 공포를 안겨주는 그녀의 검은……."

신이 나 떠들던 심건은 묵조영의 얼굴이 순간적으로 굳어지자 괜한 말을 꺼냈다는 듯 황급히 말을 얼버무렸다.

"아니다. 내 쓸데없는 말을 지껄이고 있었구나."

"아닙니다."

"어쨌든 저간의 사정들은 대충 그렇다. 지금은 다소 소강상태에 있으나 곳곳에서 소규모의 싸움은 계속 벌어지고 있고 많은 이들이 죽어나가고 있다. 사람들은 조만간 무림을 피로 물들일 큰 싸움이 있을 것이라 예측하더구나. 그만큼 서로에 대한 피 말리는 첩보전도 벌이고 있고. 결코 함부로 움직일 상황이 아니야."

"예. 주의하도록 하지요."

묵조영이 선선히 대답을 했지만 심건은 도통 마음이 놓이지 않는 듯했다.

"당가까지 가려면 아무래도 육로보다는 수로가 나을 게다. 장강을 이용하면 한 스무 날 정도면 사천에 도착할 수 있을 터. 내 배편을 알아봐 주마."

"그러실 필요는……."

"내 말대로 하여라. 그게 가장 안전하면서도 빠른 길이니까."

단호하기까지 한 심건의 말에 묵조영은 고개를 끄덕이지 않을 수 없었다.

"알겠습니다. 그리하지요."

비로소 만족한 표정을 지은 심건이 자리에서 일어났다.

"우선 가주께 가봐야겠다."

"예?"

묵조영이 의아해하자 심건이 잠결에 뒤척이는 운정을 가리키며 말했다.

"녀석의 일을 해결해야지."

"아! 부탁드리겠습니다."

"넌 그저 아무런 걱정 하지 말고 쉬고 있거라. 너와 아직 할 말이 많아."

"예. 술상 준비하고 대기하고 있겠습니다."

"허, 술이 어디서 나서?"

"그거야 부탁하면 되겠지요."

"이거야 원. 어째 네가 주인이고 내가 손님 같구나."

심건이 피식 웃음을 터뜨리자 묵조영도 마주 웃었다.

"아무려면 어떻습니까? 어르신과 술을 마신다는 것이 중요하지요."

"능청은. 알았다. 내 술상을 봐놓으라고 미리 언질해 놓을 테니 잠시만 기다리고 있거라."

"기대하겠습니다."

묵조영의 태연스런 대답에 심건은 잠시 어처구니없는 눈빛을 보내다 고개를 절레절레 흔들며 밖으로 나갔다.

제43장

제 이름은 설련이에요

운정을 성수세가의 식구로 맞아들인다는 통보를 정식으로 접한 이후, 부모의 죽음에 얽힌 비밀을 풀기 위해 당가를 찾아 성수세가를 떠난 묵조영.

장강을 오르내리는 배에 몸을 실은 지도 벌써 열하루가 지나 배는 어느덧 악양(岳陽)에 도착하고 있었다.

동정호(洞庭湖)와 장강이 교차하는 곳이자, 과거로부터 중요한 역사 문화의 도시였던 악양은 비옥한 토지 덕택에 농업이 발달한 데다가 장강과 동정호에서 생산되는 수산물이 더해져 세인들로부터 어미지향(魚米之鄕)이라 불릴 만큼 물산이 풍부한 곳이었다. 물산이 풍부하다는 것은 그만큼 많은 사람들의 왕래가 있다는 의미였다.

"후~ 많기도 많군."

뱃머리에 앉아 휴식을 취하며 끊임없이 배에 오르는 인파와 산더미 같은 짐을 보는 묵조영의 입에서 연신 탄성이 터져 나왔다.

온갖 화려한 의복으로 치장을 한 유람객들과 거부, 거상으로 보이는 사람이 헤아릴 수가 없는 것이 어미지향으로 불리는 악양의 명성을 그대로 대변해 주는 것 같았다.

"호~"

사람 구경에 정신이 없던 묵조영의 눈빛이 반짝거린 것은 항구 한편에서 배에 오르고 내리는 이들을 살피는 일단의 무리들을 발견하면서부터였다.

한두 사람도 아니고 어림잡아도 삼사십 명은 충분히 되어 보일 만한 인원이 날카로운 안광을 뿜어내며 쏘아보는 광경은 그다지 유쾌한 모습은 아니었다.

하지만 누구 하나 불만을 토로하거나 반발하는 사람이 없었다.

그도 그럴 것이 그들이 입고 있는 의복 한가운데에 '광(光)'이라 새겨진 글씨는 그들이 장강 이남을 거의 석권하다시피 한 광명미륵교, 즉 마교의 무인이라는 것을 알려주는 것이기 때문이었다.

"가는 곳마다 난리로군."

지난 보름간의 여행 기간 동안 묵조영은 심건이 설명해 준 무림의 상황을 보다 생생하게 경험할 수 있었다.

남경에선 영호세가를 중심으로 한 의천맹의 무인들이 지금과 같은 행태를 보였고, 의천맹의 총단이 있는 무창에서도 매우 엄중한 감시망을 느낄 수 있었다.

이후, 무창을 지나 마교의 세력권으로 알려진 곳부터는 마교도의 노골적인 감시가 이어졌다. 직접적인 싸움을 구경한 것은 아니나 양측의 살벌한 기운을 느끼기엔 충분할 정도였다.

"후~ 이거야 원 무서워서 어디 살겠나."

묵조영은 행여나 그들과 눈이라도 마주칠까 벌벌 떨며 고개를 숙이는 사람들을 보며 인근에서 마교의 위세가 어느 정도인지 간접적으로나마 알 수 있었다.

무창도 심했지만 이 정도는 아니었다. 물론 마교의 총단이 악양으로 옮겨졌다는 것을 감안하면 그다지 놀랄 일도 아니었으나 알 수 없는 반발심이 가슴 한쪽에서 스멀스멀 기어나왔다.

그렇다고 그가 할 수 있는 일은 아무것도 없었다.

더러운 것은 그냥 피하면 된다는 식으로 고개를 돌려 버리는 것이 전부였다.

악양에서 하루를 정박한 배는 이른 새벽이 되어서 다시 운행을 시작했다.

직경만 십오 장에 이르고 폭도 오 장이 넘는, 여객선인지 상선인지 딱히 정의 내리기 힘들 정도로 복합적인 기능을 갖추고 있던 배는 이백여 명이 훌쩍 넘는 인원과 산더미처럼 쌓인 물건들을 싣고도 유유히 흘러가고 있었다.

강을 역으로 오르는 것이기에 비록 속도는 빠르지 않았지만 안전성만큼은 의심할 필요가 없을 듯싶었다.

게다가 살벌했던 항구와는 달리 배 안의 분위기는 나름대로 좋았는데 곳곳에서 이야기꽃이 피고 술판과 도박판이 벌어지며 시장통을 방불케 했다. 심지어 가판을 열고 장사를 하는 사람들까지 있을 정도였다.

배 안이라고 마교도들이 없는 것은 아니었다.

오히려 드러내 놓고 감시의 눈초리를 번뜩였던 항구보다 더욱 은밀히 감시를 하는 이들이 곳곳에 숨어 있었다.

그것은 비단 마교만이 아니라 의천맹에서 파견된 세작들 또한 마찬가지였다. 그들은 각기 여러 신분으로 위장을 해 자신의 정체를 숨기고 하나의 정보라도 더 얻기 위해 필사적으로 애쓰는 중이었다.

재미있는 것은 그들 서로가 상대의 정체를 거의 파악하고 있다는 것인데 그럼에도 서로를 향해 노골적으로 칼끝을 세우지 않는 것은 장소가 장강을 오르내리는 배라는, 늘 관부의 병력이 상주하고 있다는 단 한 가지 이유 때문이었다.

물론 관병들이야 무림의 고수들에겐 한주먹거리도 되지

않았지만 대륙을 동서로 가로지르는 장강은 물류 이동의 중심이었고 그만큼 중요했다.

그래서인지 웬만해선 무림의 일에 관여를 하지 않는 관부에서도 배 안에서의 충돌은 결코 좌시하지 않았고 괜한 분란을 일으키지 않기 위해 양측에서 묵시적으로 참는 것이었다.

배는 양측 사이의 팽팽한 긴장감과 주변의 왁자지껄한 분위기를 모두 보듬어 안고 천천히 운행을 이어나가 마침내 사천의 초입이라 할 수 있는 삼협(三峽)에 접어들었다.

뱃머리에 앉아 출렁이는 강물에 낚싯대를 드리우고 흔들리는 달을 보며 홀로 술잔을 들이켜는 묵조영의 모습은 겉으로 보기엔 무척이나 운치있어 보였다. 하지만 정작 그의 마음은 그다지 편치 않았다. 사천당가가 점점 가까워진다는 생각에 자신도 모르게 심란한 것이었다.

'마침내 사천인가?'

이제 겨우 삼협 중 하나인 서릉협(西陵峽)을 지났을 뿐이고 엄밀히 말해 아직 사천 땅에 들어선 것도 아니었다. 그럼에도 마음은 이미 사천, 아니, 당가에 와 있는 듯했다.

심란한 마음에 연거푸 석 잔의 술을 들이켰다.

바로 그때였다.

"꽤나 독주로 보이는데 무리하는 것 아닌가요?"

난데없는 여인의 음성에 흠칫 놀란 묵조영의 고개가 돌려지고 그의 입에서 절로 탄성이 터져 나왔다.

"아!"

여인, 달빛마저 무색하리만큼 너무도 아름답게 빛나고 있는 한 여인이 서 있었다.

순간, 넋을 잃은 묵조영은 무안하리만큼 오랫동안이나 그녀의 얼굴을 바라보았다.

"흠흠."

민망했는지 여인이 다소 붉어진 얼굴로 헛기침을 하자 그제야 정신을 차린 묵조영이 민망한 표정으로 사과를 했다.

"미안합니다. 결례를 범했군요."

"괜찮아요. 어차피 제가 먼저 실례를 했으니까요."

여인은 그다지 개의치 않다는 듯 고개를 흔들었다.

"한데 제게 무슨 볼일이라도……."

묵조영이 의아한 표정으로 묻자 여인은 살짝 어깨를 들썩였다.

"별 뜻은 없었어요. 그냥 바람이나 쐬러 나왔다가 홀로 술잔을 들이켜는 공자의 모습을 보게 된 것이지요."

"하하, 그랬군요. 마음이 조금 울적해 청승 좀 떨고 있었습니다."

"울적한 마음을 달래는 데에는 술만 한 것이 없지요."

여인은 자신도 모르게 입맛을 다셨다. 그걸 본 묵조영이 재빨리 말을 이었다.

"그렇잖아도 혼자 마시기가 적적했던 참입니다. 한잔하시겠습니까?"

묵조영은 자신이 마시던 술잔을 옷에 쓱쓱 문지르며 술잔을 건넸다.

사실, 별 뜻은 없었다.

보통의 여인네라면 외간 남자가 건네는 술잔, 그것도 깨끗한 잔이 아니라 마시던 잔을 받을 리도 없을 터. 그저 약간의 예의를 차린 형식적인 행위였을 뿐이다.

한데 난처한 표정으로 거절할 것이라 여겼던 그녀는 너무도 태연스레 잔을 받았다. 그리곤 묵조영이 따라준 술을 단숨에 들이켰다.

"허!"

자신의 예상이 보기 좋게 빗나가자 묵조영은 신음과도 같은 탄성을 내뱉었다.

"생각보다 독하지는 않네요."

그녀가 묵조영이 했던 것처럼 술잔을 옷에 문지르고 잔을 건네며 말했다.

"그래도 향은 너무 좋군요. 무슨 술인가요?"

"무슨 과실주라 듣기는 했는데 기억이… 그래도 맛은 정말 좋더군요."

"잘은 모르겠지만 맛을 보니 도화주(桃花酒:복숭아로 담근 술)인 것 같네요."

"도화주요?"

"예."

"그런 향기가 없는 것은 아니지만 조금 다른 것 같은데……."

묵조영이 의문을 표시하자 그녀는 묵조영이 들고 있는 술병을 빼앗아 다시 한 잔을 마셨다. 그리곤 고개를 갸웃거리다가 확신에 찬 표정으로 고개를 끄덕였다.

"아니, 틀림없어요. 산 복숭아예요. 그것도 최소한 십 년은 묵은 것 같군요. 이 정도면 꽤나 귀한 건데 어디서 샀나요?"

"어제 하룻밤을 묵은 포구에서요."

묵조영은 꾸부정한 자세로 포구 한 귀퉁이에 앉아 있던 노파를 떠올렸다.

삶에 찌든 노파의 안쓰러운 얼굴에 노파가 부른 값에 세 배를 주고 샀는데 그 술이 이처럼 귀한 것이라니 다행이 아닐 수 없었다.

"운이 좋았군요. 그렇잖아도 요즘 입에 맞는 술이 없어서 영 그랬는데……."

말을 하며 슬그머니 뒤를 돌아보는 여인, 멀리서 그녀를 지켜보던 세 명의 사내가 황급히 그녀의 눈빛을 피했다.

그 모습을 보며 묵조영은 웃지 않을 수 없었다.

사내들을 노려보는 그녀의 행동이 영락없이 제대로 된 술을 구해오라는 명령을 이행하지 못한 수하들을 닦달하는 모습이기 때문이었다.
 술병은 금방 바닥을 드러냈다.
 "벌써 마지막 잔이군요."
 술잔에 든 술을 빙글빙글 돌리는 그녀의 표정엔 아쉬움이 가득했다.
 "몇 병 더 있습니다. 괜찮으시다면 제가 선물을 하지요."
 순간, 그녀의 눈빛이 초롱초롱 빛났다.
 "그래도 될까요?"
 "그럼요."
 "그럼 그럴 게 아니라 아예 지금 마셔요."
 "그럴까요?"
 '이거야 원. 곡운만큼이나 술을 좋아하는 사람이 있었군.'
 술 앞에서 사족을 못 쓰던 곡운을 떠올린 묵조영은 마음 한 켠이 따뜻해지는 것을 느끼며 슬며시 미소를 지었다.
 묵조영은 잠시 기다리라는 말과 함께 선실로 들어가더니 흙으로 대충 빚어 만든 술병 하나를 들고 나왔다.
 한데 그 짧은 시간에 제법 그럴듯한 안주가 마련되어 있었다.
 묵조영의 입에서 다시금 웃음이 흘러나왔다.
 자신이 돌아오기 전까지 안주를 조달했어야 할 사내들의 모습을 떠올린 것이다.

'못 말릴 상전이로군.'

묵조영은 눈앞의 여인이 분명 예삿집이 아닌 가문의 딸일 것이라 짐작했다.

여인이 부리는 사내들의 실력이 언뜻 보아도 만만치 않아 보였고 그 정도의 무인들을 수하로 부리자면 웬만한 재력이나 권력으론 불가능하리라 여긴 것이다.

하지만 생각은 오래 이어지지 못했다. 그녀가 정신을 차리기 힘들 정도로 술잔을 돌린 것이었다.

마치 오래된 친구, 혹은 연인처럼 주거니 받거니 하며 술잔을 기울이는 둘을 보며 멀찌감치 떨어져 있던 사내들은 나름대로 심각한 표정을 짓고 있었다.

"괜찮을까요?"

좌측에 있던 사내가 약간은 걱정스런 표정으로 말했다. 그러자 중앙에서 팔짱을 끼고 있던 사내, 호신(虎神)이 그다지 대수롭지 않게 대꾸했다.

"괜찮으시겠지."

"그래도 너무 많이 드시는 것 같습니다."

"걱정하지 마라. 단주님의 주량이야 누구보다 우리가 잘 알고 있지 않더냐?"

"그렇긴 합니다만 어째 찜찜합니다."

"뭐가?"

호신이 비로소 팔짱을 풀고 고개를 돌렸다.

"생각해 보십시오. 제가 아는 단주님은 누구와 쉽게 술자리를 하시는 분이 아닙니다. 또한 저런 웃음을 짓는 분도 아닙니다. 오죽하면 별명이 빙설(氷雪)이겠습니까?"

"말조심해라, 고정(高偵)."

순간, 고정이라 불린 사내가 움찔하는 모습을 보였다.

"죄송합니다. 어쨌든 평상시의 단주님의 모습이 아니라는 것은 분명합니다. 놈의 정체도 모르는 상황인데. 너무 무방비가 아닌지 걱정이 됩니다."

"흠."

물끄러미 묵조영을 바라보던 호신이 날카로운 눈매를 지닌 사내에게 물었다.

"동소(東燒), 너는 어찌 생각하느냐?"

"저도 같은 생각입니다."

동소까지 거들고 나서자 호신도 약간은 찜찜한 표정이었다.

"고정."

"예."

"가서 놈의 정체를 알아봐라. 일각 주겠다."

"알겠습니다."

대답과 함께 사라진 고정의 신형이 다시 나타난 것은 일각이 채 지나지 않았을 때였다.

"다녀왔습니다."

"읊어봐라."

"놈의 이름은 묵영. 나이는 이십대 초반으로 일행은 없습니다. 무석에서 배에 오른 이후, 배가 포구에 정박했을 때 잠시 잠깐 하선한 적은 있지만 오래 머문 적은 없다고 합니다. 함께 선실을 쓰는 이들과 종종 대화를 나누기는 해도 말과 행동에서 별다른 특이점을 찾을 수는 없었다고 합니다."

"목적지는?"

"그것도 명확하지는 않지만 아마도 성도(成都)인 것 같습니다."

"아마도?"

호신의 눈썹이 꿈틀거리자 고정이 진땀을 흘렸다.

"그, 그게……."

"됐다. 어차피 너도 들은 것일 테니까. 그 외에는?"

"딱히 이렇다 할 특이점이 없는 친구라고 하더군요. 가끔 밤에 저렇게 낚시를 하며 혼자 술 마시는 것 이외에는 그냥 평범하답니다."

"원래 평범함 속에 비범함을 감추는 법이지."

"예?"

"아니다. 그냥 해본 말이야. 무공을 익힌 것 같지는 않다더냐?"

"그런 말은 없었습니다."

"하긴, 내가 봐도 그렇기는 해."

하지만 뭔가가 이상한지 호신은 고개를 갸웃거렸다.

"모든 것들을 종합해 봤을 때 제 걱정이 단순한 기우였던 것 같습니다."

"그렇다면 다행이지. 그래도 한시라도 시선을 떼지 마라. 우리의 임무 중 최우선이 단주님을 보호하는 것임을 잊어선 안 될 것이야."

"명심하겠습니다."

호신의 말에 고정과 동소가 동시에 대답을 했다.

'그렇기는 해도 고정의 말이 완전히 틀린 것은 아니군. 평소의 단주님과 확실히 다르긴 해. 하긴, 가끔은 이런 식으로 긴장을 푸시는 것도 좋겠지. 훗, 그나저나 저놈도 대단하군. 단주님과 같은 미인을 앞에 두고 저토록 태연히 술을 마실 수 있다니 말이야.'

호신은 뭐가 그리 즐거운지 연신 웃음을 터뜨리는 여인과 한 치의 흐트러짐도 없이 처음의 자세를 유지하는 묵조영을 지그시 바라보며 눈매를 좁혔다.

누군가 자신들을 놓고 왈가왈부하는 것도 모른 채 묵조영과 여인은 한창 대화에 빠져 있었다.

"그러니까 잡은 물고기를 그냥 놔준다는 말인가요?"

"예."

"왜요?"

"그냥요."

"이해가 되지 않아요. 애써 잡은 물고기를 뭣 때문에 그냥 놔주나요? 먹어도 되고 남는 것은 팔아도 될 텐데요."

약간은 취기가 오른 얼굴로 자꾸 질문을 던져 대는 여인을 보며 묵조영은 문득 추월령을 떠올렸다.

두 사람 다 좀처럼 보기 힘든 미인이라는 것을 제외하면 전혀 다른 성격, 말투를 지니고 있었는데 어딘지 모르게 묘하게 비슷한 면이 있었다.

"필요하면 그렇게 하기도 해요. 하지만 낚시 자체가 좋아서 하는 것이라 대부분 다시 강으로 돌려보내지요."

"그렇군요."

여인은 순순히 고개를 끄덕였지만 아직 완전히 이해를 한 모습은 아니었다.

약간은 뾰로통한 것이 뭣 때문에 그런 쓸데없는 곳에 힘을 낭비하느냐는 뜻도 은근히 보였다.

단순해 보이기는 해도 낚시가 지닌 오묘함은 직접 해보지 않은 사람이 쉽게 이해할 수 있는 것이 아니기에 묵조영은 그저 미소를 지을 뿐이었다.

"참, 그러고 보니 서로의 이름도 모르고 있군요."

"그렇군요. 이것도 인연이라면 인연인데 말이지요. 저는 묵… 영이라고 합니다."

본명을 밝힐까 순간적으로 망설이던 묵조영이 배 안에 알려진 대로 가운데 이름을 하나 빼고 말했다.

하나, 그녀는 찰나의 망설임을 놓치지 않았다. 물론 내색을 하지는 않았다.
"제 이름은 련이에요. 설련."
"설… 련. 예쁜 이름이군요."
묵조영은 별다른 표정 변화 없이 고개를 끄덕였다.
사실, 그가 아니라 누가 듣더라도 그 이상의 반응을 보여줄 수는 없을 것이다.
하지만 그녀의 이름은 그렇게 한 번 듣고 흘려보낼 만큼 만만한 것은 결코 아니었다.
"고마워요. 돌아가신 제 조부께서 지으신 이름이라고……."
이름에 대해 설명하려던 설련이 갑자기 말을 끊었다.
부드러운 웃음과 함께 자신의 말에 귀를 기울이던 묵조영의 표정이 더없이 진지해졌기 때문이었다.
한데 묵조영의 시선은 그녀에게 향해 있지를 않았다.
이유는 금방 알 수 있었다.
묵조영은 지금 강물 위로 빼꼼히 모습을 드러내고 있는 찌를 보는 중이었다.
그녀의 눈썹이 살짝 찌푸려졌다.
자신의 이름이 한낱 물고기에게 밀렸다는 것에 자존심이 상한 것이다.
그래도 불만을 토로할 수도 없었다. 찌를 바라보는 묵조영의 태도가 워낙 진지했기에 오히려 그 분위기에 편승해 그녀 역시 긴장된 표정으로 위아래로 조금씩 미동을 하는 찌를 바라보았다.

묵조영이 슬그머니 낚싯대를 잡았다.

신중하기 그지없는 묵조영과 어느덧 한 마디 이상 올라온 찌를 번갈아 살피던 설련이 자신도 모르게 침을 삼켰다.

지금까지 늙은 뱃사공이나 할 일 없는 한량들이나 하는 것이 낚시인 줄 알고 있던 설련은 참기 힘들 정도로 밀려오는 긴장감에 몸을 살짝 떨었다.

특히나 은은히 내비치는 달빛과 밤이슬에 흠뻑 젖은 묵조영의 옆모습에서 뭔가 알 수 없는 묘한 느낌이 일어나 가슴을 파고드는 것엔 소스라치게 놀랐다.

'뭐지? 이런 느낌은?'

무슨 이유로 심장 박동이 빨라졌는지 의식을 해볼 사이도 없이 정적을 깨는 날카로운 울림이 있었다.

핑!

힘찬 챔질과 함께 낚싯대가 활처럼 휘어졌다.

"헛!"

묵조영의 입에서 헛바람이 터져 나왔다. 예상 밖으로 낚싯대를 통해 전해오는 힘이 장난이 아닌 것이다.

"잡았나요?"

설련이 물음에 묵조영은 대답할 엄두도 내지 못했다. 그저 고개를 한번 끄덕이는 것으로 간신히 대답을 대신했다.

핑핑!

이리저리 휘둘리는 낚싯줄에서 칼바람과도 같은 소리가 일어나고 낚싯대는 부러질 정도로 아슬아슬하게 휘어졌다.

"부, 부러지겠어요."

설련이 안타까이 소리쳤다.

"괘, 괜찮아요. 이 정도에 부러지지는 않아요."

당연한 말이었다.

그 정도에 부러질 정도면 천마조가 아니었으니까.

"도와줄까요?"

"아직은… 버틸 만해요."

그러나 그다지 좋은 상황이 아니었다.

무슨 물고기가 걸린 것인지 알 수 없었으나 어찌나 기운이 센지 도저히 감당할 수 없을 지경이었다.

꽉 깨문 이가 어긋나며 드드드거리고 이마에서부터 시작된 땀은 이미 전신에서 폭포수처럼 쏟아지고 있었다.

묵조영은 한쪽 발을 배의 난간에 대고 몸을 거의 눕다시피 뒤로하며 필사적으로 버티는 중이었다.

더 이상 두고 볼 수는 없었는지 소매를 걷어붙인 설련도 낚싯대에 매달렸다. 그럼에도 요지부동, 물고기는 수면 위로 좀처럼 모습을 보이지 않았다.

"도와야 되는 거 아닙니까?"

동소의 물음에 호신이 고개를 가로저었다.
"놔둬."
"나 원. 물고기 하나 잡는데 웬 난리람."
고정이 같잖다는 표정을 지으며 입을 쌜쭉거렸다.
"대물인가 보지."
그만 하라는 듯 동소가 옆구리를 쿡 찌르며 말했지만 고정은 듣지 않았다.
"아무리 대물이라도 그렇지. 저건 너무하잖아. 나 같으면 손가락 하나로 끝내 버리겠다. 얼씨구, 이건 아주 난리가 났네. 난리가 났어."
고정이 점점 모여드는 사람들을 가리키며 말했다.
아닌 게 아니라 묵조영과 설련의 주위엔 어느새 십여 명도 넘는 사람들로 북적이기 시작했고 그 숫자는 계속해서 늘고 있었다.
밀고 밀리는, 인간에겐 단지 유희에 불과하나 물고기에겐 생사가 걸린 싸움.
물고기와 인간의 사투는 무려 반 시진이나 계속되었다.
땀으로 목욕을 한 묵조영과 설련은 이미 서로에게 완전하게 밀착되어 있었다.
만약 그들 손에 낚싯대가 없었다면 침상에서 뒹굴고 있는 것은 아닌가 싶을 정도로 민망한 모습이었으나 그들에겐 그것조차 신경 쓸 겨를이 없었다.

그렇게 얼마의 시간이 또 흘렀을까?

텀벙거리는 소리와 함께 마침내 물고기의 정체가 드러났다.

"괴, 괴물이다!"

"세상에!"

주변에 모여 있던 이들의 입에서 괴성이 터져 나왔다.

하지만 잠깐 동안 수면에 모습을 비쳤다가 다시 사라진 물고기는 괴물이 아니라 장강에서만 살고 있다는 민물돌고래 백기돈(白鱀豚)이었다.

그 수가 얼마인지, 또 무엇을 먹고사는지 잘 알려져 있지 않았지만 세인들에겐 실로 불로불사(不老不死)의 능력을 줄 수 있다고 알려진 영물.

첨벙!

세찬 물소리와 함께 또다시 수면 위로 모습을 드러낸 백기돈은 오랜 싸움으로 무척이나 지친 모습이었다.

"후~"

묵조영은 낚싯대에 전해오는 압력이 서서히 줄어드는 것을 느끼며 기나긴 한숨을 내쉬었다. 이쯤 되면 싸움은 끝난 것이나 다름없다는 것을 경험으로 알고 있었다.

갑판에 거의 눕다시피 했던 묵조영의 몸이 천천히 일어났다.

설련은 일어날 힘도 없는지 처음 자세 그대로였다.

돌고래는 묵조영이 이끄는 대로 수면을 스치며 힘없이 끌려왔다. 간간이 몸부림을 쳐보기는 해도 이전과 비할 바가 아니었다.

"이엿차!"

마지막 기합과 함께 드디어 갑판 위로 백기돈이 모습을 드러냈다.

크기는 반 장이 조금 넘고 주둥이는 가늘고 길며 그 주변에 잔털이 있었다. 작은 등지느러미에 비해 가슴지느러미는 큰 부채 모양을 하고 있었는데 무엇보다 미끈한 몸이 새하얀 백색을 띠고 있는 것이 특징이라면 가장 큰 특징이었다.

묵조영의 주변에 모여 있는 이들 중 대부분이 백기돈을 알지 못했고 이름을 들어 알고 있던 사람도 보기는 난생처음인지라 저마다 호기심과 두려움, 그리고 탐욕이 뒤섞인 눈으로 힘겹게 숨을 쉬고 있는 백기돈을 바라보았다.

"세… 상에. 이게 뭐죠?"

갑판에 털썩 주저앉아 한참 동안이나 숨을 고른 설련이 묵조영과 자신의 진땀을 빼게 만든 백기돈을 가리키며 물었다.

"아마… 백기돈일 겁니다."

"백기돈이요? 그게 뭐죠?"

"글쎄요. 저도 이름만 들었지 처음 보는지라……."

묵조영이 약간은 겸연쩍은 미소를 지으며 머리를 긁적였다.

그러자 때를 기다렸다는 듯 한 상인이 끼어들었다.

"장강에서만 살고 있는 민물돌고래를 백기돈이라 부르지요."

나이는 오십 전후에 나이만큼이나 연륜이 느껴지는 커다란 배를 자랑하는 인물로 나름대로 멋을 부린 것 같았으나 느끼하기만 한 콧수염에 기름기 줄줄 흐르는 얼굴, 밤중에도 값비싼 비단으로 몸을 휘감은 것이 전형적인 졸부의 모습이었다.

"상당히 귀한 물건이외다. 기왕 잡은 것 내게 파시구려. 내 값은 후하게 쳐주리다."

사내는 탐욕스런 눈으로 당장에라도 돈을 지불하겠다는 듯 품을 뒤졌다.

"팔 생각은……."

"은자 이백 냥이면 어떻소?"

묵조영의 말을 틀어막은 사내가 일반인이라면 상상도 할 수 없는 거액을 제시했다.

이곳저곳에서 놀람의 함성이 터져 나왔다. 하지만 그것은 단지 시작에 불과했다.

"흥! 은자 이백 냥? 우습군. 어디서 그런 하찮은 가격을 제시하는 것인가?"

구경꾼을 헤치며 모습을 드러낸 사람은 앞선 중년인과 거의 흡사한, 어찌 보면 형제라 해도 믿을 수 있을 정도로 비슷한 기질을 지닌 자였다.

배에서도 워낙 유명한 자였기에 묵조영은 단번에 그를 알아봤다.

'황 대인이라는 자로군.'

"하찮다니!"

중년인이 발끈해서 소리를 쳤지만 황 대인은 콧방귀도 뀌지 않았다.

"하찮지 않으면? 이보시게, 노 단주. 참으로 염치도 없군. 어디서 이런 보물을 날로 먹으려 하는 건가?"

"말이 심하시오!"

노 단주라 불린 중년인이 버럭 화를 냈지만 황 대인은 이번엔 아예 무시를 해버리고 묵조영을 향해 고개를 돌렸다.

"내게 파시오. 오십 냥을 내겠소."

그리곤 노 단주를 향해 비릿한 조소를 보내며 말을 이었다.

"값은 물론 금자요. 금자 오십 냥! 이 물건은 그만한 가치가 있소."

순간, 좌중은 까무라치듯 놀랐다.

금자 오십 냥이면 은자로 천 냥이 넘는 액수.

가히 상상도 할 수 없는 액수에 어찌나 놀랐는지 다들 그저 멍하니 입만 벌릴 뿐이었다.

"어떻소? 부족하오? 부족하다면 조금 더 쓸 용의가 있소만."

황 대인은 아예 다른 사람이 끼어들 여지조차 남기려 하지 않는 듯 거침없이 가격을 제시했다.

 그러자 모든 이들의 시선이 씩씩거리며 분을 참지 못하고 있는 노 단주에게 향했다.

 악양상단(岳陽商團)의 수장인 노린(盧燐)의 재력도 황 대인에 못지않다는 것을 알고 있기 때문이었다.

 그들의 기대를 저버리지 않고 노린이 입을 열었다.

 "오십 냥을 더 내겠소."

 노린의 말을 기다렸다는 듯 황 대인이 되받아쳤다.

 "이백 냥."

 "이백오십 냥!"

 "삼백 냥!"

 점입가경(漸入佳境)이었다.

 이제는 아예 자존심 싸움으로 번진 터, 둘은 서로에게 지지 않으려고 필사적이었다.

 머릿속으로 계산조차 되지 않는 액수에 사람들은 더 이상 놀라지 않았다.

 오히려 그들의 관심은 그만한 거액을 제시받고도 별다른 말이 없는 묵조영에 향했다.

 대다수의 시선은 졸지에 횡재를 하게 된 묵조영의 처지를 부러워하는 것이었지만 몇몇은 질시가 섞인 시선도 있었다.

 그 많은 시선 속에 설련의 시선도 있었다.

그녀는 한없이 치솟는 백기돈의 가격이 도대체 어디까지 올라갈지, 과연 묵조영이 누구의 손을 들어줄 것인지 무척이나 궁금했다.

"오백 냥!"

황 대인의 입에서 마침내 승리를 선언하는 듯한 액수가 터져 나왔다.

노린은 역팔자로 휘어진 수염을 부들부들 떨며 고민에 고민을 거듭했다. 그리곤 더 이상 여력이 없는 듯 힘없이 고개를 흔들고 말았다.

"빌어먹을!"

결국 노린과의 한없는 돈질에서 승리를 거둔 황 대인은 묵조영을 향해 득의양양한 표정으로 입을 열었다.

"임자가 결정된 것 같구려. 황금 오백 냥. 이만하면 절대 섭섭한 금액이 아닐 것이오. 웬만한 사람은, 아니, 특별한 몇 명을 제외하고는 평생을 고생해도 구경조차 해볼 수 없는 금액이오. 험험, 물론 공자의 능력을 무시하는 것은 아니나 그만큼 큰 액수란 말이외다."

거들먹거리며 말하던 그는 괜한 말로 묵조영의 비위를 상할까 염려했는지 재빨리 말을 바꾸며 비굴한 웃음을 흘렸다.

이제 결정의 시간이 다가왔다.

모든 이들의 시선이 묵조영에게 쏠렸다.

그러거나 말거나 묵조영은 물끄러미 백기돈만을 응시하고

있었다.

긴 부리와 같은 입으로 힘겹게 숨을 쉬고, 퇴화된 눈은 작아 거의 보이지 않을 지경이나 묵조영은 백기돈의 눈에서 삶에 대한 강한 염원을 느꼈다.

무엇보다 사람들에게 영물로 취급받는 백기돈이 탐욕스런 장사치의 손에 들어가는 것이 마음에 걸렸다.

"어찌하면 좋겠습니까, 설 소저?"

묵조영은 바로 옆에서 자신을 지켜보는 설련에게 의견을 물었다.

"글쎄요. 공자께서 잡은 것이니 결정도 공자께서 하시는 것이……."

"혼자 잡은 것이 아니잖습니까? 설 소저의 도움이 없었다면 잡힌 것은 이 녀석이 아니라 오히려 제가 될 수도 있었습니다."

"호호, 설마요."

설련이 살짝 미소를 지으며 고개를 흔들었다.

그 미소가 어찌나 아름다운지 몇몇 이들은 넋을 잃고 바라볼 정도였다.

"오히려 재밌는 경험을 하게 해준 데에 감사를 드려야지요. 저는 신경 쓰지 마시고 공자께서 알아서 하세요."

"그래도……."

"괜찮다니까요. 알아서 하세요."

거듭되는 사양에 묵조영은 묵묵히 고개를 끄덕였다. 그리곤 결정을 내린 듯 황 대인이 있는 곳을 바라보았다.

"하하하, 잘 생각하시었소. 후회없는 결정이 될 것이오."

자신을 바라보는 묵조영을 보며 황 대인은 백기돈을 당연히 자신에게 넘기는 것으로 판단하며 호탕한 웃음을 터뜨렸다. 그리곤 수하에게 눈짓으로 돈을 준비하라 일렀다.

"지금 바로 줄 수 있는 돈은 백 냥 정도외다. 나머지는 천하의 모든 전장(錢莊)에서 곧바로 바꿔 사용할 수 있는 은표로 준비하겠소."

그러나 묵조영은 그의 말을 들은 척도 하지 않고 오히려 그의 뒤편에 서 있던 호신 일행을 불렀다.

"좀 도와주시겠소?"

고정 등이 뭐라 대꾸를 하지 못하고 멀뚱거리자 호신이 살짝 고개를 끄덕이며 대답했다.

"그럽시다."

허락을 얻은 묵조영이 빙글 몸을 돌려 백기돈의 머리를 쓰다듬고, 일이 어째 이상하게 돌아간다고 여긴 황 대인이 황당한 눈으로 그를 쳐다보는 사이, 설련의 수하들이 묵조영의 옆으로 다가갔다.

"무엇을 도와주면 되겠소?"

호신이 물었다.

"이 녀석을 좀 들어야겠습니다."

묵조영이 백기돈의 머리를 붙잡자 무슨 이유인지 묻고 싶었지만 애써 참은 호신은 고정과 동소로 하여금 백기돈을 들게 하였다.

얼떨결에 백기돈을 들게 된 고정과 동소가 다소 찝찝한 표정으로 묵조영을 살피고, 도대체 무슨 일을 하려는지 궁금했던 모든 이들의 시선이 백기돈과 그들에게 쏠리던 찰나, 설련이 참지 못하고 물었다.

"어쩌시려고요?"

그러자 묵조영이 가히 청천벽력과도 같은 말을 꺼냈다.

"녀석을 물로 돌려보낼 생각입니다."

"예?"

묵조영이 수하들에게 도움을 청할 때부터 그런 느낌을 어렴풋이 느끼긴 하였지만 설마하니 정말 실행할 줄은 몰랐던 설련도 깜짝 놀란 눈으로 쳐다봤다.

그러나 가만히 귀를 기울이던 황 대인, 그리고 주변 사람들의 놀람은 그녀와 비교도 되지 않을 정도였다.

"무, 무슨 짓을 하려는 것이오?"

황 대인이 기겁을 하며 달려왔다.

"이게 어떤 물건인지 몰라서 그러는 것이오!"

"백기돈임은 나도 알고 있습니다."

묵조영은 다소 퉁명스럽게 대꾸했다.

"알면서! 알면서 그런다는 것이오! 이런 영물은 하늘이 내리는 것. 공자가 바로 오늘, 이 자리에서 잡게 된 것 모두가 하늘의 뜻이란 말이외다. 어찌하여 하늘의 명을 함부로 거역할 생각이란 말이오! 생각을 바꾸시오. 돈이 부족해서 그러시오? 그렇다면 내 더 드릴 용의가 있소. 칠백 냥, 아니, 천 냥을 내겠소이다. 하니, 그런 쓸데없는 짓은 하지 마시구려. 뭣 하느냐! 어서 은표를 가져오너라!"

말도 안 되는 논리를 쏟아 뱉은 황 대인은 묵조영의 의사도 무시하고 수하를 닦달했다.

그런 황 대인을 보며 실소를 내뱉은 묵조영이 고정 등에게 신호를 보냈다. 하나, 물건이 물건인지라 고정 등도 일순 어찌해야 할지 판단을 내리지 못하고 설련을 바라보았다.

설련은 묵조영과 백기돈을 잠시 응시하다 고개를 끄덕였다.

허락이 떨어지자 그들의 손에 들린 백기돈이 천천히 이동을 시작했다.

"안 돼!"

황 대인이 미친 듯이 소리를 질렀지만 묵조영의 행동엔 거리낌이 없었다.

"잘 가라. 만나서 반가웠다."

부드러운 미소와 함께 백기돈의 머리를 쓰다듬는 묵조영.

"잘 가."

은근슬쩍 끼어들은 설련이 그와 똑같은 행동을 하며 미소를 지었다.

그런 설련에게 눈웃음을 보낸 묵조영이 고정과 동소에게 신호를 보내는 것과 동시에 백기돈이 허공을 갈랐다.

첨벙!

큰 물보라와 함께 백기돈은 순식간에 모습을 감췄다.

"이, 이런 미친 짓을!"

털썩 무릎을 꿇고 처절한 시선으로 백기돈이 사라진 장강을 바라보던 황 대인이 분노에 몸을 떨었다.

"이! 이! 너희 연놈들이 감히! 나를 능멸하고 살아날 성싶으냐? 얘들아!"

황 대인의 외침에 십여 명이 넘는 장정들이 우르르 몰려들었다.

"하늘 높은 줄 모르고 까부는 이 연놈들에게 뜨거운 맛을 보여주거라! 인정 따위는 볼 것 없다!"

황 대인이 고래고래 소리를 질렀다. 그러나 기세 좋게 나타난 그들은 아무런 행동도 할 수가 없었다.

어느샌가 황 대인의 곁으로 다가간 호신이 그의 목줄기를 움켜쥐었기 때문이다.

"커… 커컥."

"늙은 돼지, 백기돈이 그렇게 탐이 나나? 하면 네놈이 가서 잡으면 되잖아."

호신은 황 대인의 몸을 번쩍 치켜들어 난간 밖으로 내밀었다.

 호신의 손에 바동거리며 매달린 황 대인의 모습이 어찌나 우스운지 심각한 상황과 어울리지 않게 곳곳에서 웃음이 터져 나왔다.

 "사, 살려······."

 피가 통하지 않아 얼굴이 시뻘게진 황 대인이 간신히 입을 열며 소리를 질렀지만 호신은 얼굴색 하나 바뀌지 않고 냉막히 그를 노려봤다.

 "더러운 입을 함부로 놀렸다간 어찌 되는지 백기돈의 뱃속에서 반성을 해라."

 참으로 차가운 음성.

 비록 전형적인 졸부의 모습이었지만 그만한 부를 얻기까지 나름대로 수완도 있었고 사람 보는 눈도 있었던 황 대인은 아무런 표정 변화도 없는 호신을 보며 절망감에 사로잡혔다.

 "놔둬."

 황 대인의 목숨을 살리는 음성은 호신이 황 대인의 몸을 막 강에 집어 던지려던 찰나에 들려왔다.

 호신의 얼굴이 음성의 주인, 설련에게 돌아갔다.

 "욕심으로 가득 찬 돼지 같은 놈입니다."

 "그래도 그냥 놔둬."

 "알겠습니다."

 호신은 토를 달지 않고 황 대인을 갑판에 집어 던졌다. 그러자 황 대인의 위기에서도 어쩔 줄을 몰라 하던 장정들이 고함을 치며 달려들려 했다. 하지만 그 잠깐의 순간 동안 이미 호신이 어떤 인물인지 파악을 끝낸 황 대인이 필사적으로 그들을 말렸다.

"머, 멈춰!"

"어르신!"

"멈추라니까!"

목덜미에서 느껴지는 고통을 억지로 참으며 수하들을 말린 황 대인은 증오로 이글거리는 눈빛으로 호신과 설련, 묵조영 등을 노려보다가 선실로 몸을 돌렸다.

"병신."

고정이 코웃음을 치며 그를 비웃었다.

그 한마디가 비수가 되어 가슴을 후벼 팠으나 황 대인은 걸음을 멈추지 않았다.

'어디 두고 보자, 이놈들! 내 반드시 네놈들의 사지를 찢어 육포로 만든 뒤 잘근잘근 씹어 삼켜주마.'

저주와도 같은 맹세를 곱씹으며 황 대인이 사라지고, 그가 아니었으면 그와 똑같은 꼴을 당할 뻔했던 노린도 슬그머니 꽁무니를 뺐다. 물론 그의 표정엔 황 대인처럼 당하지 않았다는 안도감보다 백기돈을 놓쳤다는 아쉬움이 더욱 강했다.

그들이 사라지건 말건 신경도 쓰지 않던 설련이 그저 강물만 물끄러미 바라보는 묵조영에게 넌지시 물었다.

제 이름은 설련이에요

"괜찮겠어요?"

"뭐가요?"

"아깝지 않느냐고요."

"원래의 자리로 돌려보낸 것뿐인데요 뭘. 손맛을 본 것만으로 충분하지요."

"손… 맛이요?"

"예. 손맛."

설련이 이해를 하지 못한 표정으로 고개를 갸웃거리자 묵조영이 손으로 낚싯대를 잡아당기는 시늉을 몇 번 해 보였다.

"아! 이제야 알겠어요. 그 맛이 바로 그 맛이군요. 정말 좋던데요, 그 맛!"

묵조영의 말을 이해한 설련이 묵조영이 했던 행동을 따라 하며 환하게 웃자 묵조영도 마주 보며 웃음을 지었다.

"도대체 뭘 하자는 건지!"

고정이 영 배알이 뒤틀리는 표정을 하며 샐쭉거리자 호신의 주먹이 그의 머리 위로 떨어져 내렸다.

"아이쿡!"

고정이 죽을상을 쓰며 얼른 뒤로 물러났다.

'젠장, 망할 놈의 새끼, 망할 놈의 물고기 같으니라고!'

그는 극도로 짜증난 표정으로 한참 동안이나 묵조영을 노려보았다.

제44장

죽지 않았던 거야

"**뭘** 그리 골똘히 생각하십니까, 단주님."

호신의 물음에 눈을 감고 깊은 생각에 잠겼던 설련이 살짝 눈을 떴다.

"그 사람 말이야."

"묵영 공자 말입니까?"

"그래."

"무슨 문제라도 있습니까?"

"아니, 그건 아닌데……."

설련이 말끝을 흐리며 쳐다보자 그 즉시 그녀가 원하는 것이 무엇인지 파악한 호신이 입을 열었다.

"나이는 이십대 초반에 무석에서 출발하여 성도로 여행하는 중이랍니다."

"그건 나도 알아."

"여행의 목적이 무엇인지는 파악하지 못했지만 그간 배 안에서의 행적에선 별다른 문제점을 찾지는 못했다고 합니다."

"누가 그런 것 찾으래?"

"하면……."

잠시 망설이던 설련이 다시 입을 열었다.

"무공은 어떤 것 같아?"

"무공을 익힌 것 같지는 않다고 했습니다."

"확실해?"

"밀은단에서 심어놓은 녀석의 말이니 틀림없을 겁니다. 몇 번 시험도 해본 모양이더군요."

"흠, 그렇단 말이지."

고개를 끄덕이는 설련, 하지만 왠지 미심쩍어하는 기색이 역력했다.

"의심 가는 구석이라도 있는 겁니까?"

"아니, 그런 건 아니지만… 아무래도 무인이 아닐까 하는 생각이 들어서."

"그럴 리가요? 제가 보기에도 무공을 익힌 것 같지는 않았는데… 게다가 단주님도 못 알아볼 정도라면 고수도 보통 고수가 아니란 말씀 아닙니까?"

"그러니까."

"혹, 무공을 익힌 흔적이라도 발견한 겁니까?"

"아니, 그렇지는 않아. 그냥 느낌이 그래서 그래."

설련의 직감이 얼마나 예리한지 그동안 경험을 통해 너무나 잘 알고 있기에 느낌이란 그녀의 말에 호신의 얼굴이 딱딱하게 굳어졌다.

"감시를 붙여야겠습니다."

"내가 눈치 채지 못할 정도의 고수의 눈을 어찌 피할려고. 아직 정확한 것은 아니니까 쓸데없는 짓 하지 마."

"그건 그렇군요. 알겠습니다."

호신은 순순히 고개를 끄덕였다.

하나, 설련을 지켜야 한다는 책임감은 그로 하여금 그녀의 명을 거역하게 만들고 있었다.

천에 하나, 만에 하나라도 묵조영이 설련을 암살하기 위해서 의천맹이 보낸 자객일 수 있다는 것을 배제할 수 없기 때문이었다.

"그리고 하나 더."

"또 있습니까?"

"묵 공자가 지닌 낚싯대 말이야."

"낚싯대요?"

"그래. 어젯밤에는 그냥 그러려니 했지만 막상 지금 생각해 보면 어디선가 꼭 본 것 같단 말이야. 곁에 새겨진 무늬도 예사롭지 않았고, 특히 백기돈을 잡을 때 뭔가 본 것 같은데……."

설련이 호신의 의견을 구하는 시선을 보냈지만 호신은 고개를 가로저었다.

"그런가요? 자세히 보지 않아서 잘 모르겠는데요."

"그래? 흠, 그렇단 말이지."

고개를 끄덕인 설련은 다시 생각에 잠겼다.

'자세히 살펴볼 기회가 있겠지.'

하나, 기회는 없었다.

그날 이후, 어찌 된 일인지 묵조영은 다시는 낚시를 하지 않았고 당연히 천마조를 살펴볼 기회는 오지 않았다.

'훗, 재미있군.'

지난밤에 이어 또다시 설련과 술잔을 기울이던 묵조영은 어느 순간부터 묘한 시선을 느끼며 누군가를 한참 동안이나 살피다가 피식 웃음을 터뜨렸다.

그가 바라보는 사람은 악양을 지나 석수(石首)라는 곳에서 배에 오른 사십대의 사내였다.

세파에 찌든 모습하며 약간은 허름한 옷차림, 행여 자신의 물건이 도둑맞을까 불안해하며 주변을 살피는 모습이 영락없는 장사꾼의 모습이었다.

주위에서 너무도 흔히 볼 수 있는 모습이었기에 처음엔 별다른 관심을 주지 않았었다. 그러나 어느 순간, 비록 극히 짧은 시간에 불과했지만 그의 눈에서 무공을 익힌 자만이 지닐 수 있는 안광이 번뜩이는 것을 보며 그가 의천맹, 또는 마교에서 배에 침투시킨 간세라는 것을 직감할 수 있었다.

한데 바로 그가, 어찌 된 일인지 오늘 아침부터 자신을 감시하는 것이었다.

'어제의 일 때문인가? 아니면······.'

묵조영의 눈이 막 잔을 들이켜는 설련에게 향했다.

"왜요? 제 얼굴에 뭐라도 묻었나요?"

설련이 그의 시선에 얼굴을 만지며 물었다.

"하하, 아닙니다. 너무 잘 드셔서 말이지요. 나중에 제 친구 녀석과 만나면 좋은 술 동무가 될 것 같습니다."

"아, 그 고향 친구라는······."

"예. 곡운이라고··· 지금은 저나 녀석이나 둘 다 고향을 떠나 오랫동안 보지 못했지만 곧 만나게 될 겁니다."

'곡운?'

분명 익숙한 이름이었다.

'설마 아니겠지.'

쓸데없는 생각이라고 치부하며 고개를 흔든 설련이 웃음을 지으며 대꾸를 했다.

"술을 좋아하신다니 분명 좋은 분일 것 같네요."

"하하하, 술을 좋아한다고 좋은 친구라··· 재밌는 말이군요. 이거 나쁜 놈 소리를 듣지 않으려면 저도 열심히 마셔야 겠는데요. 하하하!!"

한껏 웃어 젖힌 묵조영이 설련에게 술잔을 내밀었다.

그러자 살며시 미소를 머금은 설련이 섬섬옥수(纖纖玉手), 곱디고운 손으로 술을 따랐다. 하지만 미소를 짓고 있는 그녀의 마음속은 어느샌가 호신에 대한 노여움으로 가득 차 있었다.

'감시를 붙여? 내 말을 무시했단 말이군.'

묵조영에게 술을 따른 설련은 그가 천천히 술을 마시는 사이 멀찌감치 떨어져 있는 호신에게 은밀히 전음을 보냈다.

[호신.]

[예, 단주님.]

설련의 전음이 차갑기 그지없자 호신은 바싹 긴장을 했다.

[누구지, 저 떨거지는?]

[누구를 말씀하시는 것인지……?]

[시치미 떼지 마. 저쪽 구석에 처박혀 있는 장사꾼 말이야.]

호신의 시선이 자연히 그쪽으로 향했다. 그리곤 영활한 눈을 굴리며 묵조영과 설련을 관찰하는 사내를 보곤 등골이 서늘해짐을 느꼈다.

'병신 같은!'

아무리 잘 변장을 하고 기척을 감춰도 설련과 같은 고수에게 통할 리가 없는 터. 그가 고정을 통해 내린 감시 명령은 분명 묵조영 단독으로 있을 때를 말함이었다.

[미, 밀은단의······.]

[쓸데없는 짓 하지 말라고 했을 텐데.]

[죄, 죄송합니다.]

[내 눈앞에서 당장 꺼지라고 해.]

[알겠습니다.]

[지금 당장!]

[네.]

호신은 설련과의 전음을 끝내자마자 고정의 정강이를 냅다 걷어찼다.

"윽!"

외마디 비명과 함께 영문 모를 얼굴로 쳐다보는 고정을 향해 호신이 싸늘한 한마디를 던졌다.

"오늘, 너와 나 죽을 뻔했다. 저 병신 빨리 치워 버려."

그제야 상황 파악을 한 고정이 새하얗게 질린 얼굴로 장사꾼에게 다가갔다.

모르는 척 곁눈질로 모든 상황을 지켜보던 묵조영은 눈앞의 설련을 다시 보지 않을 수 없었다.

'고수란 말인가? 그것도 내가 전혀 눈치 채지 못할 정도의 고수?'

그녀에 대한 의문이 부쩍 들었으나 묵조영은 내색하지 않았다.

설련 역시 묵조영이 밀은단의 감시를 단번에 눈치 챌 정도의 고수임을, 자신의 예측이 정확히 맞았음을 확신했으나 전혀 내색하지 않았다.

둘은 그렇게 상대에 대한 의문점을 가진 채 오히려 더욱 정답게 술잔을 기울였다.

무석을 떠난 지 정확히 스물 하고도 하루가 지나고 해가 중천에 이르기 바로 직전, 묵조영은 마침내 중경에 도착을 했다.

"가시는 곳이 성도라고 했나요?"

아쉬움 가득한 설련의 물음에 묵조영도 또한 섭섭한 표정을 지으며 고개를 끄덕였다.

"그렇습니다. 중경에서도 꽤 가야 하는 곳이지요."

"아쉽군요."

지난 며칠간, 묵조영과의 만남은 그녀에게 무척이나 흥미롭고 유쾌한 것이었다.

좋은 술 동무를 만나서 좋았고, 늘 자기를 어려워하는 수하들이 아닌 또래의 이성과 허물없이 이야기를 나눌 수 있어서 좋았다. 더구나 일찍이 부모를 잃었다는 동질감에 비록 짧은 만남이었지만, 그리고 서로의 진정한 정체와 속내를 완전히 꺼내놓을 수는 없었지만 그래도 상대의 마음을 깊이 이해할 수 있어서 더욱 좋았다.

"저 역시 마찬가지입니다. 시간이 없다는 것이 너무 아쉽군요. 그래도 살다 보면 언젠가 또 만날 날이 있을 겁니다."

"동감이에요. 어쨌든 성도에서의 일이 잘되기를 빌겠습니다. 그리고 일전에 말씀하신 그 아가씨와의 문제도 모든 오해를 풀고 잘 해결되면 좋겠군요."

"예. 꼭 그럴 생각입니다."

"그렇다고 나중에 저를 모른 척하시는 것은 아니겠지요?"

"하하하, 그럴 리가 있겠습니까?"

묵조영이 너털웃음을 터뜨리며 고개를 흔들었다.

"그럼 이만 가보겠습니다. 설 소저께서도 남은 여행 잘하시기 바랍니다. 여러분도요."

묵조영은 살짝 허리를 굽혀 설련을 호위하는 호신 일행에게 인사를 했다. 그리곤 답례를 받지도 않고 몸을 빙글 돌렸다.

"······."

물끄러미 그를 바라보는 설련의 얼굴이 묘한 수심에 잠겼다.

"서운하십니까?"

호신이 조용히 물었다.

"글쎄. 나도 잘 모르겠어. 그래도 조금은 더 같이 여행을 하고 싶었는데 말이야."

"오늘 저녁 무렵이면 어차피 우리도 목적지에 도착하게 되어 있습니다."

"그래… 그렇군."

"그리고 그가 단주님께서 말씀하신 대로 추측할 수 없는 고수라면 그의 말대로 또 만나게 되지 않겠습니까? 좋게 만날지, 그렇지 않을지는 알 수 없는 노릇이지만요."

호신의 말에 설련이 고개를 끄덕였다.

"맞는 말이야. 모든 게 알 수 없는 것투성이지."

'또한 제대로 알지 못하는 것엔 그의 이름도 포함되어 있군.'

혼잣말을 중얼거린 설련은 뭔가 생각을 하더니 어느새 한참을 걸어가고 있는 묵조영을 향해 전음을 날렸다.

[그냥 가시려는 건가요?]

순간, 깜짝 놀란 묵조영이 배를 향해 몸을 돌렸다.

[설… 소저인가요?]

[그렇게 놀라실 필요는 없잖아요. 어차피 알고 있었으면서.]

[하긴, 그도 그렇지요.]

묵조영이 피식 웃으며 대꾸했다.

[그동안 정말 즐거웠어요.]

[저도 그랬습니다.]

[그렇다면 그냥 가시면 안 되지요.]

[예?]
[묵영… 본명이 아니잖아요.]
[…….]
묵조영은 쉽게 대답을 하지 못하고 잠시 머뭇거렸다.
[곤란하면 됐어요.]
서운한 기색이 역력한 음성이었다.
[아니오. 이것도 인연이라면 인연인데 굳이 감출 필요가 있겠습니까? 조영이라고 합니다. 묵조영.]
[묵… 조… 영.]
설련의 몸이 자신도 모르게 휘청거렸다.
[그때는 말을 못했지만 설련이라는 이름, 생각하면 생각할수록 설 소저와 잘 어울립니다. 예쁜 이름이에요.]
그 말을 끝으로 묵조영이 다시 몸을 돌렸다.
설련은 묵조영의 신형이 하나의 점으로 사그라들어 사라질 때까지 멍하니 그의 뒷모습을 바라보았다.
'묵… 조영이라니!'
절대로 잊을 수 없는 이름!
범우의 시신을 바로 코앞에서 본 그녀였다. 어찌 잊을 수 있겠는가!
'죽었다더니… 죽지 않았던 거야.'
둘 사이에 전음이 오가고 있음을 눈치 챈 호신은 굳은 표정으로 입을 다물고 있었다. 분명 심상치 않은 일이 벌어지고 있음을 직감한 것이었다.

"그렇군! 역시 천마조였어. 어디서 많이 보았다 싶더니만."

"단주님."

중얼거림을 제대로 듣지 못한 호신이 재빨리 물었지만 설련은 아무런 대꾸도 하지 않았다.

"그럼 우리는 적… 인가?"

스스로에게 묻는 그녀의 음성은 어딘지 모르게 슬픈 기색을 띠고 있었다.

* * *

"좀 쉬어야겠군."

묵조영은 조금은 허름한 주점을 발견하곤 바삐 움직이던 걸음을 멈췄다.

사천의 중심 성도는 중경에서도 적어도 닷새는 꼬박 걸어야 하는 거리였으나 밤낮을 가리지 않고 길을 재촉한 그는 단 이틀 만에 성도 외곽에 도착해 있었다.

당가가 있는 당가타까지의 거리는 고작 반 시진, 이제 조금은 지친 몸을 달랠 때가 된 것이다.

"간단한 요깃거리하고 술 한 병. 술 먼저 줘."

자리에 앉기가 무섭게 주문을 한 묵조영은 벽에 등을 기대고 지그시 눈을 감았다. 언뜻 보기엔 피곤에 절은 여행객의 모습이었지만 그의 신경은 곤두설 대로 곤두선 상태였다.

삐그덕.

금방이라도 떨어져 나갈 듯한 문이 열리며 한 사내가 모습을 드러냈다.

'역시 왔군.'

묵조영의 한쪽 입꼬리가 살짝 치켜 올려졌다.

그가 사내의 존재를 눈치 챈 것은 배에서 내려 성도로 향한 지 정확히 반나절이 지난 다음이었다.

물론 목적지가 같을 수도 있었다.

그렇다면 앞서거니 뒤서거니 하며 그를 따라붙었다 해도 별 이상할 것이 없었다. 하지만 묵조영이 일반인으로선 상상도 할 수 없는 강행군을 하고 있음에도 그가 별로 힘들이지 않고 따라붙었다는 것과 그때마다 다른 모습으로 나타났다는 것이 중요했다.

'더 이상은 그냥 두고 볼 수 없지.'

당가를 코앞에 두고 있는 지금, 정체도 알지 못하는 인물을 달고 다닐 수는 없었다. 꼬리를 떼어야 한다는 생각을 굳힌 묵조영은 간단히 식사를 끝낸 뒤 그를 향해 다가갔다.

때마침 곁눈질로 묵조영을 살피던 사내가 움찔하며 딴청을 피웠다.

가소롭다는 듯 피식 웃음을 터뜨린 묵조영은 사내의 양해도 구하지 않고 맞은편 의자에 앉았다.

"무슨……."

사내가 입속에 든 음식물을 미처 삼키지 못하고 물었다.

"당신, 누군가?"

사내가 영문을 모르겠다는 표정으로 두 눈을 동그랗게 뜨자 묵조영은 다소 싸늘한 표정으로 다시 물었다.

"누구냐고 물었다. 도대체 언제까지 나를 쫓아다닐 셈이지?"

그러자 사내는 오히려 짜증 섞인 말투로 반문을 했다.

"그게 무슨 소리요, 내가 당신을 쫓아다니다니? 사람 잘못 본 것 아니오?"

"변명은 필요없다. 이미 알고 있으니까. 다시 묻지. 너는 누구냐? 그리고 무슨 이유로 나를 미행한 것이지?"

"누가 미행을 했단 말이오? 난 그저 발품 팔아 하루하루를 먹고사는 장사꾼에 불과하거늘."

"장사꾼이라… 하긴, 차림새는 그럴듯해. 단지 예사 장사꾼이 아니라는 것이 문제지."

"어허! 정말 생사람 잡을 사람이 아닌가!"

사내는 상대할 가치도 없다는 듯 벌떡 일어나 주점을 빠져나가려 했다. 하나, 그것을 가만 두고 볼 묵조영이 아니었다.

묵조영은 사내가 일어나기가 무섭게 손을 뻗었다.

깜짝 놀란 사내가 황급히 몸을 피하려 했지만 그의 한쪽 팔은 이미 묵조영의 손에 제압을 당한 상태였다.

"언제부터 장사꾼이 이런 날쌘 무공을 익혔을까?"

묵조영의 비웃음에 사내의 얼굴이 벌게졌다.

"어디 또 한 번 장사꾼이라 변명을 해보시지. 그때는 아예 팔을 부러뜨려 버릴 테니까."

묵조영이 내뿜는 차가운 기운에 뭐라 소리를 지르려던 사내는 더 이상 어떤 변명도 통하지 않는다는 것을 알고는 묵조영의 눈을 지그시 응시했다.

순간, 사내의 기도가 일변했다.

"죽여라."

세작 노릇을 한 지 벌써 팔 년, 상대의 실력을 가늠하는 데에는 탁월한 능력을 지닌 그는 자신이 묵조영의 손에서 빠져나갈 수 없다는 것을 직감하곤 원래의 모습으로 돌아왔다.

"넌 어떤지 몰라도 난 함부로 사람을 죽이지 않아. 내가 궁금한 것은 네가 누구며, 또 무슨 이유로 나를 쫓아왔느냐는 것이지."

"훗, 내가 말을 할 것 같으냐?"

"그거야 난 모르지. 그저 입을 열게 할 수 있는 방법 몇 가지는 알고 있다는 것뿐."

"마음대로."

무심히 대답한 사내.

죽지 않았던 거야

그 순간, 묵조영의 손이 번개같이 움직이더니 사내의 턱을 움켜잡곤 입 안에 든 조그만 물체를 빼냈다.

"지독하군. 자살을 위한 독인가?"

"……."

"우선 자유롭게 움직일 수 없도록 해야겠군."

묵조영이 또 다른 자살 시도를 미연에 방지하기 위해 사내에게 손을 뻗는 순간이었다.

"더러운 마교의 주구! 나 하나 죽인다고 네놈의 행적이 감춰질 것 같더냐? 더 이상 모욕을 주지 말고 죽여라."

때마침 사내의 아혈을 제압하려던 묵조영의 손이 그대로 멈췄다.

"마교의 주구?"

묵조영의 얼굴이 차갑게 일그러졌다.

참으로 듣기 싫은 말이었다.

그리 오래되지도 않은 과거에 마교의 주구라는 누명을 쓰고 얼마나 고생을 했던가!

"어리석은 놈. 두 손을 들어 하늘을 가린다고 하늘이 가려지는 법이… 컥!"

사내는 말을 잇지 못하고 그대로 나뒹굴었다.

묵조영이 그대로 발길질을 해버린 것이다.

"딱 한 번만 묻겠다. 대답을 하고 하지 않음은 네 자유나 그에 대한 대가는 각오를 하는 것이 좋을 것이다."

"흥! 죽음 따위로 나를 위협……."

묵조영은 그의 목을 다시 틀어쥐는 것으로 말을 막고 조용히 물었다.

"분명 마교의 주구라고 했느냐?"

"부, 부… 인해도 소용없다."

"물었을 텐데?"

"이유는 네놈이 더 잘 알지 않느냐! 네놈은 끝까지 정체를 감추고 싶겠지만 이미 상부에 보고가 올라갔다. 네놈뿐만 아니라 배 안에서 만났던 그 연놈들의 움직임까지도."

"배 안에서……."

설련과 그 수하들을 일컫는 말일 터. 짚이는 바가 있었다.

'그들이 마교의 인물이었던가?'

묵조영이 잠시 생각에 잠기자 사내가 한껏 비웃음을 흘리며 말했다.

"이제야 기억이 나느냐? 흥, 어디 끝까지 부인해 보시지?"

"그들이 마교의 인… 물이라고?"

"참으로 가증스럽구나. 언제까지 시치미를 뗄 셈이냐? 우린 그년을 악양에서부터 이미 추격해 왔다."

"……."

묵조영은 더 이상 말을 하지 않았다.

그저 곤혹스런 눈빛으로 설련의 아름다운 얼굴을 떠올릴 뿐이었다.

'그녀의 신분이 범상치 않을 것이라 생각은 하고 있었지만 설마 마교의 인물이라니. 더구나 그 무공을 생각하면…….'

천마호심공을 대성하며 과거와는 비교도 할 수 없을 경지에 올랐으나 그녀가 무공을 지닌 것을 발견한 것은 쉽지 않은 일이었다. 그만큼 뛰어난 고수라는 것이었고 그 정도 무공이면 모르긴 몰라도 마교에서도 핵심적인 수뇌일 터.

남녀 사이를 떠나 오랜만에 마음을 터놓고 얘기를 나눈 상대가 하필이면 악연으로 엮인 마교의 인물이라는 것이 못내 마음이 걸렸다.

"왜 말이 없는 것이냐? 이제 알겠느냐? 감춰봤자 아무런 소용 없다는……."

마음껏 조롱을 하던 사내는 어느 순간 정신을 잃고 힘없이 고꾸라졌다.

'그녀가 마교의 인물이었다면 이자는 틀림없이 의천맹 쪽의 세작이겠군.'

정신을 잃고 쓰러진 사내를 보는 묵조영의 얼굴은 착잡하기 그지없었다.

무림의 분란에 얽히지 않으려고 그렇게 조심을 하고 또 했건만 전혀 예상치 못한 곳에서 다시 마교의 주구라는 소리를 듣게 된 것이다.

"후~"

주점의 문을 나서는 묵조영의 입에서 긴 한숨이 터져 나왔다.

한데 묵조영이 떠난 지 반 각이나 되었을까?

주점 어딘가에서 조그만 새 한 마리가 날개를 퍼덕이며 날아올랐다. 그리곤 묵조영의 머리 위를 몇 번 선회하다가 곧 사라졌다.

＊　　　＊　　　＊

당가타 초입.

당가를 코앞에 둔 묵조영의 발걸음을 결코 가볍지 않았다.

애당초 당가를 찾는 사안이 사안이었는지라 당가에 가까이 가면 갈수록 마음속 한구석에서 알 수 없는 긴장감이 치솟는 데다가 주점에서 만난 사내의 말이 영 마음에 걸리는 것이었다.

바로 그 순간이었다.

전신을 싸르르 울리는 느낌이 있었다.

'뭐지?'

그의 눈동자는 본능적으로 위험을 감지한 맹수의 것처럼 반짝반짝 빛나고 있었다.

'하나, 둘, 셋, 넷… 열둘? 아니, 한 명이 더 있군.'

묵조영은 자신을 향하는 기운을 은밀히 추격하여 주변 숲 등에 은신을 하고 있는 사람들을 찾아냈다.

죽지 않았던 거야

'누군가?'

가장 먼저 떠오른 것이 주점의 사내였다.

'의천맹인가?'

묵조영은 걸음을 멈췄다.

묘한 침묵이 주변을 휘감았다.

그런 침묵이 일각이 넘어갈 즈음, 좌측 숲에서 걸걸한 음성이 흘러나왔다.

"들킨 것 같군."

그 말을 시작으로 좌우에서, 정면에서, 그리고 후미에서 열두 명의 사내가 모습을 드러냈다.

묵묵히 그들을 응시하던 묵조영이 어느 한곳을 한참 동안이나 응시를 했다. 그러자 가장 강력한 기운을 지니고 있음에도 오히려 눈치 채기 어려웠던 인물이 천천히 걸어나왔다.

묵조영은 그제야 자신을 포위하고 있는 이들의 면면을 살피기 시작했다.

맨 뒤에서 뒷짐을 지고 나타난, 오십 전후 되어 보이는 중년의 사내를 제외하고는 전부 이십대 전후반의 사내들이고 후미에서 퇴로를 차단하고 있는 청년은 이제 겨우 십대 후반이나 되었을까 싶을 정도로 어린 나이였다.

"누구시오?"

묵조영이 차분한 음성으로 물었다.

그 질문이 자신에게 향한 것임을 안 중년인이 도리어 반문을 했다.

"그러는 너는 누구냐?"

"묵… 영이라 하오."

"네가 마교의 주구라는 자냐?"

순간, 묵조영의 얼굴이 일그러졌다.

아니길 바랐건만 예상대로였다.

난데없이 나타나 앞을 가로막은 이들은 자신을 마교의 주구로 알고 있는 자들. 다시 말해 의천맹의 무인들일 가능성이 농후했다.

"의천맹이시오?"

"의천맹? 훗, 의천맹이 전 무림을 좌지우지해도 이곳 사천에서는 아니다."

중년인이 짐짓 광오한 표정을 지으며 대꾸했다.

묵조영은 그 즉시 독불장군과도 같다는 한 가문을 떠올렸다.

다소 편협하고, 고집도 세어 무림에서 외따로 고립되어 있지만 사천에서만큼은 그 세력이 마교나 의천맹을 앞지른다는 사천의 패자 당가였다.

"당가시오?"

중년인이 고개를 끄덕였다.

"잘 알고 있구나. 하면 무엇 때문에 우리가 너를 찾아왔는지도 알겠지? 마교의 주구."

"난 마교의 주구가 아니오."

"그거야 조사해 보면 알 것이고."

"어째서 함부로 사람을 의심하는 것이오?"

"함부로라……."

중년인의 입가에 비릿한 조소가 흘렀다.

"사천에서 일어나는 모든 일은 본 가의 눈을 피하지 못한다. 조금 전, 주점에서 만났던 사내를 모른다고는 하지 않겠지?"

"……."

묵조영이 황당하다는 눈으로 중년인을 바라보았다.

주점을 떠나온 지 고작 이각여, 그 짧은 시간에 주점에서 벌어진 일이 벌써 보고가 되고 그에 대한 대응을 하는 당가를 보며 사람들이 어째서 당가를 사천의 주인이라 일컫는지 비로소 이해를 할 수가 있었다.

"그건 오해요."

"오해?"

"그렇소이다. 난 마교의 주구가 아니오."

"시끄럽다!"

맨 처음 좌측에서 모습을 드러낸 사내가 어깨에 걸쳤던 칼을 땅에 찍으며 위협적인 음성으로 소리쳤다.

"어르신께서 말씀하지 않으셨느냐? 그건 조사해 보면 안다고."

조금 전에도 그랬지만 다시 들어도 가히 듣기 좋은 목소리는 아니었다.

"내 당가에 볼일이 있어 온 것은 맞지만 조사를 받으러 온 것은 아니오."

"호~ 이제야 바른말을 하는군. 마교의 주구 따위가 어째서 본 가를 찾는 것이냐?"

"볼일이 있다고 했소."

상대의 고압적인 태도가 마음에 들지 않는지 묵조영의 음성도 점점 싸늘해졌다.

"그러니까 그 볼일이 무엇이냐고 묻는 것이다."

"물어 뭣 해? 염탐이라도 하려는 것이겠지."

한 사내가 그의 곁으로 다가오며 입을 열었다.

"말이 통하지 않는군."

묵조영은 더 이상 말을 섞어봤자 오해만 더 깊어질 것이라 여기고 그냥 지나치려 했다.

순간, 그의 앞을 가로막고 있던 사내들의 안색이 차갑게 변했다.

챙!

땅을 짚고 있던 칼이 어느새 묵조영의 목덜미를 향하고 주변의 인물들 사이에 낀 철질려 등도 언제든지 날아오를 준비를 마쳤다.

"건방 떨지 마라. 이곳은 마교의 주구 따위가 마음껏 설치고 다닐 수 있는 곳이 아니다."

마교의 주구라는 말에 묵조영의 관자놀이가 움찔거렸다.

마음 같아선 당장에라도 버릇을 고쳐 주고 싶었지만 어쨌든 이유가 있어 당가를 방문했고 더구나 부탁을 해야 할 처지였다. 괜한 분란을 만들고 싶지는 않았다.

"다시 한 번 말하지만 난 마교의 주구가 아니오. 당신들이, 그리고 주점의 그 사내가 오해를 한 것이오."

묵조영은 부글부글 끓는 노기를 억지로 참고 최대한 정중하게 말했다. 하지만 상대의 반응은 차갑기만 했다.

"흥, 오해는 얼어죽을 오해! 되도 않는 변명 따위는 늘어놓지 말고 본색을 보여라."

사내는 들어볼 가치도 없다는 듯 콧방귀를 뀌었다. 동시에 이곳저곳에서 빈정거리는 소리도 터져 나왔다.

"쓸데없는 소란을 일으키고 싶지는 않소. 하니 오해를 풀고……."

때마침 그의 뇌리에 한 사람의 얼굴이 떠올랐다.

언젠가 한번은 당가로 찾아와 달라고 하던 천독수(千毒手) 당록(唐麓)이었다.

'아, 진작 그의 이름을 말할 것을 그랬군.'

"혹, 천독수 당……."

하나, 미처 말을 끝내기 전에 돌아온 것은 싸늘한 조소와 날카로운 칼날이었다.

"오해는 네놈 혼자서 풀고 우선 이거나 받아라!"

쉬이익!

허공을 가르는 파공성과 함께 칼날이 목덜미를 파고들었다.

묵조영의 얼굴이 싸늘히 굳었다.

자신의 얘기가 끝나지도 않았는데 이렇듯 전격적으로 공격을 해온 상대의 무례에 화가 치민 것이다.

입술을 살짝 비틀어 깨문 묵조영은 교묘히 발을 놀려 사내의 공격을 여유있게 피하더니 곧바로 사내의 옆구리를 후려쳤다.

자신의 공격이 그렇게 무위로 돌아갈 줄 몰랐다는 듯 당황한 사내가 재빨리 칼을 거두고 방어를 해보려 했지만 묵조영의 움직임은 그가 예상한 것보다 최소한 세 배는 빨랐다.

"컥!"

사내의 입에서 묵직한 비명이 터져 나오고 공격할 때의 기세와는 정반대의 비참한 모습으로 땅바닥에 나뒹굴었다.

실로 찰나지간에 벌어진 상황이었다.

상황 파악을 제대로 하지 못한 이들은 멍한 눈으로 묵조영과 참담한 꼴로 바닥을 기는 동료를 본 후에야 비명과도 같은 함성을 터뜨리며 묵조영을 향해 달려들었다.

"이놈!!"

"죽일 새끼!"

한 무리는 묵조영을 공격하고 다른 한 무리는 방금 공격을 당해 쓰러진 사내를 부축했다.

동료의 도움을 받아 간신히 몸을 일으키는 사내는 충격으로 인해 눈도 제대로 뜨지 못하고 비틀거렸다.

"감히 당가에 도전을 하다니!"

청년 중 한 명이 묵조영에게 진득한 살기를 뿌리며 소리쳤다. 그러자 묵조영이 조용히 대꾸했다.

"도전? 난 그저 내 몸을 방어했을 뿐이다."

"닥쳐라!"

화가 치밀 대로 치민 청년이 검을 치켜세우며 달려들었다.

그보다 앞서 십여 개의 철질려가 예리한 파공성을 내며 짓쳐들었다.

묵조영은 황급히 뒤로 물러나 공간을 확보하며 천마조를 휘둘렀다. 절반이 넘는 철질려가 천마조에 맞고 떨어졌으나 나머지는 여전히 그의 요혈을 노리며 날아들었다.

군림전포만 있었다면 애써 몸을 움직일 것도 없었을 테지만 추월령에게 주고 난 지금은 그 스스로 몸을 보호해야만 했다.

묵조영은 왼쪽 발을 축으로 빙글 몸을 돌렸다.

그의 몸이 삽시간에 팽이처럼 맹렬한 회전을 하며 동시에 강한 회오리를 만들고 요혈을 파고들던 철질려는 회오리가 만든 기류를 감당치 못한 채 힘없이 쓸려 날아가 버렸다.

그러나 공격은 아직 끝난 것이 아니었다.

묵조영의 몸이 멈추기만을 기다렸다는 듯 양쪽에서 칼이 날아들었다.

묵조영의 몸이 뒤로 젖혀졌다.

하나의 칼이 그의 머리카락을 스치듯 지나가자 묵조영은 그 칼을 쥔 자의 손목을 낚아채 다른 한쪽에서 오는 공격을 막아냈다.

"빌어먹을 놈!"

엉뚱하게 동료의 공격을 막게 된 청년이 이를 갈며 칼을 뺐다.

순간, 칼과 함께 접근한 묵조영이 그의 가슴을 어깨로 들이받아 버렸다.

"컥!"

사내가 가슴을 부여잡고 답답한 신음을 내뱉으며 나가떨어졌다.

그사이 묵조영은 뒤에서 접근하는 사내의 공격을 슬쩍 피하는 것과 동시에 손목을 그대로 비틀어 잡으며 발길질을 했다.

그 사내 역시 비명도 제대로 지르지 못하고 기절을 해버렸다.

겨우 두서너 호흡밖에 지나지 않았을 짧은 시간 동안 세 명의 사내를 무장해제시킨 묵조영은 점점 포위망을 좁혀오는 당가의 무인들을 무심한 표정으로 바라보았다.

 호흡은 하나도 거칠어지지 않았고 땀도 흘리지 않았다. 두려움이나 동요 따위는 더더욱 없었다. 그저 올 테면 오라는 듯 너무도 태연한 자세였다. 그런 묵조영의 자세에서 오히려 두려움을 느낀 것은 당가의 무인들이었다.

 손만 뻗으면 닿을 정도의 거리까지 포위망을 좁혔음에도 그들은 서로의 눈치를 보며 쉽게 공격을 하지 못했다.

 하나, 계속 그렇게 대치만 하고 있을 수는 없는 일이었다.

 어느 순간, 눈치를 주고받은 이들이 동시에 몸을 날리고 칼과 암기, 도룡편(屠龍鞭)이 천지를 휩쓸며 묵조영을 향해 날아들었다.

 단순히 몸을 움직이는 것으로 공격을 피하는 것이 쉽지 않겠다는 판단을 한 묵조영이 천마조를 살짝 움켜쥐고는 손목을 흔들었다.

 피리리릿.

 모습을 드러낸 천마조의 끝마디가 정면으로 날아오는 칼을 옆으로 쳐내고 뱀처럼 꿈틀대며 접근하는 도룡편을 휘감더니 하늘로 날려 버렸다.

 그사이 묵조영의 몸을 에워싼 낚싯줄은 그를 향해 날아오는 암기들을 소리없이 잠재웠다.

 단 두 번의 움직임으로 모든 공격을 무위로 만든 묵조영이 역습을 시작했다.

조용히 움직이기 시작한 낚싯줄이 사내들의 다리를 휘감아 넘기고, 이리 흔들, 저리 흔들거리며 교묘히 방향을 튼 천마조의 괴이한 움직임에 당가의 제자들은 어찌 방어를 해야 할지 좀처럼 갈피를 잡지 못하더니 몇몇은 손목을 부여잡고, 다른 몇몇은 다리를 절며 나뒹굴었다.

정확히 세 번의 호흡이 끝났을 즈음, 묵조영의 주변에 서 있는 사람은 아무도 없었다.

오직 조금 떨어진 곳에서 싸움을 지켜보던 중년인만이 황당하다는 눈으로 그를 바라보고 있을 뿐이었다.

"대단… 한 실력이로구나."

중년인이 다소 떨리는 음성으로 말했다.

잠시 잠깐이었지만 그만큼 묵조영의 무공은 압도적이었다.

화려함은 없었어도 뭐라 표현하기가 애매할 정도로 낭비가 전혀 없이 간결하면서도 강력한 움직임은 오십 평생 단 한 번도 본 적이 없었다.

"그들이 약했을 뿐이오. 솔직히 난 이렇게까지 하고 싶지는 않았소이다."

묵조영이 다소 오만한 표정으로 대꾸했다.

그 말에 당가의 무인들은 고개를 들지 못했다. 만약 묵조영이 작심을 하고 살수를 뿌렸다면 지금처럼 숨을 쉬고 있을 사람은 한 사람도 없을 것이라는 것을 그들 스스로가 잘 알고 있었기 때문이다.

"분명 훌륭한 무공이었다. 하지만 너무 자만하지는 말거라. 이것이 당가의 전부가 아니니."

"더 해보시겠소?"

묵조영이 다소 짜증난다는 표정으로 되묻자 중년인이 피식 웃음을 터뜨렸다.

"이미 시작을 했다. 네가 저들을 쓰러뜨리기 전부터."

중년인의 말을 이해하지 못한 묵조영이 고개를 갸웃거리며 말의 진의를 파악하려 하려던 찰나, 그의 눈에 중년인이 낀 녹피장갑이 들어왔다.

제45장
취몽산이 맞다

녹수탈혼(綠手奪魂)!

당가 사람이 손에 녹피장갑을 끼고 있으면 아무 생각도 하지 말고 무조건 도망치라던가!

우스갯소리치고는 너무나 현실적인 말이 있을 만큼 당가의 독공은 무서웠다. 단, 천하의 묵조영만큼은 그 말을 무시할 수 있었다.

독물의 최고봉이라 할 수 있는 음양쌍두사의 힘, 독과는 절대 상극의 우위를 점하는 만년홍학의 기운을 몸에 흡수한 그에겐 모든 독이 무용지물이라 할 수 있었다.

중년인이 은밀히 하독한 독이 주변에 퍼졌음에도 전혀 느

취몽산이 맞다 129

낌도 없고 또 영향도 없는 것은 그런 이유에서였다. 다만 그것을 알 수 없는 중년인은 승리를 확신했다. 그만큼 그는 당가의 독에 자부심을 가지고 있었다.

하지만 시간이 흐르고 독이 영향을 미칠 만큼 충분히 시간이 흘렀음에도 묵조영에게 아무런 반응이 없자 중년인은 조금씩 의혹을 가지기 시작했다.

'이상하구나. 반응이 올 시간이 지났건만.'

독에 중독이 되고도 애써 태연히 행동할 수는 있었다.

적에게 자신의 약점을 보이지 않기 위해 은밀히 해독을 하려고 시도할 수 있었다.

그런다 해도 미세한 흔들림까지 감출 수는 없었다.

문제는 태연히 자신을 쳐다보는 묵조영에게선 그런 어떤 흔적도 동요도 찾아볼 수 없다는 것.

"더 해보시겠소?"

묵조영이 조금 전과 같이 똑같은 질문을 던졌다.

"……."

중년인은 대답하지 못했다.

그저 치미는 분노를 애써 삼키며 못하고 양손을 들었다.

그 순간, 싸움은 시작되었다.

가슴께로 끌어 올린 중년인의 양손에서 푸르스름한 강기가 일었다.

그것을 바라보는 묵조영의 눈이 살짝 흔들렸다.

'독강인가? 아니면…….'

그와 같은 무공을 상대해 본 적이 없기에 정확한 판단을 내리기가 힘들었다.

'흠, 웬만한 독 정도야 문제될 것이 없겠지만 그래도 조심하는 것이 좋겠구나.'

"내가 선공(先攻)을 양보하지 않는다 해서 욕하지 말라."

그다지 억양을 느낄 수 없는 중년인의 말속엔 묵조영을 상당한 실력자로 인정하고 있음을 은연중 느낄 수 있었다.

"상관없소이다."

"하앗!"

힘찬 기합성을 터뜨리며 중년인의 몸이 앞으로 돌진해 묵조영과의 거리를 좁히며 팔을 휘둘렀다.

동시에 푸르스름한 강기가 양손에서 뻗어 나와 묵조영을 위협했다.

중년인의 공격에 묵조영의 눈빛이 반짝였다.

양 손바닥에서 흘러나온 강기가 매섭게 달려드는 것을 보며 심상치 않음을 느낀 것이다.

그는 추호의 방심도 없이 교묘히 발을 놀리며 공격을 피하고자 했으나 흘려보낸 것으로 알고 있던 강기가 갑자기 방향을 틀며 접근했다.

묵조영이 당황하는 사이, 중년인은 연거푸 다섯 번이나 손을 뻗었다. 순간, 그와 묵조영 사이엔 또렷하지는 않으나 분명 손바닥 모양을 하고 있는 강기의 바다가 펼쳐졌다.

그것이 당가가 자랑하는 회륜수(回輪手)와 적음신장(赤隱神掌)을 연계하여 펼친 것임을 알 길 없는 묵조영은 약간은 긴장한 표정으로 자신을 압박하는 공세를 살펴보다 갑자기 양손을 이리저리 교차하며 흔들었다. 그 속도가 점점 빨라지며 곧 중년인이 했던 것처럼 삽시간에 온 공간을 수영(手影)으로 뒤덮어 버렸다.

일명 일입운중(日入雲中:해가 구름 속으로 모습을 감추다)이란 초식으로 과거 을파소에게 배운 마교의 무공 중 하나였다.

꽝꽝꽝!

천지를 뒤덮을 듯 매섭게 일어난 양측의 기운이 충돌하며 꽤나 큰 충격파를 만들어냈다. 주변을 휘감는 흙먼지에 초조히 지켜보던 이들이 제대로 눈을 뜨지 못할 정도였다.

"음."

중년인의 입에서 묵직한 신음이 흘러나왔다.

천하무적은 아닐지라도 나름 상당한 자부심을 지니고 있던 당가의 적음신장이 그저 몇 번 손을 흔드는 듯한 움직임에 파훼당한 것이 도저히 믿기지 않는 듯했다.

무엇보다 그를 놀라게 만든 것은 적음신장의 밑바탕에 깔려 있는 독공이 묵조영에게 전혀 영향을 미치지 못했다는 데 있었다.

그의 불안정한 심정을 표현하기라도 하듯 묵조영을 노려

보는 중년인의 얼굴이 딱딱하게 굳어 있었다.

당황하고 있는 것은 비단 중년인뿐만이 아니었다.

주변에서 놀람을 넘어 경악을 금치 못한 표정으로 싸움을 지켜보는 당가의 청년들은 도저히 믿을 수 없는 현실 앞에 넋이 빠져 있었다.

눈앞의 중년인이 누구던가!

독수응(毒手鷹) 당초(唐草).

회륜수와 적음신장 단 두 가지 무공만으로 숨은 고수가 많다는 당가에서도 열 손가락 안에 꼽히는 인물.

나이 삼십부터 그 능력을 인정받아 외당 당주를 맡으며 지금까지 헤아릴 수도 없이 많은 공을 세우다가 결정적으로 오년 전, 사천 일대를 주름잡으며 악행을 펼치는 것도 모자라 당가의 권위에 도전을 해온 맹조삼괴(猛爪三怪)를 한 줌 독수로 만든 공로를 인정받아 당가 사상 최연소 장로에 오른 사람이 바로 그였다.

한데 바로 그가, 이제 겨우 스물서너 살 정도밖에 되지 않은 애송이에게 애를 먹고 있었다. 아니, 애를 먹는 정도가 아니라 분위기를 보면 오히려 점점 밀리는 듯한 모습이었다.

당가의 청년들은 믿기 어려운 상황에 다들 경악을 금치 못하고 있었다.

슈류류류륭.

살을 에는 듯한 차가운 바람과 함께 어느샌가 녹피를 벗어버린 당초의 손이 파랗다 못해 점점 검게 변하기 시작했다.

'음.'

아직 공격이 시작되기도 전인데 밀려드는 힘이, 전신을 압박하는 기운이 장난이 아니었다. 그리고 가슴 한쪽을 답답하게 만드는 느낌도 있었다.

'독?'

틀림없는 독이었다.

만독불침(萬毒不侵)이나 다름없는 그를 놀라게 만들 만큼 지독한 독. 하나, 가슴이 답답하기가 무섭게 단전 아래에서 청량한 기운이 일어 독 기운을 깔끔하게 해소시켜 버렸다.

'위험하군.'

비록 몸에 결정적인 위협을 주지는 못하겠지만 그래도 주의를 해서 나쁠 것은 없다고 생각한 묵조영은 보다 신중한 자세로 당초를 바라봤다.

이미 한 번의 실패를 맛본 당초는 괜히 오랜 시간을 끌어봤자 당가와 자신의 체면을 깎는 것이라 여기곤 최대한 빨리 승부를 끝내고자 했다.

파스슷!

마치 검을 휘두르는 듯한 파공성이 일며 그와 묵조영 사이에 하나의 선이 그어졌다. 그것이 강기를 응축시켜 마치 검기처럼 뿌린 것임을 간파한 묵조영의 손이 바삐 움직였다.

파파팍!

그의 손이 어찌나 빠르고 정확하게 움직이는지 당초가 뿌린 기운은 단 하나도 접근하지 못한 채 방향을 틀거나 흔적도 없이 사라졌다. 하지만 묵조영은 앞의 공격보다 더욱 은밀하고 위험한 기운이 있음을 느낄 수 있었다.

더할 수 없이 묵직하면서도 강맹한 내력이 담긴 기운이 밀려오는 소리.

우우우웅.

대기를 진동시키며 밀려오는 기운에 묵조영의 안색이 확 변했다.

'위험하다.'

맞부딪쳐 봐야 그다지 좋을 것 없다고 판단한 묵조영은 그 즉시 몸을 회전시키며 이화접목(梨花接木)의 수법으로 당초의 기운을 부드럽게 흘려보냈다. 그러나 단순히 흘려보내는 것으론 그의 공세를 완벽히 무마시킬 수 없었다.

이화접목이란 말 그대로 상대가 뿌린 힘을 고스란히 되돌려주는 것. 하나, 묵조영은 아직 그 묘리를 제대로 깨우치지 못해 그 힘을 흘려보낼 수는 있어도 되돌려주는 경지에까지는 이르지 못한 것이다.

"크으."

어깨가 뻐근하고 팔과 손목이 끊어질 듯 아팠다.

틈새를 이용해 몸속으로 파고드는 독 기운은 문제될 것이 없었으나 기세를 빼앗겼다는 것이 큰 문제였다.

 기세를 잡은 당초는 공세를 늦추지 않고 더욱더 묵조영을 몰아쳤다.

 파파팡!

 연속적으로 내뻗는 손길에 묵조영의 몸이 휘청거렸다.

 더 이상 밀렸다가는 끝장이란 생각을 한 묵조영이 잠시 뒤로 물러났다가 당초의 공세에 발맞추어 그에게 뛰어들었다.

 "꺼져랏!"

 당초가 다가오는 묵조영을 향해 양팔을 휘둘렀다.

 매서운 소용돌이를 일으키며 접근하는 강기.

 묵조영은 접근하는 속도를 줄이지 않고 최대한 허리를 숙여 정면 돌파를 강행했다. 하지만 당초에게 막 접근하여 최후의 일수를 날리려던 묵조영은 나아가던 속도보다 더욱 빠르게 뒤로 물러나고 말았다. 차갑게 웃으며 자신을 기다리고 있는 당초의 얼굴을 보았기 때문이었다.

 "운이 좋구나."

 당초가 함정에서 도망친 묵조영을 보며 칭찬 아닌 칭찬을 했다.

 "후~"

 잠시 물러난 묵조영이 긴 한숨을 내쉬었다. 그리곤 천마조를 들었다. 더 이상의 육박전은 힘들다고 판단한 것이다.

묵조영이 천마조를 들자 당초도 조금은 긴장한 듯했다.

날카로운 바람 소리와 함께 낚싯줄이 허공을 유영하기 시작하고 어느새 본모습을 드러낸 천마조가 빙글빙글 회전을 하며 당초의 요혈을 겨냥했다.

취릿!

"헛!"

급히 숨을 들이켠 당초가 왼손을 들어 자신에게 다가오는 천마조를 낚아채려 했다. 그러나 눈이라도 달린 듯 천마조는 오히려 그의 팔뚝을 노리며 방향을 틀었다.

짝!

경쾌한 소리와 함께 당초가 팔을 움켜쥐고 휘청거렸다.

단숨에 찢어진 의복, 쩍 벌어진 살에서 붉은 선혈이 흘러내렸다.

'무슨 놈의 낚싯대가……'

짧은 신음을 흘리며 물러나는 당초의 눈에서 당황한 빛이 떠올랐다. 상처를 보니 낚싯대가 아니라 마치 채찍질을 당한 것 같은데 통증이 보통이 아니었다.

"대단하군. 실로 놀라워."

당초가 진정 감탄한다는 듯 칭찬을 아끼지 않았다.

"……."

묵조영은 말이 없었다.

그저 아무런 의미도 없는 싸움을 빨리 끝내 더 이상의 충돌을 피하고 싶을 뿐이었다.

그의 결심을 읽었는지 당초는 생애 최대의 적수를 만났다는 듯 조심스런 태도로 다시 자세를 잡았다.

"조심해야 할 것이외다."

짧은 경고와 함께 묵조영의 손이 움직였다. 아니, 움직였다고 생각하는 순간 이미 바람을 가르며 날아가는 무엇인가가 있었다.

빠르기가 가히 번개와도 같았다.

땅바닥을 스치듯 꿈틀거리며 움직이다 갑자기 위로 튀어오르는 낚싯줄은 충분히 위협적이었다.

당초는 그 즉시 발을 들어 아래쪽을 치고 올라오는 낚싯줄을 밟으려 했다. 그것을 본 묵조영의 손이 살짝 튕겨지고 조금 전보다 더욱 빠르게 흔들거리며 움직인 낚싯줄이 당초의 허벅지를 찔러갔다.

"차아앗!"

힘찬 기합성과 함께 팔을 휘두르는 당초.

손에서 뻗어나간 강기가 낚싯줄을 흔적도 없이 소멸시켜 버렸다. 물론, 그 정도에 소멸당할 낚싯줄이 아니었다. 그저 강기가 일으킨 회오리에 밀린 것뿐이었다. 하지만 어느새 기운을 차린 낚싯줄은 또 한 번의 변화를 보이며 당초를 노렸다.

느릿느릿 허공을 유영하던 낚싯줄이 어느 순간부터 점점

그 속도가 빨라지더니 당초를 에워쌀 땐 이미 그 모습이 보이지 않을 정도였다. 더구나 회전을 하며 일으킨 소용돌이가 가히 용권풍에 비견될 정도였다.

우선은 그 소용돌이부터 막아야 한다고 판단한 당초는 적음신장의 절초를 이용해 정면으로 부딪쳤다. 그러나 낚싯줄이 일으킨 소용돌이는 사실상 허초나 마찬가지. 당초가 일으킨 기운이 소용돌이를 파괴하는 순간, 낚싯줄은 오히려 그의 손바닥을 꿰뚫어 버렸다.

"큭!"

당초의 입에서 짧은 비명이 터져 나왔다.

"타핫!"

기회를 놓치고 싶지 않은 묵조영의 기합성이 들리고 당초의 손바닥을 관통한 낚싯줄이 꿈틀대더니 어깨를 타고 올라가 당초가 미처 손을 쓰기도 전에 목을 칭칭 감아버렸다.

황급히 손을 뻗은 당초가 낚싯줄을 움켜잡았다. 하지만 힘을 줄 수가 없었다. 어느 사이엔가 접근한 천마조가 그의 목덜미를 지그시 누르고 있었기 때문이다.

"……."

"……."

당초와 묵조영의 눈빛이 허공에서 뒤엉켰다.

"졌… 다."

묵조영이 마음만 먹었다면 이미 자신의 목숨은 끝장이 났을 터. 당초는 고개를 떨구며 패배를 선언했다. 그러자 묵조영이 당초의 목에 감긴 낚싯줄을 조심히 풀며 물었다.
"천독수 당록이라는 분을 아십니까?"
당가의 사람으로서 모를 리가 없는 이름이었다.
당초가 번쩍 고개를 들며 되물었다.
"네가 어찌 그분을……?"
"과거에 잠시 인연이 있었습니다. 아, 물론 악연은 아닙니다만……."
순간, 뭔가 일이 잘못되고 있음을 느낀 당초가 다시 물었다.
"하면 이곳에 온 것이 그분을 만나뵙기 위함인가?"
말투도 이미 변해 있었다.
"꼭 그런 것은 아니지만……."
"어째서 미리 말을 하지 않았는가?"
"그럴 기회조차 없었던 것으로 기억하는데요."
"음."
애당초 그를 마교의 간세로 단정하고 제대로 물어보지도 않고 몰아세운 것이 실수라면 실수.
당초는 자신의 실책을 뼈저리게 후회하며 입술을 깨물었다.
"안내해 주시겠습니까?"
"……."
"부탁드리겠습니다."
묵조영의 정중한 요청에 당초는 힘없이 고개를 끄덕였다.

"따라… 오게."

마교 간세의 출현으로 바싹 긴장하고 있던 당가에게 당초의 패배가 알려진 것은 순식간이었다.

당가의 십대고수 중 한 명이었던 당초의 패배는 당가를 충격으로 몰아넣기 충분했다.

그나마 다행이라면 당초에게 쓰라린 패배를 안긴 사내가 마교의 간세가 아니라는 것이었다. 그래도 자존심 강한 당가로선 이유 여하를 막론하고 치욕적인 날이 아닐 수 없었다.

자연히 묵조영을 바라보는 당가의 시선은 싸늘하기만 했다.

숨 막힐 듯한 위협감 속에 당가에 들어선 묵조영은 곧 천독수 당록의 처소로 안내되었다.

"저를 기억하시겠습니까?"

묵조영의 물음에 천독수 당록은 너털웃음을 지었다.

"허허, 어찌 잊을까? 내가 지닌 재주가 얼마나 하찮은 것이었는지 뼈저리게 느끼게 해준 인물이건만."

"과찬입니다."

"과찬은 무슨. 사실이 그렇거늘. 그렇잖아도 자네의 소식은 간간이 접하고 있었네. 가장 최근에 접한 소식대로라면 이렇게 내 앞에 멀쩡히 앉아 있을 수는 없을 텐데 말이야."

그 말에 묵조영은 쓴웃음을 지을 수밖에 없었다.

"살아 있었군."

"운이 좋았습니다."

"운도 실력이지. 역시 자네는 어딘지 모르게 신비한 인물이야. 그건 그렇고… 조그만 소란이 있었다지?"

"그리되었습니다. 모든 게 제 실수입니다."

"엉뚱한 사람을 마교의 주구로 오해하고 공격한 놈들이 잘못이지."

이미 그간에 대한 사항을 자세히 들은 데다가 과거의 인연 때문인지 다른 당가의 인물들에 비해 당록은 묵조영에게 별다른 유감이 없는 듯했다.

"얘기를 듣고 깜짝 놀랐네. 솔직히 당초의 무공은 나도 버거운 것인데. 언제 그렇게 무공을 익힌 것인가?"

묵조영은 대답 대신 조용히 미소를 지었다.

"서, 설마……."

불현듯 느껴지는 것이 있는지 당록이 눈썹을 치켜 올리며 벌떡 일어났다.

"그때 이미 무공을 익히고 있었단 말인가?"

"예."

"허!"

당록은 어이없다는 표정으로 털썩 주저앉았다.

"이거야 원. 헛살았군. 눈앞에서 자네 같은 고수를 못 알아봤으니 말이야. 하면 어째서 그리 순순히 당했는가? 자네 정도의 실력이라면 그런 고생은 하지도 않고 충분히 빠져나갈 수 있었을 텐데."

"그때는 신객의 신분이었으니까요."

묵조영은 그다지 대수롭지 않게 대꾸했다.

"어쩐지… 제아무리 독에 대한 저항력이 있다고는 해도 그렇게 버티기는 힘든 것이었을 텐데 말이야. 하면 그 무공은 소문대로 마교와 연관이 있는 것인가?"

"인연이 있었습니다만 그뿐입니다. 지금의 마교와는 아무런 상관이 없습니다."

묵조영이 말을 아끼자 당록도 더 이상 묻지 않았다.

"뭐, 무림에 적을 두고 있는 사람치고 한두 가지 사연이 없는 사람이 없지. 아무튼 이렇게 다시 보니 반갑군."

"저도 그렇습니다."

"인사는 이쯤 해두고. 그래, 무슨 일로 나를, 아니, 당가를 찾아온 것인가?"

단도직입적인 질문에 묵조영은 자신도 모르게 침을 꿀꺽 삼켰다. 그만큼 긴장하고 있는 증거였다.

"한 가지 알아볼 것이 있어서 왔습니다."

"알아볼 것이 있다?"

"예."

"무엇인가?"

묵조영은 잠시 머뭇거리다가 조용히 입을 열었다.

"취몽산이란 독을 아십니까?"

"취… 몽산?"

설마하니 묵조영의 입에서 취몽산이란 말이 나올 줄은 꿈에도 생각지 못했던 당록이 깜짝 놀라며 되물었다.

"예. 오직 당가에서만 만들 수 있는 물건으로 알고 있습니다."

"그렇지. 자네가 말하는 취몽산이 정확히 어떤 것인지는 모르나 내가 알고 있는 취몽산이라면 오직 본 가에서만 만들 수 있는 물건이네."

사안이 심상치 않다고 여겼는지 묵조영 못지않게 당록의 음성도 진지하기 그지없었다.

"제가 알고 있는 취몽산은 이렇습니다."

묵조영은 심건이 말해준 취몽산의 특징에 대해 간단히 설명했다.

잠시 후 당록이 무겁게 고개를 끄덕였다.

"자네가 말한 취몽산은 틀림없이 본 가의 물건이네. 한데 자네가 어찌 취몽산을 알고 있나? 본 가에서도 취몽산에 대해 그렇듯 자세히 아는 사람은 드문데."

묵조영은 대답 대신 다른 질문을 던졌다.

"혹, 당가가 아닌 다른 곳에서, 아니면 그것을 만들 수 있는 사람이 있습니까?"

대답은 전혀 다른 방향에서 들려왔다.

"흥, 취몽산이 어떤 물건인데 감히 그런 망발을 하는 것이냐?"

"오셨습니까?"

당록이 벌떡 일어나 막 문을 들어서는 초로의 노인, 당성추(唐成湫)에게 허리를 숙였다.

그는 인사를 받지도 않고 묵조영을 노려봤다.

"네가 당초를 패배시켰다는 놈이냐?"

차갑다 못해 살기마저 느껴지는 어투에 묵조영의 눈썹이 씰룩였다.

"그렇습니다."

묵조영이 조용히 대답했다. 한데 듣는 사람에 따라선 참으로 건방질 수 있는 어투였다.

아니나 다를까, 당성추의 눈에서 한광이 번뜩였다.

"흥, 건방진 놈이로군. 따라나서라."

당록이 황급히 그를 말리고 나섰다.

"가주님!"

"왜 그러느냐?"

"제 손님입니다."

"당가를 우습게본 놈이야."

"그거야 오해에서 비롯된 일이지요. 그리고 그에 대한 책임은 언제든지 물을 수 있습니다. 잠시 여유를 주십시오."

"난 그럴 여유가……."

"가주님!"

당록이 버럭 소리를 질렀다.

그 어떤 가문보다 내규가 강한 당가에서 절대로 있을 수 없는 불경스런 장면이었다.

하지만 다른 사람도 아니고 당록이라면, 현 가주의 조카이자 차기 가주에 오를 수 있는 자격을 포기해 가면서까지 오직 세가를 위해 독 연구에 매진해 온 당록이라면 가능한 일이었다.

한번 빈정이 상하면 가주인 자신조차 어쩔 수 없을 만큼 막무가내인 사람이 당록임을 기억해 낸 당성추는 떨떠름한 표정으로 고개를 끄덕였다.

"좋다. 내 잠시 기다려 주마."

당성추를 진정시킨 당록이 묵조영에게 고개를 돌렸다.

"다시 묻겠네. 가주님의 말씀대로 취몽산은 오직 본 가에서만 만들 수 있는 것. 어찌하여 취몽산에 대해 묻는 것인가?"

"대답하기에 앞서 우선 묻겠습니다. 취몽산이 당가를 떠난 적이 있습니까? 누구에게 나누어주었다든가, 아니면 만들 수 있는 방법을 알려줬다든가……."

"아니, 절대로 없네. 취몽산은 그렇게 간단히 취급할 수 있는 물건이 아니야. 심지어 가주님도 장로회의의 동의하에만 취급할 수 있지. 누구에게 나누어줄 수 있는 물건도 아니고 더더군다나 제조법을 누출시킨다는 것은 있을 수 없는 일이네."

당록은 단호히 고개를 흔들었다. 그리곤 묵조영을 바라봤다. 조금 전 물음에 대답하라는 의미였다.

"제 부모님께서 취몽산에 중독되어 돌아가셨습니다."

"지, 지금 그게 무슨 말인가?"

당록이 당황하여 묻고, 지금껏 시큰둥한 태도로 앉아 있던 당성추도 두 눈을 동그랗게 뜨며 소리를 질렀다.

"있을 수 없는 일이다!"

"틀림없이 취몽산에 중독된 것이라 하였습니다."

"취몽산이 당가를 벗어난 일은 결단코 없었네."

"……."

"틀림없는가?"

당록이 재차 확인하듯 물었다.

"예."

"도대체 어떤 놈이 그러더냐? 본 가를 모함하고자 함이 아니면 그따위 망발을 할 수는 없다."

당성추는 당장 말을 하지 않으면 가만두지 않겠다는 듯 살기를 내뿜었다.

"성수의가의 의원님께 들었습니다."

성수의가라는 말에 당성추와 당록은 움찔하지 않을 수 없었다.

성수의가의 명성은 당가라도 함부로 폄하할 수 없을 정도로 독보적인 것이었기 때문이다.

"그리고 이것이 그 증거지요."

묵조영은 품에 갈무리한 주머니를 꺼내 들었다.

빼앗듯이 낚아챈 당록이 주머니를 펼쳤다.

주머니 안엔 일찍이 심건이 묵조영에게 보여주었던 조그만 뼛조각이 있었다.

"음."

심각한 표정으로 뼛조각을 살피는 당록.

다른 것은 몰라도 독에 대한 것만큼은 당록에 비해 어두웠던 당성추는 초조한 기색으로 당록의 입이 열리기만을 기다렸다.

제법 시간이 흐른 후, 당록은 이마에 흐르는 땀을 닦으며 한숨을 내쉬었다.

"어떠냐?"

당성추가 참지 못하고 물었다.

"취몽… 산이 맞는 것 같습니다."

"뭐라! 지금 취몽… 산이 맞는 것 같다고 말했느냐?"

"예."

대답을 하는 당록의 표정도 그렇고 듣는 당성추의 표정도 실로 가관이었다.

"그럴 리가……?"

당성추는 눈앞에 드러난 결과에도 도저히 승복할 수 없다는 듯 고개를 흔들었다.

그도 그럴 것이 그가 가주 직에 오른 지 정확히 이십이 년, 그동안 만독당(萬毒堂)에서 보관 중인 취몽산이 세상에 모습을 드러낸 것은 묵조영에게 낭패를 본 당록이 독의 연구에 필요하다며 끈질기게 부탁을 하여 극히 소량을 얻었을 때뿐이었다. 그 외에 취몽산이 움직인 적은 결단코 없었다.

"심각한 문제가 발생한 것 같습니다."

당록이 딱딱히 굳은 얼굴로 말했다. 그는 이미 최악의 경우를 가정하는 듯했다.

"하면 취몽산이 내 허락도 없이 움직였단 말이냐?"

"그렇지 않고선 설명이 되지 않습니다."

"있을 수 없는 일이다."

당성추는 단호히 고개를 흔들었다.

"그래도 확인을 해봐야 할 것 같습니다."

"물론이다."

절대로 있을 수 없는 일이나, 만에 하나 취몽산이 자신도 모르게 유출이 되었다면 결코 간과할 수 없는 일. 간단히 덮고 넘어갈 문제는 분명 아니었다.

"당장 장로회의를 소집하고 만독당의 모든 인원을 들라 해라."

"알겠습니다."

"우리 일은……."

벌떡 일어나 묵조영에게 뭐라 말을 하려던 당성추는 입술을 지그시 깨물며 몸을 돌렸다.

"자네는 여기서 기다리는 것이 좋겠군."

당성추를 따라 일어난 당록이 엉거주춤 일어나려는 묵조영을 만류했다.

어쩌면 한 세가의 치부를 보게 될지도 모르는 일이었다. 외인으로서 간섭할 필요는 없다고 여긴 묵조영은 순순히 고개를 끄덕였다.

"알겠습니다."

당가의 대소사를 결정하는 회의실.

긴 원탁을 놓고 중앙의 상석에 자리한 당성추를 중심으로 장로들이 좌우에 빼곡히 앉아 있고 끝에는 십여 명의 만독당 인원들이 도열해 있었다.

이미 당록으로부터 제반 사항에 대해 설명을 들은 장로들은 침울하기 그지없는 안색으로 만독당 당주 당청(唐晴)의 말에 온 주의를 기울이고 있었다.

"그러니까 당주의 말은 취몽산이 유출된 일은 절대로 없다는 것입니까?"

취몽산에 대해 추궁을 하는 당성추의 음성은 가히 추상과 같았다.

"이보시게, 가주. 노부가 만독당을 맡은 지 벌써 삼십 년일세. 장담컨대 그런 일은 결단코 없었네."

"거짓은 없을 것이라 믿겠습니다."
"없네."
"현재 취몽산의 양은 얼마나 됩니까?"
"정확히 열 냥에서 두 푼 모자랄 걸세."
"두 푼?"
"지난번 가주의 명으로……."
당록의 일을 말함이었다.
"아! 그렇군요. 어쨌든 틀림없는 수치겠지요?"
"그렇네."
"취몽산을 가져오너라."
당성추의 명이 떨어지자 취몽산이 얼마나 위험한 독인지 잘 알고 있던 이들이 저마다 긴장하는 빛을 띠었다.
"가주, 취몽산을 이곳으로 가져오는 것보다는 육장로를 보내 수치를 알아보는 것이 좋을 듯싶소."
보다 못한 대장로 당가로(唐歌路)가 말리고 나서자 말을 해놓고 아차 싶었던 당성추가 얼른 고개를 끄덕였다.
"그게 좋겠습니다. 이보게, 육장로."
당성추는 사사로이는 조카였으나 자리가 자리인지라 당록에게 존대를 했다.
"예, 가주님."
"가서 정확한 수량을 파악해 오도록 하게."
"알겠습니다."

취몽산이 맞다 151

공손히 대답을 한 당록이 부리나케 달려나갔다.

짙은 침묵의 그늘만이 회의실을 가득 메웠다.

만독당으로 갔던 당록은 정확히 이각 만에 돌아왔다. 한데 그의 표정이 가히 좋지 않았다.

"어떤가? 만독당주님의 말씀대로던가?"

"조금 더 부족합니다."

"부족… 하다?"

"예."

"얼마나?"

"다섯 푼 정도가 빕니다."

순간, 격동을 참지 못한 만독당주 당청이 벌떡 일어났다.

"그럴 리가 없다."

"제가 거짓말을 하고 있다는 겁니까?"

당록이 싸늘히 되물었다.

그러자 당청은 한 줄로 도열해 있는 수하들 중 한 명을 가리키며 소리쳤다.

"어찌 된 일인지 설명을 해보아라. 조금 전에도 취몽산엔 별다른 문제가 없다고 하지 않았느냐?"

하지만 질문을 받은 중년인은 고개를 푹 숙이고 아무런 말도 하지 못했다.

"이놈 장천아! 어서 바른대로 말을 하지 못할까!"

당청이 대노하여 소리를 지르자 그제야 겨우 고개를 쳐든 당장천이 기어들어 가는 음성으로 대답을 했다.
"죄송… 합니다, 당주님."
사실상 인정을 하는 것이나 다름없는 그의 말에 당청은 그 자리에 주저앉고 말았다.
"어찌 된 일인지 소상히 고하게."
당록이 싸늘히 외쳤다.
"면목… 없소이다."
사내는 그다지 변명할 생각도 없는 듯 그저 고개를 파묻고 있을 뿐이었다.
"이보시게, 부당주. 면목없다고 끝날 일이 아니지 않은가? 심각한 문제란 말일세. 어찌 된 것인가? 어찌하여 취몽산이 사라진 것이냔 말이야."
당록의 음성이 점점 거칠어졌다. 비로소 고개를 쳐든 당장천이 허탈한 표정으로 자신을 쳐다보는 당청을 응시했다.
자신의 대를 이어 만독당을 이어야 한다며 늘 충고와 격려를 해준, 일찍이 수많은 반발 속에서도 고아가 된 자신을 거둬 당씨 성을 준 사람.
'아버님……'
젊은 시절, 잠깐의 방황으로 시작된 일로 인해 수십 년이 지난 지금, 자신은 물론이고 부친까지 죄를 피할 수 없게 되자 당장천은 하늘이 무너지는 절망감을 느꼈다.
"죽을… 죄를……"

묵조영이 당록을 다시 만난 것은 두 시진이 지난 후였다.

어둡다 못해 침울한 그의 표정에서 묵조영은 취몽산으로 인해 당가에 큰 소란이 있었음을 직감했다. 그리고 그 소란의 결과로 당가에 있어야 할 취몽산이 어찌하여 부모님을 중독시켰는지 알 수 있을 것이라 생각했다.

"당가의 취몽산이 맞습니까?"

묵조영의 물음에 당록이 힘없이 고개를 끄덕였다.

"조금 전, 취몽산은 당가에서도 극도로 조심하여 다루는 물건이라 하였습니다. 한데 그런 물건이 어찌 황산묵가에까지 오게 된 것입니까?"

"이유는 묻지 말게."

"알려주십시오. 아니, 반드시 알아야겠습니다."

기광을 내뿜는 그의 눈을 물끄러미 바라보던 당록은 피식 웃음을 터뜨렸다.

"가르쳐 주지 않으면 싸움이라도 벌일 기세로군."

"그런 일은 없어야겠지요."

묵조영이 당찬 어조로 말했다.

"허! 천하에 당가를 이런 식으로 무시하는 사람이 있을 줄은 몰랐군. 당초를 꺾었다고 너무 자만하지 말게나. 당가의 힘은 자네가 생각한 것처럼 만만치 않아."

"만만하게 생각하지는 않습니다. 다만 부모님의 억울한 죽음을 밝히기 위해선 못할 일이 없다는 것을 말씀드리는 겁니다."

차분히 말을 하는 가운데 은연중 풍기는 묵조영의 기운은 보통이 아니었다.

'당초가 스스로 패배를 자인한 것도 이해가 가는군. 게다가 이 녀석이 최선을 다한 것 같지 않았다고 할 정도면 도대체가……'

당록은 보면 볼수록 거대하게 다가오는 묵조영의 실체가 궁금해지면서도 다른 한편으론 절대로 적을 삼아선 안 되는 인물이란 생각을 가지게 되었다.

"내가 자네에게 말해줄 수 있는 것은 두 가지뿐이네."

"무엇입니까?"

"자네의 부모를 중독시킨 것은 분명 본 가의 취몽산이라는 것과 그 취몽산이 등왕상단으로 흘러갔다는 것."

"지금… 등왕상단이라 했습니까?"

"그렇네. 등왕상단."

"……"

묵조영은 잠시 말을 잊었다.

등왕상단이라면 그가 하선고를 찾기 위해 몸담았던 등왕표국의 모체나 마찬가지였기 때문이었다.

"대체 등왕상단의 누가 취몽산을 가져간 것입니까?"

"노국(鷺菊)이라는 자일세."

"노… 국."

약간 익숙한 이름이었다.

아마도 신객 생활을 하면서 듣게 된 이름일 터.

그래도 묵조영은 절대로 잊어먹지 않겠다는 듯 그 이름을 차분히 되뇌었다.

"당가가 어찌하여 그런 자에게……."

"묻지 말게. 내가 대답을 해줄 수 있는 것은 두 가지뿐이라 하지 않았는가."

과거의 상황에 대해 설명을 하자면 당가로서 수치스런 얘기까지 해야 했던 당록은 당혹해하며 고개를 흔들었다.

더 이상 많은 설명을 기대하기가 무리라 판단한 묵조영도 애써 되묻지 않았다.

둘 사이에 어색한 침묵이 흘렀다.

그 침묵을 깬 것은 야릇한 미소를 지으며 당록을 바라본 묵조영이었다.

"이제 충분합니까?"

"무슨 말인가?"

"충분히 시험을 했느냔 말입니다."

그제야 멋쩍은 웃음을 흘린 당록이 입을 열었다.

"알고 있었나?"

"예. 워낙 독해서요. 모를 수가 없었습니다."

"그래도 멀쩡하기만 한걸."

"애써 내색하지 않았을 뿐입니다. 한데 이게 무슨 독입니까? 꽤나 지독하군요."
"그게 바로 취몽산이네."
"예?"
"취몽산이라고."
"그렇… 군요."
묵조영의 표정이 살짝 어두워졌다.
만독불침에 가까운 자신이 아찔한 기운을 느꼈을 정도니 부모님이 느꼈을 고통이 어떠했을지 또 한 번 뼈저리게 느낄 수 있었다.
"나야 미리 해독제를 먹었으니 버틸 수 있었지만 자네는 정말……."
당록은 더 이상 놀랄 기운도 없는 듯했다.
"해독제도 있었습니까?"
"물론이네. 본 가에선 해독약이 없는 독은 아예 세상 밖으로 드러내지 않지. 물론 지금처럼 소량에서나 쓸 수 있지만 말이야. 한데 도대체 자네는 어찌 견디는가? 독에 대한 특별한 내성이 있는 것인가, 아니면 따로 독공이라도 익힌 것인가? 아니지. 독공을 익혔다 해도 중독되는 것을 피할 수는 없는 것인데."
당록은 정말로 궁금하다는 표정으로 묵조영을 응시했다.
희미한 웃음으로 대답을 피하려던 묵조영은 열망 가득한

당록의 얼굴을 보며 결국 대답을 해줄 수밖에 없었다.

"음양쌍두사라고 아십니까?"

"모를 리가 있나? 독을 연구하는 우리에겐 꿈에서라도 보고 싶은… 서, 설마!"

"예."

"그럴 수가!"

입을 쩍 벌리고 도통 다물 줄을 모르는 것을 보면 당록이 얼마나 놀라고 있는지 알 수 있었다.

"그랬군. 역시 그랬어. 하긴, 취몽산이 아무리 독하다 한들 어찌 음양쌍두사에 비견할까! 자네가 이리 멀쩡한 것도 충분히 이해가 가는군."

독으로써 묵조영을 시험하려 한 것 자체가 우스운 일이라는 것을 깨달은 당록이 고개를 절레절레 흔들며 감탄에 감탄을 거듭했다.

그런 당록을 보며 묵조영은 차마 만년홍학의 얘기까지는 할 수 없었다. 십중팔구 기절을 할 것 같았기 때문이었다.

'등왕상단의 노국이라… 충분하지는 않지만 어쨌든 소기의 목적은 달성한 셈이로구나.'

지그시 눈을 감는 묵조영의 마음은 어느새 그가 잠시 몸담았던 등왕표국, 등왕상단에 다다르고 있었다.

제46장

하늘은 나를 버리지 않았다

악양 중심부에 위치한 신도세가의 의사청(議事廳).

이른 아침부터 많은 이들이 모여 심각한 일들을 의논하고 있었다. 한데 어찌 된 일인지 그들의 면면을 살펴보면 무림 사대세가로 명성을 드높이던 신도세가의 인물들과는 확연히 달랐다.

의사청을 장악하고 있는 이들은 다름 아닌 철포혼을 중심으로 한 마교의 고수들.

정파의 빛이라 불리던 열혈 신도세가가 다름 아닌 마교의 총단으로 변모해 버린 치욕을 겪고 있는 것이었다.

"아직도 진전이 없는 겐가? 무창이야 그렇다 쳐도 묵가를 치지 못하면 강동을 얻을 수 없어."

 나른하면서도 어딘지 모르게 힘이 실린 음성이었다.

 철포혼의 질책 어린 질문에 석류는 다소 민망한 표정을 지으며 대답을 했다.

 "곧 점령할 수 있을 겁니다. 그렇지 않은가, 사제?"

 그러자 석류와 마주 앉아 있던 탁불승이 걸걸한 음성으로 입을 열었다.

 "아무래도 산세가 너무 험합니다. 게다가 묵가를 지원하는 놈들의 세력도 만만치 않습니다."

 "하긴, 혁씨세가와 검각은 결코 만만치 않지."

 철포혼이 고개를 끄덕였다.

 "그렇습니다. 무엇보다 놈들은 수성을 하는 위치고 우리는 공격을 하는 입장이라는 겁니다. 놈들을 압도할 수 있는 전력이 아니면 점령하기가 힘듭니다. 곳곳에서 암습을 하는 통에 제대로 움직일 수도 없습니다. 무리를 한다면 꼭 점령을 하지 못하는 것은 아니겠지만……."

 "그렇게 빙글빙글 돌려서 말하지 말고 요점을 말해보게. 하고 싶은 말이 따로 있는 것 같은데 말이야."

 하나, 철포혼은 이미 그가 하고자 하는 말이 무엇인지 알고 있는 듯했다.

 잠시 뜸을 들인 탁불승이 주변을 둘러보며 나직이 말했다.

 "오령(五令)을 동원할 수 있도록 해주십시오."

순간, 이곳저곳에서 동요의 움직임이 일었다. 오직 변함없는 표정을 지니고 있는 사람은 철포혼뿐이었다.

"오령을 말인가?"

"예."

"광명단으론 힘들단 말이로군."

"솔직히 힘듭니다."

다른 사람의 안색이 변하건 말건 탁불승은 단호히 고개를 저었다.

"하하하, 오직 사제만이 내게 그런 말을 할 수 있을 게야. 그렇지 않습니까, 사부님?"

철포혼의 물음에 태상 곽홍이 너털웃음을 지으며 고개를 끄덕였다.

"그렇지. 누가 감히 교주 앞에서 저런 자신없는 소리를 할까? 자네 말대로 광명단주만이 가능한 일일 걸세."

"자신이 없다는 말은 아닙니다."

탁불승의 말에 곽홍이 고개를 갸웃거렸다.

"그건 또 무슨 소리더냐?"

"조금 전 말씀드린 대로 그저 온전히 놈들을 무너뜨릴 순 없다는 뜻입니다."

"큰 피해가 있을 것이다?"

"예."

"네가 생각하기엔 어느 정도의 피해가 발생하리라 보느냐?"

"팔 할 이상입니다."

"흠."

곽홍의 표정이 심각하게 굳어졌다.

팔 할이면 사실상 동패구상이라 해도 무방할 정도의 손실이었고 황산묵가가 과연 그만한 가치가 있는지 의심스러웠다.

"밀은단에선 어찌 예측하느냐?"

곽홍이 허공에 대고 물었다. 그러자 환몽이 예의 요사스러운 음성으로 대꾸했다.

"광명단주의 판단이 옳은 것 같습니다."

"철저한 조사를 바탕으로 판단한 것이겠지?"

"그렇습니다. 현재 묵가가 지닌 무력과 주변에서의 지원을 할 수 있는 여력, 그리고 무엇보다 혁씨세가와 검각의 무위를 생각할 때 광명단 단독으로 황산묵가를 점령하는 것은 사실상 불가능해 보입니다."

"광명단 단독으로 힘들다면 어찌해야 하느냐?"

철포혼이 물었다.

"오령이라면……."

"오령은 논외로 하고."

"일단 인근 문파에서 최대한 인원을 끌어 모아야 합니다."

"화살받이를 만들라는 말이로군."

"그렇습니다. 그들로 하여금 최대한 손실을 보게 하고, 물론 미약할 것입니다만, 이후 공격을 한다면 손실을 최대한으로 줄일 수 있을 것입니다."

"어느 정도냐?"

"칠 할입니다."

"그래 봤자 일 할 정도 줄인 것이군."

"그만큼 놈들의 전력은 강합니다."

"하긴, 그곳이 무너지면 사실상 장강 이남은 우리의 수중에 떨어지는 것이나 마찬가지니 놈들도 필사적이겠지. 손실을 더 줄일 수 있는 방법은?"

"천마단이 합류하면 필승입니다. 손실도 사 할 이하로 떨어뜨릴 수 있습니다."

그러자 석류가 목청을 높였다.

"현 시점에서 천마단을 그쪽으로 돌릴 수는 없습니다. 자칫하면 중앙이 한번에 쓸립니다."

"나도 같은 생각이야. 의천맹 놈들에게 절호의 기회를 줄 수는 없지. 그렇다면 방법은 하나뿐인가?"

철포혼이 회의엔 관심도 없이 그저 손장난하기에 바쁜 엽사군을 바라보았다. 장내의 모든 시선이 자연 그에게 향했다.

그제야 사람들의 따가운 시선을 느낀 엽사군이 고개를 들고 어색한 미소를 흘렸다.

"흑월단이 나설 수밖에 없는 상황인 것 같군."

"흑월단이 말입니까?"

"천마단이 움직일 수 없으니 그만한 대안이 없지."

"하지만 흑월단을 전면전에 쓰기엔……."

"전면전으로 쓸 생각은 없네. 단지 놈들에게 오는 지원 세력만 끊으면 돼."

"배후를 교란하라는 말씀이군요."

"교란까지도 바라지 않아. 그저 조금만 시간을 끌면 돼."

"그거라면 큰 문제는 없겠군요."

엽사군은 나이에 걸맞지 않는 웃음을 흘리며 고개를 끄덕였다. 그 웃음이 어찌나 아름다운지 남자가 봐도 얼굴을 붉힐 정도였다.

"사제의 웃음은 날이 갈수록 빛이 나는군 그래."

"우리 같은 사람에게 소리장도(笑裏藏刀:웃음 속에 칼을 숨기고 있음)는 필수지요."

"쯧쯧, 말이나 못하면… 아무튼 흑월단이 지원을 늦춰주면 가능하겠지?"

"예. 그러면 충분히 가능합니다."

탁불승은 비로소 고개를 끄덕였다.

"좌상 어르신과 우상 어르신께서도 힘 좀 써주십시오."

"그리하겠네."

철포혼의 정중한 부탁에 범장과 건위령(乾威零)이 동시에 대답을 했다.

"황산묵가는 그렇다고 치고… 그놈들은 계속 두고만 볼 셈인가?"

철포혼이 말하는 사람이 누군지 너무나 잘 알고 있었던 석류가 차가운 눈빛을 빛내며 말했다.

"그렇지 않습니다. 조만간 요절을 낼 생각입니다."

"좋은 방법이라도 있는 모양이지?"

"예. 놈들을 위해 두어 달 전부터 준비한 것이 있습니다."

"함정이라… 그리 쉽게 걸리진 않을 텐데?"

"걸릴 수밖에 없습니다."

자신만만한 석류의 말에 철포혼이 흥미롭다는 표정을 지었다.

"사제가 어떤 방법으로 놈들을 엮을지 기대가 되는군."

"맡겨주십시오."

"좋아. 사제가 그리 말한다면 내 믿어야지. 그리고……"

철포혼의 고개가 누군가를 찾기 위해 좌우로 움직였다.

"누굴 찾으십니까?"

"련이가… 감찰단주가 보이지 않는군."

그러자 설련을 대신해 회의에 참석하고 있던 감찰단의 부단주 마송(馬松)이 대답을 했다.

"사천 쪽을 둘러보러 갔습니다."

"쯧쯧, 이런 정신하고는. 감찰단주가 외유 중인 것을 뻔히 알면서 찾고 있었군. 이봐, 부단주."

"예, 교주님."

"요즘 들어 기강이 해이해졌다는 말들이 많아. 정신 바짝 차려야겠어. 그런 정신 상태로 어찌 큰 승리를 얻을 수 있을까? 철저하게 단속하게."

"알겠습니다."

철포혼의 말이 끝나길 기다린 곽홍이 석류에게 물었다.

"참, 성녀는 요즘 어찌 지내나?"

"이곳저곳을 돌며 수하들을 격려하고 있습니다."

"별다른 움직임은 없고?"

철포혼이 완전히 장악한 마교였지만 아직도 성녀를 지지하는 세력은 만만치 않았다. 특히 성녀를 호위하는 호위단을 중심으로 그 세력이 조금씩 커지고 있는 터. 이 시점에서 그들이 행여나 분란을 일으키면 큰일이 아닐 수 없었다.

"특별히 수상한 행동이나 말은 없는 것으로 압니다."

"확실하더냐?"

곽홍이 마송에게 물었다.

"예. 감찰단에서도 그런 보고는 올라오지 않고 있습니다."

"그래도 항상 주시를 해야 할 것일세, 사제. 또한 너무 밖으로 돌리지는 말고. 성녀란 자고로 신비해야 하는 존재야. 신비감이 사라지면 약발이 사라지기 마련이거든. 웬만하면 이곳으로 다시 불러들이지?"

"이번 일만 마무리하면 다시 불러들이겠습니다. 며칠만 여유를 주십시오. 놈들을 잡는 데 꼭 필요한 존재라 말이지요."
 철포혼의 말에 석류가 의미심장한 미소를 흘리며 대답했다.
 "편한 대로 하게. 그건 그렇고……."
 주의를 환기시킨 철포혼이 환몽을 불렀다.
 "환몽."
 "예, 교주님."
 "조금 전에 내게 보고할 것이 있다고 하지 않았느냐?"
 "예."
 "말해봐."
 "보고를 드릴 사항은 두 가지입니다. 첫 번째는 공야세가에 관한 문제입니다."
 공야세가라는 말이 나오기가 무섭게 좌중의 분위기가 착 가라앉았다. 이번 싸움엔 끼어들지 않고 있지만 그들이 미치는 힘이 어떠하다는 것은 그 누구보다 마교에서 잘 알고 있기 때문이었다.
 "특별한 움직임이라도 있더냐?"
 "그렇지는 않습니다. 공야세가는 여전히 움직이지 않고 있습니다. 대외적인 활동을 모두 끊고 칩거한 상태 그대로입니다. 소수 움직이는 자들이 있으나 무림의 정세를 살피는 정도로 여겨집니다."
 "의천맹 놈들의 반발이 만만치 않을 텐데?"

하늘은 나를 버리지 않았다

"그런 기류가 있기는 하나 드러내 놓고 반발을 하지 못하고 있습니다. 공야세가니까요."

"하긴 그럴 만도 하지. 그만하니 우리와 천하를 놓고 자웅을 겨루는 것이겠지. 이보게, 탁 사제."

"예, 교주님."

"내가 오령을 왜 움직이지 않는지 아는가?"

딱히 대답을 원하는 물음이 아니기에 탁불승은 잠자코 있었다.

"바로 공야세가 때문이야. 오령은 우리가 지닌 최강의 힘. 하나, 공야세가가 움직이지 않으면 오령도 움직일 수가 없어. 놈들을 견제할 수 있는 유일한 대안이거든. 공야세가가 움직일 때, 오령도 움직이게 될 것이야."

"알겠습니다."

탁불승은 토를 달지 않고 순순히 고개를 끄덕였다. 비단 그뿐만 아니라 공야세가의 무서움을 잘 알고 있던 이들은 철포혼의 조치를 너무나 당연한 것으로 여기고 있었다.

"공야세가는 그렇다 치고 다른 하나는 무엇이냐?"

"그것이……."

환몽의 대답은 곧바로 나오지 않았다.

지금껏 어떤 사안에 대해서도 주저하는 법이 없었던 환몽인지라 철포혼의 얼굴이 살짝 굳어졌다.

"심각한 문제라도 발생한 것이냐?"

"그것은 아닙니다만……."
"그럼 무엇이냐? 답답하다. 빨리 말을 하여라."
"묵… 조영이 살아 있는 것 같습니다."
"묵.조.영?"
철포혼이 고개를 갸웃거리며 의아해하는 순간, 두 사람이 벌떡 일어나며 소리를 질렀다.
"그럴 리가 없다!"
묵조영의 죽음을 코앞에서 목도한 석류의 말에 이어 그 누구보다 묵조영에 대한 원한이 깊었던 범장의 호통이 터져 나왔다.
"뭣이! 그것이 사실이냐!"
"예. 최종적으로 확인된 것은 아니나 그자일 가능성이 상당히 높아 보입니다."
"자세히 말해보라."
그제야 묵조영이 어떤 인물인지 떠올린 철포혼이 착 가라앉은 음성으로 물었다.
"처음 보고가 올라온 것은 항주에서였습니다."
"항주?"
"예. 한 사내가 항주 분타의 수하들과 인근 막천산에서 큰 다툼이 있었다고 하는데 그 사내의 무공이 실로 뛰어났다고 합니다. 부분타주라는 놈이 일초식도 견디지 못하고 패하고 수십의 합공에도 놈을 어쩌지 못했다고 합니다. 한데 특징적

인 것이 놈이 사용하는 무기가 낚싯대인지라…….″
"낚싯대를 든다고 다 그놈이라고 볼 수는 없다."
석류가 언성을 높였으나 환몽의 설명은 끊어지지 않았다.
"확실히 그렇지요. 그래도 조사를 하지 않을 수는 없었습니다. 그래서 놈의 행적을 추격하라 명을 내렸지요. 정리해서 말씀드리자면 막천산을 떠난 놈의 첫 번째 행선지는 성수의 가였습니다. 이후, 장강을 거슬러 올라…….″
꽤 오랫동안 이어진 설명은 묵조영의 지난 행적을 상당히 정확하게 파악하고 있었는데 당가에서 모종의 일을 처리하고 다시 길을 떠났다는 것으로 끝을 맺었다.
"한데 어째서 지금까지 보고를 하지 않은 것이지?"
"확신을 하지 못했습니다. 물론 아직도 그가 묵조영이라 확실히 밝혀진 것은 아닙니다."
"놈은 지금 어디에 있느냐?"
"당가를 떠났다는 것만 알고 있습니다."
"절대로 놈을 놓쳐선 안 된다. 놈이 묵조영인지 아닌지 확실히 확인을 해야 할 것이다."
"존명!"
그 대답을 끝으로 환몽의 기척은 더 이상 느껴지지 않았다. 그렇다고 그가 자리를 떠난 것은 아니었다. 그저 자신의 존재를 감춘 것일 뿐.
드르르륵.

묵조영의 문제로 분위기가 살짝 가라앉아 있을 즈음 의사청의 문이 열리며 한 노인이 모습을 드러냈다.

오 척 단구에 머리가 몸통만큼이나 크고, 소나무 껍질보다 더 거칠어 보이는 얼굴엔 검버섯이 만개했는데 눈에선 진물이 질질 흐르는 것이 보기만 해도 속이 울렁거릴 정도였다.

"어째서 이제야 오시는 게요? 빨리 모이라는 교주의 명을 듣지 못했단 말이오?"

곽홍이 못마땅한 표정으로 쏘아붙였다.

"늙은이가 기운이 없어서 그랬다. 그게 불만이면 네가 데리러 오던가?"

퉁명스런 대꾸로 그의 불만을 간단히 일축한 신로(神老)가 느릿느릿한 걸음걸이로 비어 있는 의자에 앉았다.

"힘든 걸음 하셨습니다, 신로 어르신."

철포혼이 웃는 낯빛으로 인사를 건넸다. 한데 돌아오는 인사는 석류가 주먹을 불끈 쥘 정도로 무례한 것이었다.

"그러게 이런 늙은이를 뭐 하러 불러."

신로는 만사가 귀찮다는 표정으로 귀를 후벼 팠다.

명령에 죽고 사는 마교도로서 실로 있을 수 없는 태도였다. 하나, 잔뜩 불만 어린 표정을 지을 뿐 누구 하나 뭐라 나서는 사람은 없었다. 그것은 정면에서 무안을 당한 철포혼도 마찬가지였다.

이유는 간단했다.

마교의 모든 종교적 행사를 주관하는 신로는 교주와 성녀와는 다른 의미로 존경과 존중을 받는 사람이기 때문이었다.

나이는 물론이고 그가 언제부터 마교의 사람이었는지, 종교적 행사를 주관했는지 아는 사람이 없었다. 다만 단편적으로 알려진 바에 의하면 나이가 이미 이 갑자가 넘었고 전대 교주였던 을파소도 그에게 욕지거리를 들으며 청년 시기를 보냈다는 것 정도였다.

재물에 대한 욕심도 없고, 권력에 대한 욕심도 없었다. 또한 생에 대한 미련도 없었다. 그러니 교주의 권위 따위가 통할 리 없었다.

애당초 그것을 알기에 철포혼은 신로의 불경스런 태도에도 그다지 화를 내거나 안색을 바꾸지 않았다. 그냥 그러려니 하는 것이었다.

"죄송합니다. 그래도 몇 가지 여쭙고자 하는 일이 있어서 뵙고자 하였습니다."

"뭐냐?"

"무혼(無魂)의 상태는 어떻습니까?"

"무혼이라니! 함부로 말하지 말거라!"

신로가 눈을 부릅뜨며 소리쳤다.

"나이가 많건, 배분이 높건 그건 과거의 일이지요. 또한 혼을 잃지 않더라도 지금 상황에선 제 수하일 수밖에 없습니다."

 철포혼이 조용히 대꾸했다. 어찌나 침착히 되받아치는지 보고 있는 사람의 심장이 오그라들 정도였다.

 "훗, 뱀 새끼 정도인 줄 알았는데 그래도 이무기는 되는구나. 하긴, 그런 강단이 있으니 사부를 몰아냈겠지."

 "말씀이 지나치시오!"

 곽홍이 참지 못하고 제지를 하였으나 그는 차갑게 노려보는 신로의 눈빛에 고개를 돌리고 말았다.

 "지금 네 지위를 부정하려는 생각은 없다. 어차피 잘난 놈이, 강한 놈이 마교의 교주가 되는 것은 불변의 법칙이라 할 수 있으니까."

 "그리 생각해 주시니 고맙습니다."

 "네가 교주의 권위로 묻는다면 나도 대답을 하지 않을 수 없구나. 그래, 정확히 알고 싶은 게 뭐냐?"

 "무혼의 상태입니다. 여전합니까?"

 "여전하다."

 "움직일 수 있겠습니까?"

 "불가! 움직일 수는 있어도 누가 그를 움직이겠느냐? 그를 움직일 수 있는 것은 오직 성소지환뿐이야."

 "음."

 철포혼이 묵직한 신음을 내뱉었다.

 성소지환이라는 말이 뼈아프게 가슴에 와 닿았다.

그런 철포혼의 표정에 묵조영이 지닌 마도십병을 회수하라는 명을 제대로 시행하지 못한 석류가 입술을 꽉 깨물었다.

"한 가지만 더 묻겠습니다."

"그러던지."

"성소(聖所)는 어디입니까?"

"그걸 왜 내게 물어? 능력있는 수하들도 많은 것 같은데."

비웃음 섞인 신로의 시선이 곽홍과 범장 등에게 향했다.

"오직 신로께서만 알고 계시다 들었습니다. 어딥니까?"

"알고 싶으냐?"

"예."

"너는 자격이 없다."

"교주의 지위로 안 되는 겁니까?"

"지위가 문제가 아니야. 장소를 안다고 해도 성소지환이 없으면 그저 무용지물일 뿐이니."

철포혼은 그 말의 진의를 파악하기라도 하려는 듯 묵묵히 신로를 바라봤다.

한참 동안이나 신로를 노려보던 철포혼이 탁자를 후려치며 명령을 내렸다.

"환몽!"

"예."

"묵조영이라는 놈이 살아 있다고 했느냐?"
"아직 확실하……."
"틀림없이 그놈일 것이다. 반드시 그놈이어야 해! 놈의 행적을 절대로 놓치지 마라!"
"존명!"
"사제는 신로 어르신을 모셔다 드리게. 행여나 돌아가시다 객.사.(客死)라도 하실까 걱정되는군."
저주나 다름없는 말을 퍼부은 철포혼은 벌떡 일어나 의사청을 나가 버렸다.
그가 나간 후, 한참 동안이나 움직이는 사람이 없었다.
"쯧쯧, 아직 어리군. 네놈들이 고생이겠어."
곽홍 등에게 조롱을 퍼부은 신로가 천천히 몸을 일으켰다. 그리곤 들고 있는 지팡이로 석류의 어깨를 툭 건드렸다.
"이놈아! 벌떡 일어나지 못할까! 교주가 나를 데려다 주라고 하지 않더냐? 객사할까 겁난다고."
"이……."
석류는 주먹을 꽉 쥐며 치미는 화를 억지로 참기 위해 부들부들 떨었다.

"성녀를 함부로 대하지 마라. 네놈들에게야 허수아비에 불과할 뿐이나 그래도 성녀는 성녀다. 그만한 대우를 해줘야 할 것이다."

"그거야 저희가 알아서 할 것이니 어르신은 신경 끊으시지요."

그렇잖아도 짜증이 극에 달한 석류가 빈정거리는 어투로 대꾸했다. 그러자 지그시 그를 노려본 신로가 손을 휙 흔들었다.

"꺼져라."

그 한마디로 석류를 몰아낸 신로는 그가 씩씩거리며 돌아가자 길게 탄식을 내뱉었다.

"쯧쯧, 너무 성급해. 멀리 보지 못하면 아무런 것도 얻지 못하는 법이거늘……."

안타까운 표정으로 혀를 찬 신로가 좌측의 밀실로 걸음을 옮겼다.

해가 중천을 향해 바쁜 걸음을 옮기고 있으나 완벽하게 빛이 차단된 밀실은 어둡기만 했다. 그리고 밀실 중앙엔 덩그러니 옥관 하나가 놓여 있었다.

덮개가 없는 옥관.

신로는 옥관 옆에 털썩 주저앉더니 넋두리를 하기 시작했다.

"이보시오, 마 공. 마교라는 말을 아시오?"

대답이 있을 리 없었다.

"언제부터인가 우리 광명미륵교(光明彌勒教)를 그렇게 부르게 되었다오. 제세구민(濟世救民)이란 본래의 뜻이 희석된 것은 어쩔 수 없다곤 해도 이제 이곳은 오직 힘있는 자들만 판을 치는 곳이 되어버렸구려. 정의도 없고 도리도 없는 것 같소. 하긴, 제자가 사부를 배반하는 역천(逆天)이 일어나도 누구 하나 뭐라 하는 사람이 없으니 어쩌면 너무나 당연한 것일 게요."

처량한 표정으로 잠시 말을 끊은 신로가 옥관 속으로 시선을 돌렸다.

한 사람이 누워 있었다.

긴 장검을 가슴에 품은 채 조용히 눈을 감고 있었다.

오랫동안 햇빛을 받지 못해 낯빛은 창백하기 그지없었으나 가슴 쪽에서 미약하게나마 굴곡이 일어나는 것을 보니 죽은 사람 같지는 않았다.

철포혼이 무혼이라 부른, 성녀를 지키지 못한 책임을 지고 실혼인(失魂人)이 되는 선택을 했다는 성녀의 수호장 마상(馬霜)이 바로 그였다.

"오늘 재밌는 얘기를 들었소. 일전에 말한 묵조영이라는 이름을 기억하시오?"

신로의 말투는 마치 살아 있는 사람과 대화를 하는 듯 너무나 자연스러웠다.

"왜 지난번 얘기하지 않았소? 제자 놈에게 쫓겨난 그 멍청한 위인에게 마도십병을 받았다는 녀석 말이오. 한데 죽은 줄 알았던 놈이 살아 있는 모양이오. 교주 녀석이 눈에 불을 켜고 찾으라고 하는 것을 보면 틀림없을 게요. 어쩐지 이상하다 싶었소. 내 점괘에 의하면 분명 죽을 놈이 아니었거든. 가만 있어 보자……."

신로는 지그시 눈을 감고 손가락을 까딱거렸다.

한참 동안이나 같은 행동을 반복하던 신로가 손가락을 딱 멈추고 눈을 번쩍 떴다.

"호~ 내 점괘가 틀리지 않는다면… 조만간 재밌는 일이 있을지도 모르겠구려."

조금 전까지만 해도 진물이 흐르던 신로의 눈이 언제 그랬냐는 듯 반짝반짝 빛나기 시작했다.

* * *

의천맹 내 가장 깊은 곳에 위치하기도 했지만 무신 공야치가 은거하고 있다는 이유만으로 마교와의 싸움으로 인해 그 어느 때보다 소란스러운 맹 내의 분위기와는 달리 청죽거는 항상 여유롭고 평화로운 분위기를 간직하고 있었다.

그런 청죽거에 어둠이 깔리고 밤이슬이 조금씩 대지를 적시고 있을 즈음, 공야치는 한잔 술로 하루를 마감하고 있었다.

안주라고 해봐야 직접 재배한 채소 절임이 전부였고 술도 자신이 직접 담근 머루주였다.

"좋군."

첫 잔을 들이켠 공야치의 입가에 미소가 맴돌았다.

담근 기간이 얼마 되지 않아 밀봉을 푸는 것을 조금 저어했는데 입 안을 싸고도는 향기가 제법 괜찮았기 때문이다.

"흠, 이건 조금 짠가?"

채소 절임을 우물우물 씹으며 손가락에 묻은 물기를 옷에 쓱쓱 문지르던 공야치의 안색이 살짝 찌푸려졌다. 그러나 기왕 준비한 안주를 버리기 싫었는지 그는 술잔을 비울 때마다 꼭 안주를 집어 먹었다.

술병이 바닥을 드러낼 즈음 공야치가 문득 입을 열었다.

"거기 있느냐?"

"예."

말이 끝나기가 무섭게 대답이 들려왔다.

"오너라."

그러자 처음부터 그곳에 있었다는 듯 일비가 모습을 드러냈다.

"앉아라."

"괜찮습니다."

"앉아."

일비가 자리에 앉자 공야치가 술잔을 건넸다. 그리곤 술잔 가득 술을 따랐다.

"안주야 그렇다지만 술 맛은 괜찮을 것이다."

"감사합니다."

일비는 사양하지 않고 술을 들이켰다.

"향이 좋습니다."

"더 하겠느냐?"

공야치가 한 잔을 더 따르려 하자 그는 정중히 사양을 했다.

"한 잔이면 충분합니다."

"혼자 술을 마시기 싫어 부른 것이다. 더 해."

공야치는 일비의 대답을 기다리지 않고 술을 따랐다.

"제가 한 잔 올리겠습니다."

공야치는 묵묵히 고개를 끄덕이며 잔을 받았다.

그렇게 주고받기를 얼마간, 공야치가 일비에게 물었다.

"할 말이 있는 것이냐?"

"……."

"감출 것 없다. 네 얼굴에 써 있어."

"한 말씀 올려도 되겠습니까?"

"해봐."

허락을 받았음에도 일비는 머뭇거리며 쉽게 얘기를 하지 못하다가 간신히 용기를 냈다.

"이대로 계속 방관만 하실 생각입니까?"

"……."

"마교의 세는 하루가 다르게 커지고, 필사적으로 막고는 있다지만 그 영향력이 이미 장강을 넘고 있습니다."

"그 얘기라면 이미 끝난 것으로 아는데?"

"하지만 너무도 많은 피가 헛되이 사라지기에… 하루에도 수십 명씩 죽어나가고 있습니다."

"제놈들이 자초한 일이야."

공야치가 냉소를 흘리며 대꾸했다.

"모르고 한 일입니다."

"몰랐다는 것도 죄다."

"육파일방을 비롯해 여러 문파들의 불만이 큽니다."

"무시해."

"세가 내에서도 동요를 일으키고 있습니다. 부맹주가 그들과 따로 움직일 생각을……."

순간, 일비는 말을 이을 수가 없었다.

싸늘히 냉기가 깔리는 공야치의 얼굴을 본 것이다.

분위기를 바꾼 것만으로도 숨이 턱턱 막혔다.

"훗, 많이 컸군. 언제부터 그놈이 내 명령을 어길 수 있게 되었지?"

"그, 그게 아니오라."

"변명해 줄 것 없다. 그래 봤자 결과가 어찌 된다는 것을 모를 만큼 명청한 놈은 아니니까. 누가 뭐라건, 우리는 움직이지 않는다."

"훗날을 생각하십시오. 육파일방이 무너지면 우리의 힘만

하늘은 나를 버리지 않았다 183

으로 마교를 막기는 불가능합니다. 무림이 놈들 손아귀에 떨어질 수도 있습니다."

"그러거나 말거나."

"가주님!"

"치졸한 권력 싸움에 부모를 잃은 그 아이가, 눈에 넣어도 아프지 않을, 한없이 여리기만 한 그 아이가 울며 내게서 떠나던 날, 난 의천맹을 버렸다. 그리고 그날!"

공야치의 눈에서 무시무시한 불꽃이 피어올랐다.

"내게 남은 마지막 핏줄이 쓰러지던 날! 나 공야치의 마지막 핏줄이 뜨거운 피를 흘리던 바로 그날! 나는 무림을 버렸다."

당시 보고를 접하던 공야치의 울부짖음이 어떠했는지, 그가 일으킨 분노의 기운에 의천맹이 뒤집어질 뻔했다는 것을 상기한 일비는 입을 다물 수밖에 없었다. 아직은 때가 아니라 여긴 것이다.

가슴 한 켠으로 짙은 한숨을 흘린 일비가 술병을 들었다.

지금 그가 할 수 있는 것은 그저 한잔 술로 공야치의 아픔을 조금이나마 덜어주는 것뿐이었다.

공야치는 연거푸 석 잔의 술을 받아 들이켰다.

바로 그때였다.

누군가 접근을 하고 있음을 알아챈 일비가 고개를 홱 돌리며 벌떡 일어났다.

"신경 쓸 것 없다. 너도 아는 사람이니까."

공야치의 말대로 일비는 곧 청죽거로 접근하는 사람의 정체를 알 수 있었다.

'무슨 일이기에 이리 급하게……'

의문을 가질 사이도 없이 그가 청죽거에 도착을 했다. 그리곤 목이 터져라 공야치를 불렀다.

"가주님!"

모습을 드러낸 사람은 다름 아닌 좌능파.

천목산에서 추월령의 칼을 맞고 절벽으로 떨어졌음을 알고 피를 토했던 바로 그였다.

"무슨 일이기에 이리 소란인가?"

문을 열고 나온 일비가 인상을 찌푸리며 물었다. 하지만 좌능파는 아무런 대답도 없이 그를 밀치듯 스쳐 지나가며 다시 공야치를 불렀다.

"가주님!"

그의 음성이나 행동에서 뭔가 다급한 일이 터진 것임을 직감한 일비도 황급히 그의 뒤를 따랐다.

잠시 후, 방 안에서 청죽거, 아니, 의천맹이 떠나갈 듯 크나큰 웃음소리가 터져 나왔다.

"핫핫핫핫! 하늘은 나를 버리지 않았다. 이 공야치를 버리지 않았단 말이다!"

웃음소리는 무려 일각이나 계속되었다.

그리고 그 웃음이 그친 지 정확히 반 각 후, 청죽거에서 십여 마리의 전서구가 힘차게 날갯짓을 하며 일제히 날아올랐다.

대반전의 서막은 그렇게 막이 올랐다.

제47장

무례하군요

의창(宜昌) 동북방에 위치한 수월산(水月山)에 일단의 무리들이 모여들기 시작한 것은 지난밤부터였다.

그 숫자는 정확히 사십삼 명.

삼삼오오 짝을 지어 움직인 그들이 모두 모이는 데 걸린 시간은 하루 하고 반나절이었다.

"모두 모였습니다."

최종적으로 인원을 점검한 운학이 이번 일을 총괄하고 있는 의천맹 장로 주린(朱麟)에게 보고를 올렸다.

머리카락은 물론이고 눈썹, 가슴에 이른 수염까지 눈부시도록 새하얀 빛을 띠고 있어 마치 전설에서나 나오는 신선의 모습을 하고 있는 주린이 고개를 끄덕였다.

"다들 애썼다. 오느라고 힘들었을 테니 충분한 휴식을 주도록 하여라."

"예."

운학이 예를 차리고 물러가자 주린이 고개를 돌렸다.

"이보게들."

"예, 장로님."

조금 떨어진 곳에서 휴식을 취하고 있던 호법 고양(高壤)과 일련(壹攣)이 주린의 부름에 금방 다가와 앉았다.

"다들 도착을 했다는군."

"모두 무사히 모인 것입니까?"

무극도(無極刀)라는 별호로 명성을 떨치고 있는 고양이 물었다.

"그런 모양이네."

"다행입니다. 하면 언제 공격을 하는 겁니까?"

"척후로 보낸 아이들이 오면 결정할 생각이네. 사안이 사안이니만큼 신중을 기해야 할 것일세. 다시는 오지 않을 중요한 기회를 놓칠 수야 없지."

"지난번에도 말씀드렸지만 이 정도 인원가지고 되겠습니까? 호위가 만만치 않을 터. 결코 쉽지 않은 싸움이 될 것 같습니다."

소심불(笑心佛)이란 별호답게 항상 입가에 웃음을 머금고 있는 일련이 평소의 그답지 않게 다소 걱정되는 표정을 짓고 있었다.

"그래도 어쩔 수 없지. 놈들의 눈을 피해 이만한 인원을 빼는 것도 결코 쉬운 일은 아닐세. 너무 많은 인원이 움직이면 놈들의 촉수에 걸리게 되어 있어."

"이번 일은 극비리에 진행되는 작전이잖아. 그야말로 보안이 생명이지. 그리고 너무 걱정하지 말어. 놈들의 인원이 얼마가 되었든 여기에 모인 사람들이라면 충분할 테니까. 다들 고르고 고른 정예야."

고양이 일련의 어깨를 툭 치며 말했다.

"그렇긴 합니다만……."

그래도 일련의 걱정은 쉽게 가시지 않았다.

바로 그 순간, 잠시 물러났던 운학이 한 사내를 대동하고 모습을 드러냈다. 사제인 운호였다.

"보고 온 것을 말씀드려라."

운학의 말에 주린이 고개를 흔들었다.

"숨부터 고르거라."

그리곤 운호에게 물 잔을 건넸다.

운호는 그가 준 물을 단숨에 들이켜고는 가쁜 숨을 진정시켰다.

"놈들의 숫자가 얼마나 되더냐?"

고양이 그사이를 참지 못하고 물었다.

"백삼십 정도 되는 것 같습니다."

"백… 삼십?"

생각보다 많은 숫자에 당황한 일련이 굳은 얼굴로 되물었다.

"명색이 마교도들이 추앙하는 성녀일세. 그 정도는 예상했던 숫자 아닌가?"

주린이 애써 담담한 표정을 지으며 말했다.

"그래도 백삼십이라면 너무 많습니다. 어림잡아도 우리의 세 배에 이르는 전력이 아닙니까?"

"쯧쯧, 조금 전에 고 호법이 말하지 않았나? 우린 정예고 저쪽은 단순한 호위일 뿐이야."

주린의 말에 고양이 맞장구를 쳤다.

"장로님 말씀이 맞습니다. 저리 걱정이 많으니 소심불이 아니라 근심불이라 불러야 되지 않겠습니까?"

고양의 농담에 잠시 무거웠던 분위기가 되살아났다.

"솔직히 일 호법의 말도 맞아. 우리가 비록 정예들로 구성되어 있다고는 해도 그래도 전력의 차는 무시하지 못하는 법. 일의 성공을 위해선 최대한 우리가 유리한 시간, 상황, 장소에서 싸워야 할 게야."

"제가 한 말씀 올려도 되겠습니까?"

운학의 말에 주린이 되물었다.

"자네가?"

"예."
"말해보게."
운학이 이번 작전을 위해 급히 만들어진 지도를 중앙에 펼쳤다.
"밝혀진 바에 의하면 그들의 목적지는 파동(巴東)입니다."
"그런데?"
"뱃길로 이동을 하지 않는 한, 이곳 의창에서 파동으로 가려면 오직 외길뿐입니다."
운학이 의창과 파동 사이의 한곳을 짚으며 말을 이었다.
"바로 이곳 수월산을 넘지 않으면 안 된다는 말입니다."
"지금까지 배로 이동을 하지 않았으니……."
"예. 틀림없이 이곳으로 이동을 할 것입니다. 그리고 수월산에는 매복 공격을 하기에 더없이 좋은 장소가 대여섯 군데는 있지요."
"이곳에서 매복을 하고 있다가 공격을 하자?"
고양이 주먹을 불끈 쥐며 당연한 대답을 기대하며 질문을 던졌지만 운학은 고개를 흔들었다.
"적도 이곳이 위험함을 잘 알고 있을 겁니다. 또한 만반의 준비를 하겠지요. 준비된 적과 싸워선 실패할 가능성이 오 할 이상입니다."
"흠, 그렇다면 공격을 이쯤에서 하면 되겠군."
가만히 지도를 살피던 주린이 가리킨 곳은 수월산을 막 벗어난 지점이었다.

"그렇습니다. 위험 지역을 벗어나면 긴장은 자연적으로 풀리는 법이지요. 그때가 바로 공격의 최적기가 아닌가 생각합니다."

"노부의 생각도 너와 같다. 참으로 좋은 생각이야. 자네들은 어찌 생각하는가?"

"최상의 선택인 것 같군요."

입이라도 맞춘 듯 고양과 일련이 이구동성으로 대답을 했다.

"그럼 그렇게 결정을 하도록 하지. 대원들에겐 네가 알리도록 하여라."

"예."

"미리 지형을 익혀두려면 오늘 밤에 산을 넘는 것이 좋겠구나. 미리 알려주거라."

"알겠습니다."

운학이 명을 받고 물러나자 주린은 최대한 편한 자세로 휴식을 취했고, 고양과 일련 또한 지그시 눈을 감은 채 앞으로 다가올 싸움에 대해 온갖 상념에 젖었다.

*　　　*　　　*

의천맹의 목표인 성녀가 호위들에 둘러싸여 수월산에 모

습을 드러낸 것은 주린 일행이 산 맞은편에 진을 치고 만반의 준비를 갖춘 뒤 하루가 지난 후였다.

나름대로 어떤 첩보를 접한 것인지 운학의 예상대로 그들은 최대한 신중히 움직였다.

위험 지역이라 판단되는 곳은 철저하게 정찰을 하며 조사를 했고 안전하다고 판단된 뒤에야 비로소 이동을 했다.

수월산에서 운학이 매복의 적지라 언급한 곳은 모두 여섯 곳.

다소 복잡하기는 해도 그다지 큰 산이 아니기에 일반적인 걸음으로 산을 넘고자 한다면 반나절이면 충분했지만 안전을 최우선으로 삼는 성녀 일행은 하루를 꼬박 허비한 뒤에야 산을 넘을 수 있었다.

그들이 마지막 위험 지역을 막 지날 때쯤 함정을 파고 기다리는 의천맹 무인들의 행동이 바빠지기 시작했다.

"놈들의 위치는?"

주린의 물음에 운학이 긴장된 표정으로 대답했다.

"이각 후면 이곳에 도착합니다."

"준비는 끝냈겠지?"

"예. 말씀하신 대로 좌우에서 선공을 펼치는 임무는 천단에, 배후를 차단하는 임무는 지단(地團)에 맡겼습니다."

"제가 천단을, 이 친구가 지단을 지휘하기로 하였습니다."

고양이 은은한 청광을 뿜어내는 애도를 부드럽게 쓰다듬

으며 말했다.

"무엇보다 기선 제압이 중요하다. 누구를 선봉으로 내세울 생각이더냐?"

그러자 고양이 너털웃음을 터뜨리며 대신 대답을 했다.

"그놈밖에 더 있겠습니까?"

"젠장, 나보고 몸빵이 되라는 말입니까?"

운학으로부터 자신에게 선봉으로서 적의 기세를 확실히 꺾으라는 임무가 떨어졌음을 전해 들은 곡운이 잔뜩 인상을 쓰며 툴툴거렸다.

"기선을 제압하는 데 사제만큼 적당한 인물도 없지."

운학이 웃으며 말하자 곡운은 입을 삐쭉거렸다.

"어차피 피할 생각은 없으니 그렇게 바람 넣지 않아도 됩니다. 그나저나 백 명이 넘는다고 했던가요? 무슨 놈의 호위가 그리 많답니까?"

"성녀의 행차니까."

어느새 입가에 걸린 웃음을 지운 운학. 그의 심각한 표정에 곡운도 더 이상 심통을 부리지 못했다.

"선봉이 천단이면… 추 소저는 후방입니까?"

"지단에 속했으니 그렇지. 놈들의 퇴로를 끊으며 합공을 할 것일세."

"뒤에 있는 놈들이 불쌍하군요."

곡운이 피식 웃음을 터뜨렸다. 그러자 운학도 마주 보며 웃었다.
"난 앞에 선 자들이 더 불쌍하네."

딸랑. 딸랑.
은은한 방울 소리와 함께 일단의 무리들이 모습을 드러냈다.
어림잡아 백 명은 훨씬 더 되어 보이는 사내들이 중앙에 위치한 꽃가마를 중심으로 앞뒤로 호위를 하고 있었다.
사위를 둘러보며 신중히 걸음을 옮기는 그들의 전신에선 실로 범상치 않은 기운이 뿜어져 나왔다.
의천맹의 목표인 성녀와 그녀를 호위하는 호위단이 바로 그들이었다.
"단주, 이제 산을 넘은 건가요?"
가마 안에서 차분한 여인의 음성이 들려왔다.
한데 그 음성이 어찌나 청아한지 듣는 이로 하여금 절로 얼굴을 붉히고 가슴을 설레게 할 정도였다.
하나, 그녀의 호위를 책임지고 있는 호위단장 백장림(白杖林)의 얼굴엔 추호의 감정도 떠오르지 않았다.
"예. 조금만 더 가면 될 것 같습니다."
"조금 쉬는 게 좋지 않을까요? 다들 힘들어하는 것 같아요."

"산을 벗어나기까지는 안심할 수 없습니다. 산을 벗어나면 곧 휴식을 취하도록 하겠습니다."

"단장님께서 어련히 알아서 조치를 취하실 텐데 제가 괜한 간섭을 한 것 같군요."

"간섭이라니요? 그것이 저희들에 대한 성녀님의 배려임을 어찌 모르겠습니까? 다만 의천맹 놈들이 성녀님을 노릴지 모른다는 정보를 입수한 지금은 그 무엇보다 성녀님의 안전이 우선이라 그런 것입니다."

"단주님과 호위 분들이 계신데 뭐가 걱정이겠어요."

백장림의 얼굴에 처음으로 감정이라는 것이 나타났다.

"보잘것없는 저희들이지만 믿어주십시오. 목숨이 끊어지는 그 순간까지 성녀님을 안전히 모실 겁니다. 그렇지 않느냐?"

"그렇습니다!!"

백장림의 외침에 호위단원들이 일제히 대답을 했다.

"믿고말고요. 제가 여러분을 믿지 않으면 누구를 믿겠어요. 말씀만으로도 너무 고마워요."

감격을 한 것인지 그녀의 음성이 조금 떨렸다.

백장림은 그녀의 음성 속에서 한없는 안타까움을 느꼈다.

마교 내에서 예전과 같지 않은 위치도 그렇거니와 최근 들어 마교도들의 사기를 올린다는 명목하에 전장으로 내몰리는 모습이 너무도 안쓰러웠다.

'아무런 걱정 하지 마십시오. 목숨으로 성녀님을 지킬 것입니다. 상대가 의천맹이든 아니면… 마교의… 그 누가 되었든.'

입술을 꽉 깨물며 가마를 쳐다보는 백장림의 눈에선 실로 결연한 의지가 엿보였다.

[온다.]

운학의 전음이 풀숲에 은신하고 있는 곡운과 천단의 고수들에게 전달되었다.

검을 쥔 곡운의 손에 절로 힘이 들어갔다.

검신은 물론이고 손잡이까지 파리한 청광이 흘러 어딘지 모르게 범상치 않아 보이는 검.

천하제일명검이라 추앙받는, 묵조영이 검지에서 유일하게 가지고 나온 간장검이 다름 아닌 곡운의 손에 들려 있는 것이었다.

사실 천하제일의 보물이라 할 수 있는 간장검의 행방을 놓고 의천맹에서도 갑론을박(甲論乙駁), 무수히 많은 말이 있었다.

저마다 그럴듯한 명분을 내세워 소유권을 주장해 세인들로부터 많은 야유를 받았는데, 특히 검지에서 검을 얻은 묵조영이 자신들의 핏줄이라며 소유권을 주장한 묵가는 야유를 넘어 조롱의 대상이 될 정도였다.

하지만 간장검은 곡운의 손에 들어왔다.

누구도 예상치 못한 뜻밖의 결과에 엄청난 반발이 터져 나왔지만 곡운이 검지의 발견에 혁혁한 공을 세운 사람이라는 것과 무당파의 제자라는 점이 알려지고 무엇보다 마음만 먹으면 감히 누구도 토를 달지 못하고 간장검을 소유할 수 있었던 공야치가 어찌 된 일인지 간장검의 소유자로 직접 곡운을 지목하였다는 말에 반발은 자연히 사그라들 수밖에 없었다.

게다가 간장검을 얻게 된 곡운이 마교와의 전쟁에서 그 누구보다 뛰어난 활약을 펼치며 무당괴협이라는 별호까지 얻자 간장검에 대한 소유권 문제는 완전히 사라지게 되었다.

물론 그 와중에도 욕심을 내는 사람은 부지기수로 많았지만 드러내 놓고 할 수 있는 사람은 아무도 없었다.

'오늘도 너를 믿는다.'

곡운이 왼손으로 간장검의 검신을 부드럽게 쓰다듬었다.

주인의 의지를 읽은 것인가?

검신에서 은은한 떨림이 있었다.

그사이 성녀 일행이 모습을 드러냈다.

침착히 적을 노려보던 곡운은 성녀의 가마가 모습을 보이자 한껏 내공을 일으켰다.

우우우우웅.

간장검에서 일어난 웅후한 검명이 사위를 휘감기 시작하고, 어느 시점, 곡운의 손에서 간장검이 떠났다.

촤르르르륵.

베어진 수풀이 한없이 흩날리는 것과 동시에 수풀을 뚫고 맹렬히 회전하는 간장검이 모습을 드러냈다.

"저, 적이다!"

가장 먼저 목표가 된 자의 입에서 비명과도 같은 외침이 터져 나오고 동시에 칼을 빼 든 사내는 발밑에서 치고 올라오는 간장검을 후려쳤다.

챙!

경쾌한 마찰음.

하나, 그 마찰음 끝에 흘러나온 것은 사내의 비명 소리였다.

"크헉!"

자신의 몸이 어째서 무너지는 것인지 의식도 하지 못하고 쓰러지는 사내의 눈에 너무도 간단히 부러져 허공을 유영하는 자신의 칼이 들어왔다.

취리리릿.

첫 목표물을 완벽히 제압한 간장검은 그 회전을 멈추지 않은 채 다음, 그리고 그다음의 목표를 향해 그 날카로운 독니를 드러냈다.

"으아악!"

"크악!"

가히 추풍낙엽이었다.

주인의 손을 떠나 다시 돌아오기까지 걸린 시간은 그야말로 찰나지간, 하지만 간장검은 그 명성 그대로 엄청난 위력을 보여줬다.

간장검과 맞부딪친 자들의 무기의 대부분이 힘없이 박살이 나고 그것은 곧 죽음으로 이어졌다.

단 한 번의 공격으로 일곱 명의 호위단원이 쓰러졌다.

요행히 목숨을 건진 자도 두엇 되었지만 그마저도 치명적인 부상을 당한 상태였다.

"막아랏!"

"성녀님을 보호해라!"

"공격에 대비하랏!"

행여나 대오가 흐트러질 것을 염려한 외침이 이곳저곳에서 터져 나오고 처음 기습 공격에 당황한 호위단은 성녀의 가마를 에워싸며 곧 전열을 수습하였다.

"쳐랏!"

주린의 힘찬 명령과 함께 좌우에서 모습을 드러낸 천단의 무인들의 무차별적인 공격이 시작되었다.

삽시간에 십여 명이 넘는 호위단원들이 피를 뿌리며 쓰러졌다.

그들의 무공이 약해서가 아니었다.

성녀를 호위하기 위해 특별히 뽑힌 호위단원들의 무공은 상당한 수준이었음에도 천단에서도 최고의 고수들로 이루어졌다는 백의대원들의 무공 실력이 웬만한 문파의 장로급 이상, 완벽히 기선을 제압당해 상대적으로 위축된 호위단원들이 상대하기엔 분명 역부족이었다.
"야백(耶魄)!"
백장림이 다급히 부단주를 불렀다.
"옛!"
"죽음으로써 성녀님을 보호하랏!"
"존명!"
성녀의 호위를 야백에게 맡긴 백장림이 거의 일방적인 학살이 이어지고 있는 최전방으로 달려가려던 순간이었다.
"크아악!"
갑자기 후미에서도 비명이 터져 나오기 시작했다.
적의 퇴로를 끊기로 약속되었던 지단의 고수들이 모습을 드러낸 것이었다. 한데 그들을 이끌고 있는 사람은 일련이 아니었다.
눈보다 더 새하얀 무복을 흩날리며 무참히 적을 베는 사람은 다름 아닌 추월령.
그녀의 검은 너무도 깔끔하여 소름이 끼칠 정도로 매서웠다.
"야백, 가라!"

성녀의 안위도 중요했지만 양쪽에서 협공을 당해 일시에 전열이 무너지면 싸움 자체가 되지 않을 것이라 생각한 백장림은 호위단에서 자신 다음의 실력자인 야백으로 하여금 추월령을 막게 하였다.

"조심해라. 보통이 아니다."

그 짧은 시간에 추월령의 실력을 알아본 백장림이 심각하게 경고를 했다.

"염려 마십시오."

백장림은 야백의 믿음직스러운 대답을 들으며 몸을 돌렸다.

"저자는 내가 맡도록 하지."

주린이 수하들을 독려하며 달려오는 백장림을 가리키며 말했다. 그리곤 누가 뭐라 할 사이도 없이 휘적휘적 걸어가더니 백장림을 향해 일장을 날렸다.

"헛!"

이미 예사롭지 않던 고수의 출현에 긴장하고 있던 백장림은 설마하니 상대가 그런 식으로 갑자기 공격을 할 줄 몰랐다는 듯 헛바람을 토해내며 칼을 휘둘렀다.

쾅!

주린의 장력이 백장림의 칼에 막히며 우레와 같은 소리를 만들어냈다.

주린은 첫 인사와도 같았던 공격이 막히자 몸의 중심을 약간 앞으로 옮기며 왼발을 사선으로 반보 정도 내디디며 부드럽게 팔을 교차시켰다.

'태극권(太極拳)?'

물처럼 유유히 흐르는 주린의 동작을 보며 백장림은 순간 무당의 태극권을 떠올렸다. 하지만 몇 번의 충돌로 태극권과는 그 궤가 다름을 깨달을 수가 있었다.

이정제동(以靜制動), 유능제강(柔能制剛)을 기본 원리로 하는 태극권과는 달리 주린의 권장술은 이동제동(以動制動)이요, 강능제강(剛能制剛)이라는 괴이한 특징을 가지고 있었다.

빠르게 움직이면 더욱 빠르게 움직여 압박을 가해왔고, 힘에는 더욱 강한 힘으로 맞부딪쳐 왔다.

맹렬한 회전을 하며 접근하는 장력을 보는 백장림의 안색이 잔뜩 찌푸려졌다.

이미 두어 번의 충돌로 인해 손아귀가 찢겨져 나가고 위에 걸치고 있는 장삼은 걸레쪽이 돼버렸다. 게다가 목구멍으로 울혈이 치고 올라오는 것을 보면 제법 심각한 내상도 당한 듯했다.

그렇다고 밀려오는 공격에 두 눈 뜨고 당할 수는 없는 노릇.

백장림은 급히 상체를 왼쪽으로 틈과 동시에 칼에 회전을 두어 장력의 방향을 틀었다. 비록 완벽하게 틀지 못해 오른쪽 어깨에서 피가 튀었으나 역공을 펼칠 충분한 기회를 잡을 수 있었다.

피가 배어 나오도록 입술을 깨문 백장림이 혼신의 힘을 다해 몸을 날렸다. 단숨에 거리를 좁힌 그의 칼이 주린의 목을 향해 일직선으로 뻗었다.

"제법이구나!"

생각보다 빠른 대응에 주린이 자신도 모르게 감탄을 하며 몸을 틀었다.

기세를 탔다고 여긴 백장림이 연거푸 칼을 찔렀다.

주린의 실력을 감안했을 때, 어쩌면 지금이 마지막 기회일 수 있었다.

목을 노리던 칼이 어느 순간, 가슴을 노리고 단전을 노렸다.

날카로운 반격이 있었지만 그는 아랑곳하지 않았다.

눈으로 쫓기도 힘들 정도로 현란하게 움직이며 반격을 하는 주린을 잡기 위해 백장림은 필사적으로 움직였다.

상대의 장력에 의해 얼굴이 찢어지고, 옆구리의 살이 터져나가도 그는 조금도 물러서지 않았다.

집요하게 물고 늘어지는 백장림의 저돌성에 밀려 주린도 점점 뒷걸음질칠 수밖에 없었다.

어느 사이엔가 그토록 유려하면서 화려했던 움직임은 자취를 감추고 그 역시 필사적이 될 수밖에 없었다.

"건방진!"

주린의 회심의 일격이 백장림의 왼쪽 어깨를 완전히 박살 내버렸다.

주린은 그것으로 싸움이 끝난 것이라 믿었다.

약간의 방심. 그것은 곧 치명적인 결과를 가져왔다.

힘없이 무너질 줄 알았던 백장림이 오히려 기세 좋게 파고들어 주린의 가슴에 칼을 꽂은 것이었다.

푸욱!

'드디어!'

손을 통해 전해지는 묵직한 느낌에 백장림은 쾌재를 불렀다.

온몸이 상처에서 흘러나온 피로 인해 붉게 변하고, 주린에게 박살이 나버린 어깨 쪽에서 시작된 극통이 끊이지 않았지만 상대를 잡았다는 기쁨에 비할 바가 아니었다.

하나, 주린과 마찬가지로 승리의 감동은 너무나 짧았다.

가슴을 찌른 칼을 비틀어 빼는 것으로 승리를 확인하려던 백장림은 순간 전신을 강타하는 끔찍한 살기에 몸을 떨어야만 했다. 그리고 분노의 불길이 이글거리는 눈으로 자신을 쏘아보는 주린과 머리 위로 떨어져 내리는 손을 보며 자신이 너무 성급했음을 뼈저리게 후회했다.

'성녀님.'

백장림은 본능적으로 성녀가 타고 있는 가마로 고개를 돌렸다. 동시에 천 근의 힘을 담고 있는 주린의 손이 그의 머리를 강타했다.

퍽!

비명은 없었다.

회색빛 뇌수가 사방으로 흩어지는 것과 동시에 성녀를 지키고자 그토록 처절하게 대항했던 백장림의 몸이 힘없이 늘어졌다.

"지독한 놈!"

백장림에게 생각지도 못한 치명상을 당한 주린은 가슴에 박힌 칼과 처참한 몰골로 널브러져 있는 백장림의 주검을 번갈아 바라보며 고개를 흔들었다.

"장로님!"

조금 떨어진 곳에서 무자비한 살육을 하던 고양이 단숨에 달려왔다.

"괜찮네."

"부상이 심합니다."

"이 정도는 아무것도 아니야."

가슴에 박힌 칼을 뽑자 시뻘건 피가 일 장 가까이 뿜어져 나왔다.

혈을 눌러 황급히 지혈을 한 주린이 걱정스런 눈으로 바라보는 고양을 향해 쓰디쓴 웃음을 흘렸다.

"다행히 심장을 비껴갔네. 죽을 정도는 아니니 그런 표정으로 볼 것 없어. 한 치만 더 안쪽으로 찔렸다면……."

쓰러진 것은 백장림이 아니라 오히려 자신일 터.

방심을 한 것도 아니고 나름대로 최선을 다한 싸움이었건만 그런 부상을 당했다는 것에 자존심이 상했다.

"싸움은 어찌 되고 있나?"

"마무리 단계입니다. 최후의 발악을 하고는 있지만 이미 끝난 싸움입니다."

고양이 당연하다는 듯 어깨를 펴며 말했다.

천천히 고개를 돌린 주린이 전장을 살폈다.

고작 일각 남짓한 짧은 시간에 무수히 많은 시신이 쓰러져 있었다. 대다수가 성녀를 호위하던 호위단이었지만 개중에는 의천맹의 무인들의 모습도 보였다.

"피해는 얼마나 되나?"

"아직 정확히 파악하지는 못했습니다만 놈들이 워낙 죽자 사자 덤비는 통에……."

어느 정도 피해는 있었다는 말이었다.

"그럴 만도 하지."

애당초 숫자에서 현격한 차이가 있었다. 비록 기습으로 승리를 얻을 수는 있어도 피해가 없을 수는 없었다.

"가지."

가슴의 통증이 꽤나 심했는지 발걸음을 옮기는 주린의 안색은 가히 좋지 않았다.

"크악!"

마지막 비명 소리와 함께 성녀를 지키던 마지막 호위단원이 목숨을 잃었다.

 남은 사람은 오직 십여 명의 시녀들뿐이었고 그에 반해 의천맹의 무인들은 무려 스무 명이 살아남았다. 그 치열한 싸움 속에서, 무려 세 배가 넘는 인원을 상대하면서도 고작 절반 정도의 목숨밖에 잃지 않은 것이었다.

 "저곳에 성녀가?"

 주린이 가마를 가리키며 묻자 고양이 고개를 끄덕였다.

 "그럴 것입니다. 비켜랏!"

 고양이 가마를 에워싸고 있는 시녀들을 향해 버럭 소리를 질렀다. 하나, 두려움에 덜덜 떨면서도 누구 하나 비켜서는 사람이 없었다.

 "이것들이!"

 "그만두게."

 고양이 도를 치켜세우자 주린이 그를 말렸다. 그리고 가마를 향해 외쳤다.

 "피는 이 정도 보았으면 되지 않았느냐? 애꿎은 아이들까지 죽게 만들지 말고 그만 나오거라."

 "……."

 "끝까지 피를 보아야겠느냐?"

 그러자 가마 안에서 예의 아름다운 음성이 흘러나왔다.

 "무례하군요."

너무도 아름다운 목소리에 흠칫 놀란 주린이 미처 말문을 열지 못하고 있을 때, 가마의 문이 열리며 한 여인이 모습을 드러냈다.

이십 쌍의 눈이 일제히 그녀에게 향했다.

"아!"

"와아!"

이곳저곳에서 탄성이 터져 나왔다.

젊은 사람은 그렇다 쳐도 황혼이 훨씬 지난 주린과 고양, 일련까지도 넋을 잃고 바라볼 만큼 성녀의 미모는 압도적이었다.

가마에서 나오기 위해 살짝 고개를 숙일 때 드러난 그녀의 피부는 실로 백설과 같았고, 땅에 발을 내딛고 자욱한 피비린내를 맡으며 찌푸린 얼굴은 깨물어주고 싶을 만큼 앙증맞았다.

목뒤에서 틀어 올린 머리카락은 칠흑과도 같았으며 우아하게 휘어진 눈썹은 다소 얇았는데 그것이 오히려 그녀의 얼굴에 묘한 신비감을 주었다.

그녀가 입고 있는 의복 또한 화려하기 그지없었다. 머리에서 발끝까지 치장한 보석은 그 짝을 찾기 힘들 정도로 귀한 것이었지만 그래도 그것들 모두가 그녀의 아름다움에 묻힐 정도였다.

"잔인하군요."

성녀가 주변을 살펴보며 나직이 말했다.

자신을 바라보는 수많은 시선을 대하면서도 조금도 기죽지 않고 오히려 한 명씩 노려보는 눈길에선 성녀로서의 도도함이 느껴졌다. 특히, 흑요석(黑曜石)과 같은 눈동자에서 흘러나오는 은은한 기운은 필설로 표현할 수 없을 정도로 신비롭고 매혹적인 것이었다.

"제길, 더럽게 예쁘네."

곡운이 참지 못하고 소리쳤다.

예의라고는 조금도 찾아볼 수 없을 정도로 무례한 말투였으나 지금의 상황과 묘하게도 어울렸다.

"네… 당신이 성녀이오?"

어느새 주린의 말투도 바뀌어져 있었다.

"그래요. 당신은 누군가요?"

"주린이라 하오."

"의천맹에서 왔겠지요?"

"그렇소."

"나를 죽이기 위해서 왔나요?"

"아니오."

"아니면 뭐지요? 이렇게 많은 피를 보면서까지 원하는 것이?"

"우리와 잠시 가주셔야겠소."

"인질이 되란 말인가요?"

"꼭 그런 것은 아니지······."

대답을 하던 주린이 입을 다물었다.

어느샌가 대화의 주도권이 성녀에게 넘어간 것을 느낀 것이다.

'어리지만 대단한 계집이로군.'

주린은 절체절명의 위기에 처했으면서도 조금의 흔들림도 없이 당당한 성녀의 모습을 보며 감탄에 감탄을 거듭했다.

언뜻 보아 열여덟 전후 정도밖에 되지 않은 나이에 상대로 하여금 절로 고개를 숙이게 만드는 기품을 지녔다는 것은 실로 엄청난 재능이 아닐 수 없었다. 그건 하늘이 내린 축복일 수도 있었고 어쩌면 저주일 수도 있었다.

"미안하지만 일일이 대답을 해줄 수가 없구려. 일단 우리와 같이 가십시다."

"······."

성녀는 아무런 대꾸도 없었다.

'그래도 여자는 여자군.'

당당함 속에 살짝 떨고 있는 그녀의 모습을 눈치 챈 주린이 살짝 미소를 머금었다. 왠지 모를 승리감에 기분이 좋았다.

"미안하지만 우리에겐 그다지 시간이 많지 않소. 빨리 움직여야 하오."

바로 그 순간, 난데없는 목소리가 들려왔다.

"시간이 많지 않은 게 아니라 아예 없다."

"누구냐!"

주린의 외침과 동시에 성녀를 바라보던 천단과 지단의 무인들이 일제히 사방을 경계하기 시작했다.

그들 눈에 천천히 걸어오는 중년인의 모습이 들어왔다.

"누구냐고 물었다."

"나? 석류라고 하지."

석류가 어깨에 걸쳐 멘 칠현마금을 내려놓으며 말했다.

"천마… 단주?"

"하하, 잘 아는군."

허연 이를 드러내며 웃는 석류, 그 웃음이 그렇게 소름이 끼칠 수가 없었다.

순간, 주린의 얼굴이 딱딱하게 굳었다. 비단 그만이 아니라 모든 사람이 같은 반응이었다.

"쥐새끼 같은 놈!"

버럭 소리를 지른 곡운이 당장 달려나갈 태세로 움직이자 운학이 그의 손을 잡으며 제지를 했다. 하지만 미처 추월령을 만류하지는 못했다.

그동안 자신으로 인해 묵조영이 죽었다는 사실 때문에 괴로운 나날을 보내고 있던 그녀는 그 암계의 중심에 있었던 석류에 대한 원한이 하늘에 뻗쳐 있었다.

"죽엇!"

그녀가 뿌린 검기가 바람을 가르며 날아갔다.

자신을 향해 짓쳐드는 검기를 보는 석류의 얼굴엔 여유가 넘쳤다.

그는 땅에 세운 칠현마금의 현을 가볍게 퉁겼다.

땅!

낭랑한 현의 울림과 함께 발출된 한줄기 기운이 추월령의 검기를 허공에서 상쇄시켜 버렸다. 그리곤 비릿한 미소를 흘리며 말했다.

"그리 서둘 것 없다. 즐길 시간은 충분하니까. 그렇지 않느냐?"

그의 말이 끝나기가 무섭게 천마단의 고수들이 사방에서 모습을 드러내더니 의천맹의 무인들을 완전히 에워싸 버렸다.

숫자는 조금 전 상대했던 호위단원들보다 적었지만 애당초 수준이 다른 고수들이었다.

"함정… 이었나?"

주린이 이를 갈며 소리쳤다.

"물론, 너희 쥐새끼들을 끌어들이느라 꽤나 고생을 했지."

"거짓 정보를 흘린 것도 바로 네놈이로구나."

고양의 말에 석류가 무슨 소리를 하느냐는 듯 두 눈을 동그랗게 뜨며 고개를 흔들었다.

"거짓 정보라니! 그럴 리가 있나? 그게 거짓 정보였으면 어찌 이 자리에서 성녀를 만날 수 있었을까?"

"흥, 결국 불알 달린 사내놈이 어린 계집애를 미끼로 우리를 끌어들였단 소리로군."

곡운의 야유에 석류의 안색이 차가워졌다.

"쥐뿔도 모르는 놈이 너무 말을 함부로 하는군. 네놈은 누구냐?"

"나? 곡운이라 한다."

순간, 석류의 입가에 차가운 미소가 흘렀다.

"호~ 네놈이 바로 무당괴협이라 불리는 애송이로구나."

"애송인지 아닌지는 네놈이 뒈지는 순간 알게 될 거다."

곡운이 간장검을 흔들며 소리치자 석류의 눈이 탐욕으로 물들었다.

"간장검… 좋은 검이지. 하나, 주인을 잘못 만나 저렇게 썩고 있으니. 쯧쯧쯧."

혀를 찬 석류가 원독에 찬 눈으로 노려보는 추월령에게 힐끗 시선을 던지며 미친 듯이 웃기 시작했다.

"크하하하! 아무튼 제대로 걸렸어. 오늘 이 자리에서 앓던 이를 제대로 빼겠구나."

그동안 의천맹에겐 하나의 빛과 같았던 곡운과 추월령의 활약은 마교로선 암운과도 같은 것. 그들을 잡기 위해 온갖 노력을 다했으나 막대한 피해만 있을 뿐 아무런 성과가 없었다. 결국 성녀를 미끼로 쓰는 극단적인 방법까지 동원했는데 그것이 참으로 멋들어지게 성공을 거둔 것이었다.

"이보세요, 천마단주님."

성녀의 조용한 음성이 석류의 음성을 멈추게 만들었다.

웃음을 그친 석류가 성녀에게 고개를 돌렸다.

"저들의 말대로 날 미끼로 쓴 것인가요?"

"……"

"그렇군요."

"어쩔 수 없었소."

그렇다면 어쩌겠냐는 듯 뻔뻔한 표정을 보며 성녀는 입술을 파르르 떨었다.

"왜 내게 알리지 않았지요?"

"적을 속이려면 아군부터 속이는 법이니까. 자칫 저놈들이 눈치 채면 그동안의 노력이 수포로 돌아가지 않겠소. 쥐새끼들처럼 보통 눈치가 빠른 것들이 아닌지라."

마치 자신을 비웃는 듯한 석류의 무례한 태도에 성녀의 분노는 한층 더 커져 갔다.

"좋아요. 그렇다 치죠. 하지만 어째서 지금 나타난 것이지요? 조금만 빨리 왔다면 백 단주를 비롯해 호위단원들이 이처럼 무참히 죽지는 않았을 텐데요."

"후~ 그것이 참으로 유감이외다. 설마하니 놈들이 이렇게 빨리 공격을 할 줄은 꿈에도 몰랐소. 싸움이 벌어졌다는 소식을 접하자마자 달려왔건만……."

석류는 정말 안타깝다는 듯 한숨과 함께 괴로운 표정으로 고개를 흔들었다.

물론 말도 안 되는 거짓말이었다.

애당초 석류는 이번 일로 귀찮은 존재로 부각되고 있는 호위단원들을 싹쓸이할 생각을 가지고 있었다.

사실 마음만 먹는다면 천마단을 동원해 금방 없앨 수도 있었다. 하나, 아무래도 보는 눈이 많은지라 함부로 처리할 수 없는 터. 의천맹의 손을 빌려 깨끗이 처리를 한 것이었다.

그런 석류의 의도를 어렴풋이 눈치 챈 성녀는 뭐라 할 말을 잃고 결국엔 눈물을 떨구고 말았다.

"울지 마시오. 내 반드시 이놈들의 목숨으로 그들의 원혼을 달래줄 터이니. 얘들아!"

석류의 외침에 천마단원들의 살기가 갑자기 증폭되었다.

"죽여라! 놈들의 피로 호위단원들의 혼을 달래주거라!"

"존명!"

우렁찬 외침과 함께 천마단원들의 공격이 일제히 시작되었다. 하지만 선봉으로 기세 좋게 달려오던 한 사내는 미처 칼도 움직여 보지 못하고 그대로 고꾸라지고 말았다.

"같잖은 것들이 어디서 날뛰어! 다 죽었어!"

냉소를 흘리며 도리어 적을 향해 미친 듯이 달려가는 사내, 사람들은 그를 보고 무당괴협, 또는 광견(狂犬)이라 불렀다.

제48장

아직 끝나지 않았다

"뭐라! 지금 놓쳤다고 했느냐?"

철포혼이 대노한 음성으로 소리쳤다.

어지간한 일론 목소리를 높인 적이 없던 그이기에 좌중에 모인 사람들은 숨조차 제대로 쉬지 못했다.

"죄송합니다."

보고를 하는 환몽도 조금은 긴장을 했는지 음성이 살짝 떨렸다.

"죄송? 이게 어디 죄송으로 끝날 일이더냐? 놈의 행적을 놓쳐서는 안 된다고 그렇게 일렀거늘!"

"죄송합니다."

아직 끝나지 않았다

"시끄럽다! 애당초 죄송할 짓을 왜 해! 어디서 놓쳤느냐?"

"무산에서 이미 들켰다고 합니다."

"무산? 놈이 그곳을 지나고 있다는 보고를 받은 것이 사흘 전이다. 한데 어째서 이제야 보고를 하는 것이냐?"

철포혼의 질책은 가히 추상과도 같았다.

"놈이 배에서 내렸다는 소식 이후, 갑자기 연락이 끊긴 터라……."

"변명 따위는 듣고 싶지 않다. 찾아랏! 당장 찾아내! 실패는 용서치 않겠다."

"존명!"

환몽의 기척이 사라졌다.

그가 사라진 뒤에도 철포혼은 좀처럼 노기를 누그러뜨리지 못하다가 한참 만에야 입을 열었다.

"천마단주에게선 연락이 왔습니까?"

"아직 오지 않은 것 같네."

곽홍이 대답했다.

"지금쯤이면 연락이 올 때도 되지 않았습니까?"

"오늘 중으로 끝장을 볼 것 같다고 했으니 조만간 올 것이네. 너무 조급해하지 말게나."

"탁 사제에게도 연락이 없습니까?"

곽홍은 고개를 흔들었다.

"이틀 전, 의성(宜城)에 도착했다는 연락 이후엔 없었네. 혁씨세가와 황산묵가의 사이에 자리를 잡았으니 그쪽도 정신없이 바쁠 게야."

"음."

상황이 이해가 갔지만 그래도 묵조영을 놓쳤다는 앞선 환몽의 보고 때문인지 철포혼의 안색은 가히 좋지 않았다.

"그것보다 더욱 심각한 일이 발생했네."

"심각한 일이라니요?"

"공야세가의 움직임이 심상치 않다는군."

순간, 철포혼의 안색이 싹 바뀌었다.

"지금 공야세가라 하셨습니까?"

"그렇네."

"환몽으로부터 아무런 보고도 받지 못했습니다."

"받기도 전에 쫓아버리지 않았는가?"

"……"

"그럴 줄 알고 내가 잡아두었네."

"사부께서요?"

"환몽이 은밀히 전음을 보내더군. 자네에게 보고할 일이 있다고 하면서."

곽홍이 부드럽게 웃었다.

"환몽!"

철포혼이 버럭 소리를 질렀다. 그러자 멀리서부터 환몽의 음성이 들려왔다.

"예, 교주님."

"어째서 그리 중요한 일을 보고하지 않은 것이냐?"

"……."

"관두자. 말해봐라. 공야세가의 움직임이 심상치 않다고?"

"그렇습니다."

"어느 정도냐?"

"처음엔 그저 정보 활동만 강화하는 것인 줄 알았습니다."

"한데?"

"오늘 오전부로 맹주 공야치가 일선에 복귀했습니다."

쾅!

엄청난 충격이 좌중을 휘몰아쳤다.

"사실… 이겠지?"

"예. 방금 전, 대지급으로 날아온 소식입니다."

"결국 복귀했군."

놀람 때문인지 아니면 흥분을 참지 못함인지 철포혼이 주먹을 꽉 쥐었다.

"다른 소식은?"

"아직까지는 없습니다만 공야치가 복귀하면서 그동안 웅크리고 있던 공야세가의 무인들 또한 본격적으로 움직일 것으로 예상됩니다."

"당연한 일이겠지."

"공야치와 공야세가가 움직이기 시작했다면 결코 만만치

않은 싸움이 될 것이야."
 곽홍이 심각한 표정으로 입을 열었다.
 "어차피 넘어야 할 장애물이었습니다. 그만한 준비를 해뒀고요. 사부님."
 "말씀하시게."
 "일월령(日月令)을 내리겠습니다. 회합을 준비해 주십시오."
 일월령이란 마교의 모든 핵심 인물을 소집하는 령으로써 령이 발동하면 이유 여하를 막론하고 닷새 이내에 회합에 참석해야 하는 교주의 절대적인 명령이었다.
 일월령의 명을 받는 사람은 한정이 되어 있는데 삼태상, 십이장로, 십대봉공, 삼십육호법과 각 무력단체의 우두머리 등이었다.
 "천마단주와 광명단주는 어찌하는가?"
 "광명단주만은 예외로 하겠습니다."
 "알겠네. 그리 전하지."
 말이 끝나기가 무섭게 자리에서 일어난 곽홍이 일월령이 발동했음을 전하기 위해 밖으로 나갔다. 그런 곽홍의 뒷모습을 보며 철포혼은 지그시 눈을 감았다.
 '무신 공야치. 공야세가라······.'

　　　　*　　　*　　　*

"허! 광견이라더니만 미친개가 따로 없구나."

멀찌감치 서서 싸움을 지켜보는 석류는 고개를 절레절레 흔들었다.

적이라는 사실은 논외하고 동서남북을 가리지 않고 헤집고 다니는 곡운의 모습은 무인이라면 절로 주먹에 힘이 들어갈 만큼 전율스러운 것이었다.

그의 검에 힘없이 쓰러져 무참히 유린을 당하는 자들이 천마단의 수하들이라는 것이 마음에 걸렸지만 그래도 대단한 것은 대단한 것이었다.

"장난이 아닌걸. 실로 엄청난 놈이야!"

석류의 입에선 연신 탄성이 흘러나왔다.

"쯧쯧, 그렇다고 언제까지 놈의 칭찬만 할 셈인가? 놈에게 당한 인원이 벌써 다섯이야. 이러다가 놈들을 놓치게 되면 어쩌려고 그러나?"

석류 옆에서 싸움을 지켜보던 호법 손무(孫武)가 다소 못마땅한 표정을 지으며 말했다.

"걱정 마십시오. 그렇지 않아도 이쯤에서 끝내야겠다는 생각을 하고 있습니다. 놈들을 잡기까지 얼마나 고생을 했습니까? 도망이라니요? 절대로 있을 수 없는 일이지요. 그렇지 않느냐?"

석류가 입가에 걸린 미소를 더욱 진하게 하며 동의를 구하듯 고개를 돌렸다. 한데 그가 돌아본 사람은 뜻밖에도 감찰단주 설련이었다.

"글쎄요."

설련의 반응이 시큰둥하자 석류가 약간은 머쓱한 웃음을 흘렸다.

"그나저나 네가 때맞춰 도착을 해줘서 다행이다."

"상황을 보니 굳이 올 필요도 없었는데 어째서 불렀지요? 일월령이 떨어졌다는 것을 모르세요?"

사천에서의 볼일을 마치고 총단으로 돌아가는 길에 일월령의 소식을 접한 설련은 바쁜 걸음에 딴지를 거는 석류가 별로 마음에 들지 않는 듯했다.

"어차피 가는 길이었지 않느냐? 기왕지사 같이 돌아가면 좋지 않으냐? 오랜만에 네 얼굴도 보고."

석류의 느물거리는 웃음에 할 말을 잃은 설련이 쓴웃음을 지으며 고개를 돌렸다.

그의 눈에 전장을 누비고 다니는 곡운이 들어왔다.

"누구지요?"

"저놈이 바로 곡운이란 놈이다."

"무당괴협?"

"광견."

"훌륭한 무공이로군요."

석류가 동의한다는 듯 대답했다.

"무공도 무공이지만 놈이 지닌 무기가 워낙 훌륭한 무기인지라."

"훌륭한 무기라니요?"

"간장검. 놈이 쓰는 검이 바로 간장검이다."

무인으로서 간장검이란 말을 듣고도 흥분하지 않을 수 있는 사람은 없다고 해도 과언이 아닌 터. 깜짝 놀라 두 눈을 동그랗게 뜨는 설련 또한 예외는 아니었다.

"저 검 때문에 아주 골치가 아프다. 제대로 싸울 수 있는 놈이 없어. 애당초 무기가 상대가 안 되니……."

앓는 소리를 하는 석류. 그런 석류의 말속에서 설련은 그가 어째서 갈 길 바쁜 자신을 불렀는지 알 수 있었다.

"조금 더 지켜보다 정 안 되면 제가 상대를 해보지요."

"그래 주겠느냐?"

석류가 기쁜 듯 되물었다.

설련은 대답하지 않고 천천히 걸음을 옮겼다.

석류는 그런 설련의 뒷모습을 흐뭇하게 바라보았다.

'정말 많이 컸어. 미치게 아름다울 정도로 말이야.'

자신으로 하여금 곡운과 상대하기 위해 불렀다는 설련의 생각과는 달리 석류가 그녀를 부른 진짜 이유는 앞서 말한 대로 그녀가 보고 싶었기 때문이었다.

"으아악!"

처절한 비명이 수월산에 울려 퍼졌다.

함정에 빠졌다는 것을 파악한 주린이 그 즉시 도주하라 명을 내리고, 그와 두 호법, 운학, 곡운, 추월령 등이 도주로를 확보하기 위해 죽을힘을 다했지만 적의 포위망은 너무도 견고했다.

대다수가 탈출에 실패하고 자신들보다 몇 배나 더 되는, 게다가 무공마저 뛰어난 천마단에 둘러싸여 하나둘 목숨을 잃기 시작했다. 그들은 그저 처절한 비명과 삶에 대한 몇 번의 꿈틀거림으로 동료들과 마지막 인사를 나누며 짧은 생애를 마쳤다.

늘 함께 호흡하고, 대화하고, 웃음을 나누었던 동료들이 외마디 비명과 함께 속속 쓰러지자 그토록 용맹히 싸우던 의천맹의 무인들에게도 죽음이란 공포가 서서히 자리하기 시작했다.

"하아. 하아."

주린은 서서히 흐려지는 시선으로 자신을 향해 다가오는 마교의 호법 곽우명(郭羽鳴)을 바라보며 이를 악물었다.

'미련 따위는 없다.'

팔십 평생 적수공권(赤手空拳)으로 재물과 명예 따위는 누릴 만큼 누렸다.

죽음은 두렵지 않았다.

삶에 대한 미련도 없었다.

다만 적의 함정에 너무도 쉽게 빠졌다는 것이, 그리고 죽음과 함께 찾아올 첫 패배가 자존심을 건드렸다.

그는 몸에 남은 한 줌 진기까지 끌어올려 최후의 공격을 감행했다. 하나, 정상적인 몸으로 싸워도 우열을 가리기 힘든 상대에 대한 반발치고는 너무도 초라했다. 조금 전 싸움에서 당한 부상이 그렇게 뼈아플 수가 없었다.

퍽!

주린의 몸이 곽우명의 발길질에 허공을 날았다.

무려 오 장이나 날아가 무참히 처박힌 그의 입에선 비명도 흘러나오지 않았다.

곽우명의 발길이 그의 가슴을 강타하는 순간, 이미 숨이 끊어진 것이었다.

"이놈!!"

주린의 무참한 죽음을 목도한 고양이 악을 쓰며 달려들었지만 그 역시 손쓰기 힘들 정도로 심각한 부상을 입은 상태였다.

"안 돼!"

일련이 그의 행동을 막기 위해 소리쳤다.

안타깝게도 그의 외침은 고양을 멈추게 하지 못했다.

목숨을 걱정해야 할 정도로 심각한 부상을 당한 몸치고는 제법 빠른 공격이었지만 그 공격에 반응하고 순식간에 역공을 펼치는 곽우명의 움직임은 더욱 빨랐다.

"아!"

자신의 외침이 끝나기도 전에 머리가 터져 목숨을 잃는 고양의 모습을 보며 일련은 안타까운 탄식과 함께 두 눈을 질끈 감고 말았다.

다시 눈을 떴을 때, 그의 얼굴에선 다시없는 투기가 솟구치고 있었다.

"오라!"

"망할!"

승전(承電)이 다급한 비명을 지르며 땅을 굴러 간신히 공격을 피해냈다.

파파파팍!

그가 구르는 바로 뒤로 추월령의 매서운 검기가 훑고 지나갔다.

"망할 년 같으니! 뒈져랏!"

이를 부득부득 간 승전이 지면을 박차고 올라 공격을 감행했다. 한데 당연히 피할 줄 알았던 추월령은 도리어 힘차게 검을 휘둘렀다. 검지에서 금빛 지네의 내단을 취한 추월령은 이미 과거의 그녀가 아니었다.

파스스스스.

나약하게만 보이는 여인의 몸에서 뿜어져 나오는 것이라 여겨지지 않을 만큼 무시무시한 검기가 승전을 향해 날아갔다.

쾅!

두 줄기의 검기가 허공에서 부딪치며 요란한 소리를 만들어냈다.

동시에 전진을 하는 두 사람.

채챙!

추월령의 검과 승전의 검이 허공에서 맞부딪쳤다.

바로 그 순간, 맞부딪친 것 같았던 그녀의 검이 살짝 비껴 나가며 승전의 손목을 노렸다.

대경실색한 승전이 검을 회수하며 뒤로 물러나려 했지만 기회를 잡은 추월령이 쉽게 허락하지 않았다.

초조함에 사로잡힌 승전이 이리저리 몸을 흔들고 그가 알고 있는 최상의 보법을 이용해 공세를 피하려 했지만 추월령의 집요함은 상상이었다.

자칫 잘못하다간 낭패를 볼 수 있다고 판단한 승전이 최후의 결단을 내리려는 순간, 그를 쫓던 추월령이 갑자기 검을 집어 던졌다.

동시에 맹렬히 쇄도하는 몸.

"헛!"

갑작스럽게 검을 던지고 달려드는 추월령의 행동에 당황한 승전이 급히 몸을 틀다가 그만 중심이 흐트러지고 말았다.

"위험하다!"

둘의 싸움을 지켜보던 곽우명이 깜짝 놀라 소리쳤다.

하지만 추월령이 내지른 발은 이미 승전의 명치 쪽에 도달해 있었다. 피하기엔 늦었다고 생각한 승전이 그녀의 발끝이 노리는 명치에 온 힘을 집중시켰다.

퍽!

"커헉!"

둔탁한 소리, 외마디 비명과 함께 승전의 몸이 휘청거렸다.

다행히 목숨이 끊어질 정도는 아니었으나 검은 피를 한 사발이나 쏟아내는 것이 치명적인 부상을 당한 듯했다.

끝장을 내려는 듯 재차 달려드는 추월령.

추월령의 검이 승전의 머리를 노렸다.

승전이 절망적인 표정을 지으며 손을 머리 위로 올렸다. 하나, 미약한 반항일 뿐이었다.

주인을 잃은 손목이 하늘로 치솟고 진하디진한 피가 사방으로 튀었다.

단숨에 손목을 잘라 버린 추월령의 검은 여전히 그 힘을 잃지 않고 승전의 머리 위로 떨어져 내렸다.

"제기랄!"

승전이 살아생전 마지막 내뱉는 말이 될 수 있던 외침이 끝나자마자 추월령의 검이 그의 머리를 훑고 지나갔다.

한데 그것이 전부였다.

어찌 된 일인지 지옥의 문턱에 한 발을 들여놓은 것 같았던

아직 끝나지 않았다 235

승전이 멀쩡히 살아 있었다.

이유는 간단했다.

절체절명의 순간, 곽우명의 검이 짓쳐들었고 잠시 갈등을 하던 추월령이 승전의 머리 대신 날아오는 검을 쳐낸 것이었다.

"괜찮나?"

승전의 목숨을 구한 곽우명이 그의 어깨를 짚으며 말했다.

"고, 고맙소이다, 선배."

"인사는 잠시 후에 받기로 하지."

날카롭기 그지없는 추월령의 공세가 들이닥치는 것을 느낀 곽우명이 승전을 밀치며 검을 휘둘렀다.

꽈쾅!

요란한 충돌음과 함께 곽우명의 몸이 휘청거렸다. 물론 공격을 한 추월령 또한 다소 충격을 받은 것 같았지만 곽우명이 느낀 충격에 비하면 아무것도 아니었다.

아무리 불안정한 자세였고, 수세에 처한 상황이었다지만 머리에 피도 마르지 않아 보이는 추월령에게 그런 낭패를 볼 줄은 꿈에도 생각지 않은 것이다.

"이거야 원, 창피해서 고개를 들 수가 있나!"

노한 곽우명의 음성과 함께 그의 검에서 일어난 희뿌연 기운이 추월령의 허벅지를 파고들었다.

곽우명의 공격이 생각보다 날카롭자 추월령은 빠르게 발

을 놀려 검기의 위협에서 벗어나고자 했다.

파파팟!

그녀를 놓친 검기가 사위를 휩쓸며 섬뜩한 흔적을 남겼다.

'대단하구나.'

추월령은 생각보다 강한 곽우명의 무공에 바싹 긴장을 했다.

같은 호법의 위치였지만 곽우명은 조금 전 싸웠던 승전하고는 비교도 할 수 없는 고수였다.

그렇다고 수세로 밀릴 수만은 없는 일.

"하앗!"

힘찬 기합성과 함께 추월령의 검이 움직이고 무림에 검각의 존재를 각인시키는 데 일조한 무공이 펼쳐졌다.

창룡귀해(蒼龍歸海).

마치 승천을 하듯 세 가닥으로 퍼진 검기가 하늘로 치솟더니 곧 방향을 틀어 곽우명의 머리와 가슴, 단전을 노리며 접근했다.

"이것이 검각의 무공인가? 멋지군."

감탄성을 내뱉는 것과 동시에 곽우명의 몸이 엄청난 속도로 움직였다. 단 세 걸음으로 공세를 피한 곽우명이 움직이는 탄력에 힘을 실어 검을 던졌다.

쐐애애액!

대기를 가르며 날아드는 검의 궤적이 하나의 실처럼 보

였다.

 추월령은 감히 경시하지 못하고 재빨리 몸을 틀며 검을 휘둘렀다.

 채챙!

 추월령의 검에 부딪친 곽우명의 검이 불꽃을 일으키며 튕겨져 나갔다.

 한데 바로 그 순간, 튕겨져 나갔다고 여긴 검이 갑자기 방향을 틀어 맹렬히 쇄도했다.

 기로써 검을 조종한다는 이기어검(以氣御劍)이었다.

 반격을 하기엔 늦었다고 생각한 추월령이 그대로 바닥을 굴렀다.

 바닥의 흙과 몸에 묻은 피가 한데 뒤엉켜 온몸이 엉망이 되었으나 체면을 차릴 여유 따위가 있을 리 없었다.

 파파팍!

 곽우명의 검이 그녀의 등에 날카로운 생채기를 만들며 지나갔다.

 하지만 그것이 끝이 아니었다.

 검은 또다시 그녀를 노리며 날아들었고 추월령은 대여섯 번이나 바닥을 구른 뒤에야 겨우 공세에서 벗어날 수가 있었다.

 "하아. 하아."

 겨우 몸을 바로 세운 추월령이 거친 숨을 내뱉었다.

그런 그녀를 놀란 눈으로 바라보는 곽우명 또한 마냥 편한 모습은 아니었다.

이기어검은 그 위력만큼이나 막대한 내력을 소모케 하는 것, 단 몇 번의 공격으로 그는 이미 상당히 지친 상태였다.

'틈을 주면 당한다.'

또다시 밀리게 되면 끝장이란 생각을 한 추월령은 숨을 고를 사이도 없이 공격을 감행했다.

추월령이 힘찬 기합성과 함께 몸을 날렸다.

검이 이끄는 대로 몸을 맡긴 그녀의 몸이 검과 하나가 되어 곽우명에게 날아들었다.

그것이 추월령이 지닌 비장의 한 수라 생각하면서도 전혀 피하고 싶은 마음이 없었던 곽우명 역시 검에 몸을 맡겼다.

쩌쩡.

어느 한 지점에서 검과 검이 만났다.

둘의 몸이 허공에서 일자로 떠 있다는 생각을 할 즈음, 곽우명의 검에 미세한 균열이 생기기 시작했다. 그리곤 급격하게 금이 가기 시작하더니 결국엔 산산조각이 나버렸다.

놀랍게도 추월령이 곽우명의 내력을 능가해 버린 것이었다.

마주 대치하던 검이 부서졌다는 것은 그 검의 주인에겐 최후를 선고하는 것이나 다름없는 것이었다.

"크헉!!"

곽우명의 입에서 고통스런 비명이 터져 나왔다.
"으으으."
땅으로 내려선 곽우명은 중심을 잡지 못하고 비틀거리며 자신의 가슴을 관통한 검을 바라보았다.
"어처… 구니가 없… 군."
그는 자신의 몸에 박힌 검을 한참이나 바라보다 허탈한 웃음을 흘리고 말았다.
그런 곽우명을 차갑게 노려본 추월령이 가슴에 박힌 검을 비틀어 쳐올렸다.
빠지직.
뼈가 부러지는 소리와 함께 곽우명의 눈이 뒤집혔다. 그리곤 힘없이 고개를 떨구고 말았다.

"후욱, 훅!"
고월의 입에서 거친 숨소리가 흘러나왔다.
가슴이 심하게 요동치고 어깨가 절로 들썩이는 것을 보면 꽤나 지친 모습이었다. 그렇다고 큰 부상을 당한 것 같지는 않았다.
그의 앞에 그보다는 다소 여유롭게 호흡을 고르는 사내가 있었으니 바로 곡운이었다.
고월은 살기로 번들거리는 눈으로 곡운을 노려봤다.
"그렇게 노려보지 말고 빨리 덤벼."

곡운의 조롱에도 고월은 그저 숨을 몰아쉴 뿐 별다른 행동을 하지 못했다.

'뭐, 이런 놈이 있단 말인가! 도대체가 방법이 없구나.'

처음, 포위 공격에 전전긍긍하는 다른 이들과는 달리 수하들을 유린하는 곡운의 앞을 가로막을 때까지만 해도 그는 자신이 있었다. 무당괴협이라는 이름 따위는 그저 약한 놈들을 쓰러뜨려 얻은 허명에 불과하다 여기며 다시는 그런 허명이 들리지 않도록 끝장을 내버릴 것이라 다짐했다. 하나, 아무리 빠르게 움직여도, 죽을힘을 다해 공격을 퍼부어도 끄떡없는 곡운의 강함에 결국 아무것도 할 수 없었다.

'승룡검(乘龍劍)이······.'

너덜너덜해져 더 이상 검이라 부르기에도 민망한 애검을 보며 고월은 곡운의 무위에, 아니, 엄밀히 말해 그런 신위를 가능케 한 간장검의 위력에 기가 질리고 말았다.

비록 천하에 명성을 떨치는 명검은 아닐지라도 승룡검은 단단하기로 유명한 한철로 만들어진 검이었다. 그럼에도 불구하고 간장검의 날카로움 앞에선 그저 평범한 검으로 전락하고 만 것이다.

"안 오면 내가 가지."

고월은 또다시 자세를 갖추며 접근하는 곡운을 보며 어쩔 줄을 몰라 했다. 처음의 자신감은 이미 온데간데없었다. 그렇다고 주변의 수하들에게 도움을 요청하자니 그건 죽기보다도

싫었다.

"까불지 마라! 고작 검의 힘에 의지하는 놈이 기세만 살았구나!"

고월이 엉거주춤 뒤로 물러나며 악을 썼다. 그러자 곡운이 피식 웃음을 터뜨렸다.

"그게 불만이면 더 좋은 검을 가지고 덤벼보든지. 없는 놈이 바보지."

곡운은 단 몇 마디로 고월의 야유를 간단히 일축해 버렸다.

"망할 놈! 간장검에 비할 검이……."

고월의 외침은 끝까지 이어지지 못했다. 더 이상 듣기 귀찮다는 듯 곡운이 맹렬히 돌진해 왔기 때문이었다.

깡!

누더기처럼 변한 승룡검이 힘없이 부러지며 내뱉은 마지막 비명성과 함께 간장검의 압력을 견디지 못한 고월이 털썩 무릎을 꿇었다.

"그만 뒈져라!"

곡운은 고월의 마지막 숨통을 끊으려 하였다.

바로 그때였다.

상상도 할 수 없는 강맹한 강기가 그를 향해 날아들었다.

본능적으로 몸을 날린 곡운의 뒤로 강기의 회오리가 휩쓸고 지나갔다.

파파팍!

간발의 차이로 곡운을 놓친 강기가 땅바닥을 헤집는 것으로도 모자라 인근에서 포위망을 구축하고 있던 천마단원 한 명을 그대로 도륙해 버렸다.

"미, 미친!"

곡운은 피아의 구별도 없이 그대로 날려 버리는 무자비함에 절로 욕설을 내뱉었다.

"누구냐?"

고개를 돌리며 싸늘히 묻는 곡운.

그의 앞에 고월의 위기를 보다 못해 결국 실력 행사에 나선 설련이 서 있었다.

"계집?"

간담을 서늘케 한 공격의 주인이 자기 또래의 여자라는 것을 파악한 곡운의 인상이 확 구겨졌다.

무엇보다 짜증나는 것은 상대의 미모가 성녀 못지않게 예쁘다는 것.

"제길, 뭐 이렇게 예쁜 것들이 많아!"

아무런 생각도 없이 내뱉은 말에 대한 대가로 돌아온 것은 조금 전보다 훨씬 더 빠르고 강맹한 강기의 소용돌이였다.

순간, 곡운의 피가 차갑게 식었다.

방심이란 있을 수 없었다.

방금 보여준 상대의 무공을 감안했을 때 잠깐의 실수는 그대로 죽음으로 이어질 것이었다.

그는 간장검을 힘껏 움켜쥐고 자신을 향해 맹렬히 짓쳐드는 강기를 향해 검을 휘둘렀다.

쿠쿠쿠쿵!

엄청난 폭발음과 함께 일어난 기의 소용돌이가 주변을 휩쓸고 애꿎은 피해자를 양산했다.

"으악!"

"크아아악!"

그들의 주변에서 싸움을 하던 이들은 물론이고, 퇴로를 끊기 위해 대기하던 이들마저 충돌의 여파를 견디지 못하고 피를 토했다.

"계집이 제법이로구나. 하지만 그 정도로는 나를 어쩌지 못한다."

자세를 다시 고쳐 잡은 곡운이 아무렇지도 않다는 듯 태연스레 소리쳤다. 하지만 단 한 번의 충돌로 이미 그는 심각한 타격을 받은 상태였다.

사실, 그동안 눈부신 활약을 한 곡운은 그만큼 많은 진기를 소모했다. 내색은 하지 않았지만 고월을 상대하면서 약간의 내상도 입은 상태였다. 그런 상황에서 설련과 같은 막강한 고수를 상대하기란 분명 무리가 있었다.

"그럴까?"

곡운의 공격을 단숨에 무력화시킨 설련이 차갑게 웃었다. 그리곤 재차 도를 휘둘렀다.

파스스스스슷.

도에서 뻗어 나온 기운이 사방을 점령하기 시작했다.

"구뢰패극참혼결(九雷覇極斬魂訣)……."

설련의 싸움을 지켜보던 석류의 입에서 그녀가 사용하는 무공의 명칭이 흘러나왔다.

과거 이사형이었던 설장청(雪樟淸)이 익히고 설련에게 이어진 마교사상 최강의 도법.

마도십병 중 서열 삼위를 차지하고 있는 무적뇌도에서 쏟아져 나오는 막강한 뇌력(雷力)은 실로 인간으로선 감당하기 힘든 패력(覇力)이었다.

'뭐, 뭐지. 이건?'

곡운이 바싹 긴장한 표정으로 뒷걸음질쳤다.

겨우 기수식임에도 불구하고 전해오는 압박감이 장난이 아니었다. 온몸이 짜릿짜릿한 것이 마치 전류라도 흐르는 듯한 느낌이었다.

뒷걸음질치던 곡운은 이를 악물었다.

또래의 여자에게 밀린다는 것은 자존심상 도저히 용납할 수 없기 때문이었다.

지그시 설련을 노려보는 그의 눈은 어느새 차갑게 가라앉아 있었다.

"가라!"

설련이 하늘로 치켜 올렸던 검을 내려치며 소리쳤다.

그러자 무적뇌도에서 흘러나온 도기가 그녀의 몸 주변을 에워싸는가 싶더니 어느 순간, 몇 줄기 강맹한 기운이 꿈틀대기 시작하더니 마치 하나의 여의주를 놓고 쟁투를 벌이는 용처럼 앞서거니 뒤서거니 하며 곡운을 향해 달려들었다.

"죽을힘을 다한 것이 고작 이 정도라면 실망인걸!"

말은 그리해도 곡운의 등에는 식은땀이 흐르고 있었다.

애당초 피한다는 생각은 하지도 않던 그는 젖 먹던 힘까지 끌어올려 어느새 코앞까지 밀려든 기운에 정면으로 맞부딪쳤다.

꽈꽈꽈꽝!

또다시 엄청난 충격파가 사방을 휩쓸었다.

공격을 했던 설련의 어깨가 살짝 흔들렸다.

반면, 곡운은 거의 칠 장여나 밀려 나간 후에 비로소 몸을 바로잡을 수 있었다. 어느샌가 그의 의복은 그가 토해낸 피로 붉게 물들어 있었다.

"계집! 아직 멀었다."

간신히 자세를 바로 한 곡운이 호기를 부리며 소리쳤다.

"……."

설련의 눈이 반짝거렸다.

그녀가 조금 전 사용한 무공은 구결로 나뉘어진 구뢰패극참혼결 중에서도 칠자결의 무공으로 웬만한 고수 정도는 그 기세만으로도 격살시킬 수 있는 무시무시한 것. 한데 곡운이 그것을 정면에서 받아낸 것이었다.

"재미있군."

그녀가 빙긋이 웃었다.

곡운이 말만 앞세우는 허풍쟁이가 아니라 꽤나 흥미로운 상대라는 생각을 한 것이었다.

'재미는 염병!'

다리가 후들거려 제대로 서 있지도 못하던 곡운은 그녀의 말에 뭐라 대꾸할 힘도 없었다.

우우우우우웅.

무적뇌도에서 웅후한 떨림이 일고 예의 기운들이 또다시 넘실대기 시작했다.

'또냐?'

곡운의 얼굴이 일그러졌다.

그러나 그는 생각할 시간도 없이 또 한 번 그녀와 정면으로 부딪쳤다.

쿠콰콰쾅!

천지개벽이라도 하듯 하늘이 울리고 땅이 뒤집히며 거대한 충격파가 사위를 휩쓸기 시작했다.

주변의 모든 것들, 흙과 돌멩이들은 물론이고, 병장기, 심지어 시신들까지 폭풍에 끌려 다녔다. 그 충격의 여파가 어찌나 컸던지 주변의 싸움을 일시에 중단시킬 정도였다.

"비… 러… 머글!!"

처참하게 나뒹군 곡운의 입에서 신음과도 같은 욕설이 터져 나왔다.

봉두난발한 머리는 흙먼지로 뒤엉켜 있고, 입에선 연신 붉은 선혈이 흘러나왔다. 왼쪽 어깨와 옆구리로 이어진 상처는 한눈에 보아도 꽤나 깊었다.

그에 반해 설련은 손목 어귀에 약간의 상처를 당한 것이 전부였다.

"훌륭한 실력이었다."

설련은 진심으로 곡운을 칭찬했다. 하나, 그걸 곧이곧대로 들을 곡운이 아니었다.

"지랄! 내가 왜 그딴 말을 들어야 하는데! 우웩!"

자신의 성질을 못 이긴 곡운이 버럭 소리를 지르다 또다시 한 무더기의 피를 토해냈다.

"하지만 승부는 이미 끝난 것."

더 이상 싸움을 할 필요도 없다는 듯 무적뇌도를 거둔 설련은 승자의 여유로운 미소를 지으며 몸을 돌렸다.

"아, 아직 끝나지 않았다. 어디를 가느냐! 웩!"

끊임없이 핏덩이를 토해내면서도 곡운은 패배를 인정하지 않았다.

"사제!"

끊임없이 이어진 협공을 뚫고 곡운의 곁으로 도착한 운학이 그의 몸을 부축하며 말했다.

"괜찮은가?"

"괜찮습니다."

운학의 팔을 거칠게 뿌리친 곡운이 설련을 불렀다.

"계집, 아직 끝나지 않았다고 했다."

"……."

설련이 무심한 눈으로 그를 응시하더니 상대할 가치가 없다는 듯 고개를 흔들며 몸을 돌렸다.

그것이 곡운의 분노에 불을 질렀다.

"멈추라니까!"

하지만 설련에게 달려가던 그는 미처 세 걸음도 내딛지 못하고 다시 고꾸라졌다.

깜짝 놀란 운학이 그를 안았을 때 그는 이미 혼절한 상태였다.

*   *   *

"오랜만입니다. 그간 강녕하셨습니까?"

"어이구! 어서 오십시오. 먼 길에 얼마나 고생이 많으셨습니까?"

"하하하! 고생이라니요. 오늘같이 좋은 날 천 리면 어떻고 만 리면 어떻습니까? 당연히 와야지요. 정말 축하드립니다."

"하하하! 고맙소이다. 자자, 어서 자리에 앉으시지요."

아직 끝나지 않았다 249

나이 열셋에 잔심부름이나 해주는 말단 직원으로 시작해 사십 년 만에 등왕상단에서도 세 번째로 큰 의창지국을 맡게 된 노국은 사방에서 들려오는 인사에 일일이 답례를 하느라 몹시 분주했다.

그의 나이 올해로 쉰셋.

어미 없이 애지중지 키운 딸을 시집 보내게 되어 한없이 기쁘면서도 먼저 간 부인 생각, 그리고 늘 곁에 있을 것이라 여긴 딸을 떠나보내야 한다는 아쉬움에 만감이 교차됐지만 계속해서 밀려드는 손님을 접대하느라 그런 생각을 가질 틈도 없었다.

하지만 바로 지금, 혼인식과는 전혀 상관이 없는 한 사내가 그의 앞에 섰다.

"노국 국주십니까?"

"누구신지……?"

노국이 고개를 갸웃거리며 되물었다.

"묵조영이라 합니다."

"묵… 조영?"

기억에 없는 이름이었다.

"일전에 등왕표국에서 신객으로 일을 했습니다."

"아! 그렇군."

노국이 환한 얼굴로 고개를 끄덕였다.

물론 기억을 하는 것은 아니었다. 하나, 등왕표국이라면 등왕상단과 한 식구나 마찬가지인 터. 그저 인근에서 소문을 듣고 인사차 찾아온 것이라 여긴 것이다.

"어쨌든 와줘서 고맙네. 일단 앉아서 술이라도 한잔하고 있게나."

노국은 형식적인 인사치레를 하고 다른 손님을 맞으려 하였다. 하나, 애당초 찾아온 목적이 달랐던 묵조영이 원하던 바를 얻지도 않고 그를 놔줄 리가 없었다.

"중요한 용건이 있어서 왔습니다."

"중요한 용건?"

슬쩍 찌푸려지는 얼굴이 귀찮다는 표정이었다.

"잠시 시간을 좀 내주시지요."

"바쁘네."

"부탁드리겠습니다."

묵조영이 정중하게 요청했다. 그러자 노국이 노골적으로 짜증을 드러냈다.

"이 많은 손님을 보고도 모르겠나? 몸이 두 개라도 모자랄 판에 자네에게 내줄 시간이 어디 있나?"

"그래도 내주셔야겠습니다. 이 결혼을 아예 끝장내지 않으려면."

고개를 슬쩍 들이밀며 나직이 내뱉는 묵조영의 음성엔 일반인이 감당하기엔 너무도 벅찬 진득한 살기가 묻어 있었다.

순간, 노국의 몸이 급살맞은 사람처럼 부르르 떨었다.

아직 끝나지 않았다 251

"한 가지 더 말씀드리자면 당신에게 그다지 좋은 감정이 없습니다. 아니, 오히려 유감이 많다고 해야 할까요?"

좋은 감정이 아니라 유감이 있다는 뜻은 수틀리면 언제라도 뒤집어엎을 수 있다는 은근한 협박이 아닐 수 없었다.

"차, 참아주시오."

딸의 결혼식을 망치고 싶지 않았던 노국이 묵조영의 팔을 잡으며 부탁했다.

"이, 이곳에서 이럴 게 아니라 장소를 옮기도록 하세."

"이제야 좀 대화를 할 준비가 된 것 같군요. 그렇지 않습니까?"

"……."

노국은 불안한 얼굴로 좌우를 둘러보며 걸음을 옮겼다.

그사이에도 많은 이들이 인사를 해왔으나 이미 제정신이 아니었던 그는 인사를 받는 둥 마는 둥하며 자신의 처소로 묵조영을 데리고 왔다.

"대체 무슨 일이기에……?"

노국이 떨리는 음성으로 물었다.

시간을 끌고 싶지 않았던 묵조영이 단도직입적으로 물었다.

"취몽산을 아십니까?"

"취… 몽산?"

묵조영은 처음 듣는다는 듯 고개를 갸웃거리는 것을 보며 부연 설명을 덧붙였다.

"오직 당가에서만 취급한다는 극독이지요. 그리고 이십여 년 전, 당신이 당가의 인물에게서 입수한 물건이기도 하고."

"아!"

비로소 지난날의 기억을 떠올린 노국이 탄성을 내질렀다.

"기억이 나십니까?"

"……."

"기억이 나냐고 물었습니다!"

노국이 마지못해 고개를 끄덕였다.

"당신이 당가에서 취몽산을 취득한 것이 틀림없다는 말이지요?"

"……."

"침묵이 능사는 아닙니다. 거짓말도 용납하지 않겠습니다. 하니, 신중히 대답하십시오. 그 한마디에 당신의 목숨은 물론이고 식솔들의 목숨까지 걸려 있으니."

차가운 어조로 경고를 한 묵조영이 다시 물었다.

"이십여 년 전, 당가에서 취몽산을 취득한 것이 맞습니까?"

"그, 그렇소."

"그 취몽산은 어찌 되었습니까?"

"그, 그건……."

"아마도 황산묵가로 들어갔을 겁니다. 맞지요?"

"잘… 모르겠소."

노국의 음성이 누구라도 의식할 수 있을 만큼 떨렸다.

"모르는 겁니까, 아니면 말할 수 없는 겁니까?"

"모르……."

"신중히 대답하라 했습니다!"

묵조영이 탁자를 후려치며 소리치자 노국이 얼른 입을 다물었다.

"다시 묻겠습니다. 모르는 겁니까, 말을 할 수 없는 겁니까?"

한참을 머뭇거린 노국이 간신히 입을 열었다.

"마, 말을 할 수가 없네."

"뭐, 대충 비밀을 유지하겠다는 고객과의 약속을 지키겠다는 말이군요."

"……."

"그럼 마음대로 하십시오. 말을 하고 하지 않는 것은 국주님의 선택이니까요. 그래도 이것만은 알고 계십시오."

묵조영은 노국의 주변을 빙글빙글 돌며 입을 열었다.

"당신이 당가에서 얻은 취몽산에 내 부모님이 돌아가셨습니다. 그렇게 놀라는 표정은 짓지 마십시오. 가식적으로밖에 보이지 않으니까. 아무튼 당가의 취몽산이 당신에게 전해졌고 그 취몽산에 부모님이 돌아가셨습니다. 내 예상으로라면 분명 황산묵가의 누군가가 노 국주님께 취몽산을 전해 받았을 것인데 이리 부인을 하니 알 길이 없군요. 자, 그렇다면 내 부모님의 원수는 누구일까요? 노 국주님일까요?"

"나, 난 아니오!"

노국이 발악하듯 소리쳤다.

"아니면 누굴까요? 유감스럽게도 내가 추적한 취몽산의 행방은 노 국주님에게서 끝이 나는데요."

"난 그대의 부모님을 뵌 적도 없고, 알지도 못하오."

"당연히 그렇겠지요. 그래도 책임이 있다는 것은 부인할 수 없는 사실 아닌가요? 그리고 난 그 책임을 물을 권리가 있습니다."

"난… 나, 나는……."

"알겠습니다. 역시 등왕상단 의창지국의 국주님답습니다. 고객과의 약속은 지켜야지요. 암, 지켜야 하고말고요. 살아생전, 죽어 무덤까지 고이고이 간직하여 가지고 가십시오."

무덤 운운하는 묵조영의 말투에선 한기가 풀풀 넘쳤다. 그것을 느낀 노국의 얼굴이 새하얗게 변했다.

"자, 그럼 이제는 책임을 물어야 할 때군요."

말과 함께 묵조영이 빙글 몸을 돌리자 벌떡 일어난 노국이 그의 팔을 잡았다.

"어, 어쩌시려고……?"

"노 국주께서 내게 부모님을 잃은 슬픔을 주었으니 난 반대로 자식을 잃은 슬픔을 드릴까 합니다만."

아직 끝나지 않았다

"따, 딸아이는 아무런 잘못도 없소!"

"그럼 나는, 어리디어렸던 나는 도대체 무슨 죄를 지었던 것일까요?"

"나, 나는… 그, 그것이 그런 용도로 쓰일 줄은 몰랐소."

"그토록 은밀히 취몽산을 원했을 때 어찌 사용할지는 뻔한 것. 그것은 변명이 될 수 없지요."

노국은 할 말이 없었다.

"마지막으로 한 번 더 묻겠습니다. 누굽니까, 취몽산을 구해달라고 한 사람이?"

묵조영은 차갑게 가라앉은 눈으로 노국의 얼굴을 주시했다.

묵조영의 싸늘한 시선을 받은 노국은 식은땀을 흘리며 어쩔 줄을 몰라 했다.

"그렇군요. 역시 신의라는 것은 중요한 법이지요."

그것으로 끝이었다.

더 이상 협상의 여지는 없다는 듯 단호히 몸을 돌리는 묵조영.

노국이 다시 한 번 그에게 매달렸지만 묵조영은 냉정히 팔을 뿌리치며 걸음을 옮겼다.

"이, 이보시오!"

"……."

"제, 제발!"

슬쩍 고개를 돌려 노려보는 묵조영의 전신에서 서서히 살기가 피어올랐다.

그 모습이 어찌나 살벌한지 노국은 자신도 모르게 뒷걸음질치다가 나뒹굴었다.

그러나 묵조영을 그냥 보냈을 때 어떤 결과가 올지를 생각한 노국은 새파랗게 질린 얼굴로 바닥을 기어와 묵조영의 바짓가랑이를 잡고 늘어졌다.

"마, 말을 하겠소."

"분명 마지막이라 했습니다. 국주께선 신의를 지키면 되는 것이고 나는 부모님의 복수를 하면 그뿐."

"말하겠소. 다 말하겠단 말이오!"

묵조영의 걸음이 비로소 멈춰졌다.

"고객과의 신의를 깨시겠단 말입니까?"

"그, 그렇소."

"호~ 눈물겨운 부정입니다. 다른 사람 목숨은 안중에도 없으면서 딸의 목숨은 이리 귀하게 여기시다니 말입니다."

묵조영의 야유에도 노국은 뭐라 대꾸할 말을 찾지 못했다.

"누굽니까?"

"그, 그러니까……."

"누굽니까?"

"매, 매율현이란 사람이오."

순간, 묵조영의 얼굴이 딱딱하게 굳어졌다.

"지금 누구라 했습니까? 매… 율현이라 했습니까?"

"그, 그렇소."

"설마하니… 주작매가의 매율현을 말씀하는 겁니까?"

"내 기억이 틀리지 않는다면 정확할 것이오."

기왕 밝히고 나니 마음이 편한지 노국의 음성이 안정을 되찾았으나 두 주먹을 움켜쥔 묵조영은 전신을 부들부들 떨었다.

그가 아는 한, 황산묵가의 네 기둥 중 하나인 주작매가에서 매율현이란 이름을 쓰는 사람은 주작매가의 현 가주로서 묵화성의 태중 정혼자 매설류의 부친뿐이었다.

"그가, 그가 어째서?"

하나, 묻지 않아도 이미 답은 나와 있는 것이나 다름없었으니 권력에 대한 욕심은 그 어떤 욕망보다 우선한다는 것은 만고의 진리였다.

"매.율.현."

마침내 부모의 원수를 찾아낸 묵조영의 눈은 이글이글 타올랐다.

제49장

한 잔 술의 빚은 갚았다

"몇 명?"

"현재 네 놈이 포위망을 뚫고 도주를 하고 있습니다. 죄송합니다. 그렇게 악착같이 덤비던 놈들이 한순간에 도망을 칠 줄은 미처 몰랐습니다."

고월은 그들이 포위망을 뚫고 도망을 친 것이 자신의 잘못이라도 되는 듯 고개를 들지 못했다.

하나, 고월의 보고를 받는 석류의 표정엔 노기는 보이지 않았다. 화를 내는 것도 아니고, 오히려 재밌다는 듯 연신 미소를 짓고 있었다.

"피해는?"

"목숨을 잃은 이들이 열넷에 부상자는 조금 더 됩니다."

"흠, 생각보다 많은걸."

"놈들이 워낙 거칠게 대항을 하는 바람에……."

"질책을 하려는 게 아니니 변명할 것 없다. 천단과 지단에서도 핵심적인 고수들이 아니더냐? 함정에 빠지지 않고 제대로 붙었다면 그 이상의 피해를 당했을 것이야."

"그래도 곽 호법이 당한 것은 생각지도 못한 큰 손실일세. 승 호법도 큰 부상을 당했고."

손무가 혀를 차며 말했다.

"후~ 누굴 탓하겠습니까? 어린 계집이라고 너무 얕본 탓이지요."

석류가 장탄식을 내뱉으며 고개를 흔들었다.

설마하니 추월령에게 연거푸 두 명의 호법이 당할 줄은 그 역시 생각도 못했기에 딱히 뭐라 할 말이 없었다.

"도주한 놈들은 어찌할 생각인가?"

"당연히 잡아야지요. 사실, 도주라고 할 것도 없습니다. 뛰어봤자 부처님 손바닥 위지요. 그렇지 않으냐?"

석류의 물음에 고월이 고개를 끄덕였다.

"그렇습니다. 이미 퇴로를 차단한 것으로 알고 있습니다."

"쓸데없는 짓을 했구나. 사냥의 묘미란 퇴로를 차단하고 쫓는 것이 아니거늘. 아무튼 놈들을 발견했다 하더라도 공격을 하지는 말라고 전해라. 더 이상의 피해는 없어야지."

"알겠습니다."

"내가 검각의 계집을 책임질 테니 련아는 광견을 쫓거라. 운학이란 놈에게 업혀 도망갔으니 얼마 가지 못했을 게야."

"······."

설련이 대답을 하지 않자 석류가 몇 마디 말을 덧붙였다.

"시작을 했으면 마무릴 져야지. 놈이 지닌 검과 제대로 싸울 수 있는 것은 무적뇌도뿐이야."

"예."

설련이 마지못해 대답을 했다.

"손 호법께선 나머지 한 놈을 잡아주십시오."

"그러지."

손무는 흔쾌히 허락을 했다.

"자, 이제 쫓아가 볼까요?"

석류의 입가에 진하디진한 살소가 지어졌다.

취리리릿!

공기를 가르는 날카로운 소리와 함께 한 자루 검이 모습을 드러냈다.

풀이며 나뭇가지 등을 사방으로 흩뿌리며 날아온 검의 목표는 운학 등과 함께 천마단의 포위망을 뚫고 도주에 성공한 화산파 제자 도신(途愼)이었다.

약관의 나이로 천단의 단원으로 이름을 올린 지 어느새 오

년, 화산파가 기대하는 후기지수답게 그의 무공은 천단에서도 열 손가락 안쪽에 꼽힐 정도였다.

하지만 자신을 노리는 검이 날아오고 있다는 것도 눈치 채지 못할 정도로 정신없이 달리고 있는 그의 모습은 뭐라 말을 할 수 없을 정도로 처참한 상황이었다.

거듭되는 합공을 뚫고 탈출을 하느라 왼쪽 팔을 잃었고, 오른쪽 눈도 실명을 걱정해야 할 정도로 눈두덩이 심하게 찢어졌는데 지혈이 되지 않는지 계속 흘러내리는 피로 인해 얼굴은 피투성이가 된 지 오래였다. 게다가 뼈가 보일 정도로 심하게 베인 허벅지가 그의 움직임을 영 굼뜨게 만들었다.

"헛!"

엄청난 속도로 날아온 검이 지척에 이르러서야 그 기운을 감지한 도신이 기겁을 하며 고개를 숙였다.

사르르륵.

한 뼘이나 잘려 나간 도신의 머리카락이 사방으로 흩날렸다.

"멀리도 왔구나. 애썼다."

크게 회전을 하며 돌아온 검을 잡은 손무가 차가운 웃음을 흘리며 말했다.

'어느새……'

도신의 얼굴이 급격하게 어두워졌다.

당연히 추격이 있을 것이라 예상을 했으나 이처럼 빨리 따라잡힐 줄 예상치 못한 데다가 앞을 가로막은 사람이 보통 고수가 아니라는 것을 느꼈기 때문이다.

도신은 아무런 말도 하지 않은 채 사부로부터 받은 청련검(淸漣劍)을 꽉 움켜쥐고 결전의 자세를 취했다.

한쪽 팔이 없어 어딘지 모르게 엉성해 보였어도 그의 의지만큼은 결연했다.

"좋은 자세다."

비록 적이라지만 손무는 칭찬을 아끼지 않았다.

"고통없이 보내주마."

어쩌면 그것이 그가 할 수 있는 최대한의 배려일 수 있었다.

손무는 사선으로 검을 누인 후 천천히 움직이기 시작했다.

그저 한 발을 내디뎠을 뿐인데 도신은 엄청난 압박감을 받았다.

칼날과도 같은 예기가 전신을 훑고 지나가는 느낌에 절로 몸이 떨렸다. 아무리 생각해도 상대를 쓰러뜨릴 자신이 없었다.

'힘을 주십시오.'

도신은 무한한 애정으로 자신을 이끌어준 사부를 떠올리며 입술을 깨물었다.

그나마 백분지 일의 가능성이라도 있으려면 선공을 하는 것이라 여긴 도신이 지면을 박차고 뛰어올랐다. 그리곤 손무의 정수리를 향해 검을 내리찍었다.

 검이 도달하기 앞서 희뿌연 검기가 손무의 움직임을 제어했고 이어 도신의 모든 것이 담긴 청련검이 그의 머리 위로 떨어져 내렸다.

 검이 미처 도착하기 일보 직전 손무의 눈이 번쩍였다.

 가슴 어귀를 훑고 지나가는 이질적인 느낌.

 한데 바로 그 순간, 호흡이 가빠지고 검을 쥔 손에서 힘이 빠지기 시작했다.

 '뭐지?'

 도신은 자신의 몸에 어떤 일이 일어났는지 알 수가 없었다. 그러나 눈앞의 손무가 점점 흐릿해져 가는 것을 느끼며 그는 모든 것이 끝났음을 직감했다.

 '사부… 님.'

 사부를 떠올리는 것을 끝으로 도신은 차가운 대지 위에 스물셋 짧은 생애의 마침표를 찍었다.

 꽝!

 "크윽!"

 외마디 비명과 함께 운학의 몸이 쓰러질 듯 휘청거렸다.

 그는 무려 오 장이나 쭈욱 밀려난 후에야 검을 땅에 박고 몸의 중심을 바로 할 수 있었다.

 '무슨 놈의 무공이……'

운학은 거대한 산처럼 우뚝 서 있는 설련을 바라보며 기가 질리고 말았다.

잠시 전, 힘들기는 했지만 퇴로를 막고 있던 세 명의 사내를 베어버렸을 때만 해도 그는 탈출에 성공할 수 있을 것이라 확신했다.

바로 그때, 그의 앞에 설련이 조용히 모습을 드러냈다.

그녀가 곡운을 패퇴시켰다는 것을 알고 있던 운학은 최대한 신중히, 그러면서도 스스로 생각하기에 최고의 무공으로써 그녀를 공격했다. 그리고 쓰러뜨릴 수는 없어도 최소한 도주할 시간은 얻을 수 있으리라 여겼다.

하지만 그것이 얼마나 큰 착각이었는지는 그녀가 무표정한 표정으로 무적뇌도를 휘두르는 순간 바로 알 수 있었다.

대해를 가르고 태산이라도 무너뜨릴 수 있으리라 여겼던 자신의 공세가 파도에 휩쓸리는 모래성처럼 흔적도 없이 사라지고 오히려 상상하기도 힘든 거력이 덮쳐 왔으니 그 한 번의 반격에 운학은 지금껏 당한 모든 상처, 내상보다 몇 배나 더 심각한 부상을 당하고 말았다.

그래도 살아남기 위해선, 자신보다 더한 부상을 당하고 정신을 잃은 곡운을 구하기 위해서라도 이대로 쓰러질 수는 없었다.

입가를 타고 흐르는 피를 닦은 운학이 심줄이 툭툭 튀어나오도록 힘껏 검을 잡았다.

한데 바로 그때, 그를 부르는 소리가 있었다.

"괜찮습니까?"

겨우 정신을 차린 곡운이었다.

"훗, 정신을 차렸는가? 보시다시피 이 모양이야."

운학이 쓴웃음을 흘리며 어깨를 들썩였다.

"정말 괴물입니다. 어린 계집의 무공이 뭐 이리 강한 것인지."

곡운이 간장검을 틀어쥐며 운학과 어깨를 나란히 했다.

"그러게 말이야. 자칫하면 여기서 뼈를 묻게 생겼어."

"누가 뼈를 묻을지는 끝까지 해봐야 하는 겁니다."

말을 마침과 동시에 곡운의 몸이 묘하게 흔들리기 시작했다.

느린 것 같은데 결코 느리지 않고, 빠른 것 같으면서도 정적인 움직임을 지녔다.

그의 움직임을 보며 운학의 눈이 번쩍 떠졌다.

'저것은?'

그가 알고 있는 수많은 무당의 보법 중, 곡운이 펼치는 것과 일치하는 것은 오직 하나뿐이었다.

'태극만상보(太極萬象步)!'

곡운이 태극만상보를 펼쳤다면 쓰고자 하는 무공이 무엇인지 뻔했다.

'태극만상일여검!'

그 즉시 운학의 뇌리에 과거 천무 진인(天武眞人)으로부터 들은 이야기가 떠올랐다.

"……합심하여 태극만상일여검을 펼친다고 생각해 보거라. 하나와 하나가 만나 둘이 아닌 셋, 넷의 위력을 발휘하는 여타 합벽검진과 비할 바가 아니다. 좌수와 우수가 만나 완벽한 조화만 이룰 수 있다면 셋, 넷이 아니라 다섯, 여섯… 아니다. 어찌 그 힘을 상상할 수 있겠느냐?"

어느 순간, 운학의 움직임이 곡운과 동일하게 변했다.
"본때를 보여줍시다."
곡운이 그를 보며 히죽 웃었다. 그리곤 천천히 검을 회전시키기 시작했다.
"어디 한번 해볼까?"
마주 웃은 운학의 검도 천천히 회전을 하기 시작했다.
두 사람의 발은 어느새 태극의 도형을 그리며 흐르는 물처럼 부드럽게 움직이고, 회전을 하는 검 또한 허공에 하나의 커다란 태극 형상을 만들고 있었다.
마침내 천무 진인이 무당파 최후의 무기이자 비기라 단언한, 좌우 합공으로 만들어진 태극만상일여검이 둘의 합공으로 시전되기 시작한 것이었다.
곡운의 검에서 날카롭기가 하늘을 찌르는 예기가 뻗어 나오기 시작하고, 반대로 운학의 검에선 산들거리는 봄바람에 흩날리는 꽃잎처럼 부드러운 기운이 일어났다.

'검진(劍陣)인가?'

설련은 두 가지의 상반된, 그러면서도 동질적인 힘이 서서히 다가오는 것을 느끼며 바싹 긴장을 했다. 본격적으로 위협을 가하지는 않았으나 그들의 무공이 결코 만만한 것이 아님을 몸이 느끼고 있었다.

둘의 검에서 시퍼런 청광이 하늘 높이 치솟았다.

동시에 수십, 수백의 기운으로 나뉜 청광이 그들의 몸을 완전히 에워싸면서 그 영향력을 점점 밖으로 확대하기 시작했다.

'대… 단하다.'

설련은 감히 경시하지 못하고 한껏 긴장된 마음으로 무적뇌도를 움직였다.

한줄기 기운이 청광을 향해 움직였다.

일단 탐색을 하자는 차원이지만 무적뇌도에 담긴 힘은 가히 천하를 위진시킬 수 있을 만큼 대단한 것이었다. 한데 그녀의 기운은 곡운과 운학이 만든 청광에 부딪치자마자 힘없이 빨려 들어가 소멸해 버렸다.

"무당에 천하제일 합벽검진이 있다더니 대단하군. 양의합벽검진(兩儀合壁劍陣)이라고 했던가?"

설련이 감탄을 하며 뒤로 물러났다.

곧바로 곡운의 비웃음이 터져 나왔다.
"계집, 어디서 양의합벽검진 따위를 들먹이느냐!"
"사제!"
운학이 재빨리 그를 만류하고 나섰다.
합벽검진이란 그야말로 둘이 하나가 되어 혼연일체로 움직여야 비로소 위력이 나오는 것. 행여나 곡운이 돌출 행동을 할까 염려하는 것이었다.
프스스스스스.
설련의 주변을 도는 곡운과 운학의 움직임이 보다 빨라지자 자연 그들을 에워싸고 있는 기운 또한 더욱 거세게 소용돌이치기 시작했다.
우우우우우웅!
여의주를 물고 승천하는 용의 울음이던가!
대지를 울리는 검명과 함께 태극 형상을 띠며 회전하던 검기의 바다가 하늘과 땅을 가르며 설련을 향해 움직였다.
무당파 최고의 무공이라는 태극만상일여검, 그 첫 번째 초식 공공적적(空空寂寂)이 곡운의 좌수, 운학의 우수 합공으로 펼쳐지는 것이었다.
'위험하다.'
본능적으로 위험을 간파한 설련이 그 즉시 몸을 흔들었다.
묵조영이 과거 을파소에게 배운 만뢰구적이었다.
부드러움 속에 변화와 **빠름**을 지닌 태극만상보와 정중동의 묘리를 지닌 만뢰구적은 꽤나 비슷해 보였다.

그녀는 단 몇 번의 움직임으로 둘의 공세를 벗어날 수 있었다. 하나, 그럼에도 불구하고 어느새 코앞으로 육박해 오는 공세에 설련은 이를 악물었다.

무적뇌도에서 묵광이 흘러나오기 시작한 것은 바로 그 시점이었다.

우우우우웅―

웅후한 도명과 함께 무적뇌도에서 뻗어 나온 도기가 거대한 해일이 되어 주변을 휘감기 시작했다.

구뢰패극참혼결 중 칠자결, 뇌화비폭(雷火飛爆)이었다.

꽝! 꽝! 꽝!

설련이 일으킨 도기는 뇌성벽력(雷聲霹靂)을 동원하며 곡운과 운학의 공격을 완벽하게 튕겨 버렸다.

"과… 연!"

운학이 자신도 모르게 탄성을 내뱉었다.

그것이 일전에 자신을 쓰러뜨린 무공이라는 것을 알아본 곡운은 이를 북북 갈았다.

그러나 분노를 표시할 여유 따위가 있을 수 없었다. 둘의 공격을 완벽하게 막아낸 설련이 곧바로 반격을 가해왔기 때문이다.

오로지 극강함만을 추구하는 구뢰패극참혼결 중 팔자결 뇌력경천(雷力驚天)!

유능제강이라는 말이 얼마나 원론적인 말인지, 지금처럼 절대의 극강 앞에선 호사가들의 한낱 헛소리에 불과할 뿐이라는 것을 보여주기라도 하려는 듯 그녀의 공격은 가히 세상에서 그 짝을 찾아볼 수 없을 정도로 강맹한 것이었다.

 하지만 무당파 최후비전이라 할 수 있는 태극만상일여검만큼은 어쩌면 그것을 가능케도 할 수 있는 힘이 있었다.

 "태극의 힘은 무한하고 만상(萬象)은 돌고 돌아 결국엔 하나로 귀일될 것이니!"

 곡운과 운학의 입에서 동시에 낭랑한 외침이 터져 나오며 둘은 노도와 같이 밀려오는, 마치 온 세상을 모조리 파괴할 기세로 들이닥치는 공격을 막기 위해 검을 크게 회전시켰다.

 좌측으로 회전을 하는 곡운에 의해서 하나의 태극이 만들어지고, 우측으로 돌아가는 운학에 의해서 또 하나의 태극이 만들어졌다. 하나의 태극이 곧 두 개가 되고, 두 개의 태극이 곧 네 개의 태극으로 변했다. 그리고 종래엔 모든 태극이 하나가 되어 마침내 설련이 일으킨 기운과 정면으로 맞부딪쳤다.

 쿠쿠쿠쿠쿠쿵!

 마치 세상의 종말을 고하는 듯한 충돌음과 충격파가 주변을 강타하기 시작했다.

 땅거죽이 뒤집어져 하늘로 치솟는 것은 물론이고 아름드리나무들이 뿌리째 뽑혀 날아갔다. 심지어 집채만 한 바위들마저 육중한 몸을 부르르 떨 정도였다.

그 충격파 아래 곡운과 운학이 무사할 수는 없었다.

둘은 약속이라도 한 듯 힘없이 날아가 땅에 처박혔다. 의복은 갈가리 찢어지고 전신은 난도질을 당한 듯 무수한 상처로 뒤덮였다. 또한 입가에 흐르는 피는 붉다 못해 검었다.

그에 반해 무적뇌도를 땅에 박으며 정확히 아홉 걸음 밀려나간 설련은 다소 지저분해진 의복과 창백한 안색, 그리고 입가에 실핏줄이 흐르고 있다는 것 이외에 별다른 이상을 느낄 수 없었다.

"마, 망할! 정말 괴물 같은 계집이로구나!"

곡운이 성질을 못 이기고 버럭 소리를 질렀다.

아무리 자신들이 정상이 아니었다 하더라도 이처럼 참담한 결과를 가져올 줄은 꿈에도 생각하지 못했다. 특히 태극만상일여검에 대단한 자부심을 지니고 있던 운학의 충격은 엄청난 것이었다.

그러나 겉으로 보는 것과는 달리 설련의 몸 상태도 가히 좋은 것은 아니었다.

그 누구보다 자신의, 아니, 부친의 무공과 무적뇌도의 힘을 믿었던 설련은 곡운, 운학 등과는 또 다른 충격에 휩싸여 있었다.

간신히 억누르기는 했지만 방금의 충돌로 그녀는 꽤나 심각한 내상을 당했다. 적어도 보름 동안은 아무것도 하지 않은 채 치료를 해야 겨우 회복을 할 수 있을 정도였다.

곡운은 자신에게, 운학은 포위망을 뚫느라 한눈에 봐도 고개를 끄덕일 정도로 많은 부상을 당했다. 그럼에도 불구하고 그들의 합공은 순간적으로 죽음을 두려워할 정도로 엄청난 위력이 있었다.

'만약 저들의 몸이 정상이었다면······.'

생각할 것도 없이 필패였다.

그러자 지금 이 순간, 둘의 생명을 확실히 끊지 않으면 장차 마교의 행보에 두고두고 후환이 되리라는 것에 생각이 미쳤다.

설련은 곧바로 행동에 옮겼다.

그녀는 들끓는 기혈을 최대한 억제하며 땅에 박았던 무적뇌도를 치켜 올렸다. 순간, 그녀의 도에서 조금 전과 같은 기운이 뻗어 나오기 시작했다.

그런데 뭔가가 달랐다.

하늘로 치솟던 도기가 어느 시점에 이르자 점점 모습을 갖추기 시작하더니 잠시 후, 너무나 선명하여 섬뜩하기까지 한 도강(刀罡)이 모습을 드러냈다. 그것도 단순히 흉내를 내는 것이 아니라 극고의 경지에 오른 수준.

설련이 하늘로 치켜 올렸던 도를 앞으로 움직였다.

순간, 난데없는 광풍이 곡운과 운학을 향해 쏟아지기 시작하고 동시에 광풍에 휩싸인 온갖 물체들이 한꺼번에 날아들었다. 흙먼지는 물론이고 주먹만 한 자갈 등이 암기가 되어 목숨을 위협했다.

"이, 이건 도대체가……!"

파파팍!

섬전처럼 날아오는 물체들을 온몸으로 감당하는 곡운과 운학의 얼굴은 절망감으로 물들었다.

그사이 자신의 몸을 거대한 도강의 기운에 동화시킨 설련이 서서히 다가오기 시작했다.

"끝… 인 것 같군."

운학이 쓰디쓴 표정을 지으며 말했다.

자신의 죽음보다는 무당의 무공이, 태극만상일여검의 합공이 깨졌다는 패배감이 그의 마음을 더욱 참담하게 만들었다.

"그러게요. 망할! 이럴 줄 알았으면 냄새라도 맡고 올 것을 그랬습니다."

"냄새라니?"

뜬금없는 말에 운학이 고개를 돌리며 물었다.

"봄에 담근 백사주(白蛇酒) 말입니다. 아직 제대로 맛도 못 봤는데 아까워 죽겠습니다."

"쯧쯧, 그러게 빨리 풀었어야지. 아낄 게 따로 있지 말이야."

아까워 죽겠다는 표정을 짓는 곡운을 보며 운학도 입맛을 다셨다.

　죽음을 코앞에 둔 사람들이 할 대화는 분명 아니었다. 하지만 이미 생명을 포기한 둘은 그런 대화를 통해 나름대로 죽음의 공포를 이기고 있었다.

　"이보게, 곡 사제."

　운학이 곡운을 불렀다.

　"예."

　"짧은 인연이었지만 즐거웠네."

　"저도 그렇습니다."

　서로 바라보는 운학과 곡운의 입가에 미소가 흘렀다.

　"제길, 놈이라도 살아 있었다면 무덤에 한 잔 술이라도 부어줄 텐데 말이지요. 망할 놈 같으니!"

　곡운이 먼저 간 친구를 떠올리며 쓰디쓴 미소를 흘렸다.

　바로 그때였다.

　둘의 생명을 끝장내기 위해 다가오던 설련이 무슨 이유에서인지 잠시 움직임을 멈췄다.

　"나중에 제 친구 녀석과 만나면 좋은 술 동무가 될 것 같습니다."

　"곡운이라고… 지금은 저나 녀석이나 둘 다 고향을 떠나 오랫동안 보지 못했지만 곧 만나게 될 겁니다."

어째서 이처럼 결정적인 순간, 묵조영의 얼굴이 떠올랐는지 그녀는 알지 못했지만 그렇게 심각하게 생각하지는 않았다.

'확인을 해보는 것도 좋겠지.'

"이름이 곡운이라고 했나?"

설련이 곡운에게 질문을 던졌다.

"희롱할 생각은 하지 말고 죽이려면 빨리 죽여라, 계집."

"……."

계속되는 곡운의 무례에 설련은 그대로 끝장을 내버릴까 잠시 잠깐 고민을 했다.

"혹 묵조영이라는 친구를 아는가?"

간신히 화를 억누른 설련이 다시 물었다. 순간, 곡운의 눈이 번쩍 떠졌다.

"네… 년이 그 이름을 어찌 아느냐? 하긴, 마교 놈들의 음모로 목숨을 잃었으니 네년이 모를 리가 없겠지. 빌어먹을! 헛소리하지 말고 빨리 죽여라. 복수도 제대로 못하고 비명횡사하게 되어 놈을 볼 면목도 없어 죽겠는데."

"……."

순간, 곡운을 바라보는 설련의 눈이 마구 흔들리기 시작했다.

세상 모든 것을 파괴하고도 남을 거력이 담긴 도강이 형체를 잃기 시작한 것도 바로 그때부터였다.

'친구… 란 말인가?'

한편으론 안도감이, 다른 한편으론 때늦은 후회가 밀려들었다.

그의 친구를 죽이지 않았다는, 이름을 확인했다는 것에 안도를 했고, 반면에 차라리 몰랐다면 갈등없이 바로 목숨을 취했을 것이라는 후회를 했다.

'어찌해야 하는가?'

설련은 쉽게 결정을 내리지 못했다.

곡운과 운학은 의천맹에서도 핵심 고수였다.

그들에게 얼마나 많은 수하들이 목숨을 잃고 피를 흘렸는지, 또 그들을 잡기 위해 석류가 얼마나 고생을 했는지 잘 알고 있었다. 마교를 위해서라면 당연히 목숨을 취해야 했다.

그럼에도 불구하고 그녀는 쉽게 행동으로 옮길 수가 없었다. 묵조영이라는 이름이 그녀의 행동을 막고 있는 것이었다.

곡운과 운학은 갑작스레 변한 설련의 태도에 의아해하는 한편, 어쩌면 그것이 자신들에게 치욕을 주려는 의도일 수 있다고 판단했다.

"내 기억이 틀리지 않는다면 당신은 마교 최고의 여전사라는 패력도후(覇力刀后) 설련. 맞다면 더 이상 치욕을 주지 말고 깨끗이 죽여주시오."

운학이 정중히 요청했다.

"……."

운학의 요청에도 설련은 움직이지 않았다. 아니, 움직일 수가 없었다.

갈등에 갈등을 계속하던 설련의 입이 열린 것은 둘을 압박하던 기운이 완전히 사라진 이후에도 한참이 지난 다음이었다.

"후~"

설련의 입에서 길고 긴 탄식이 흘러나왔다. 그리곤 조용히 몸을 돌렸다.

그녀의 행동을 이해할 수 없었던 곡운이 소리쳤다.

"무슨 뜻이냐, 계집?"

문득 걸음을 멈춘 설련이 고개를 돌렸다.

"묵조영. 당신 친구가 당신을 살렸어요."

설련은 조금 전의 무심하면서도 살기 띤 표정이 아니었다. 심지어 말투조차 달랐다.

"묵조… 영? 조영이 나를 살리다니? 그, 그게 무슨 뜻이냐?"

"……"

"무슨 뜻이냐니까!"

"언젠가 그를 다시 만나면 오늘 일을 전해주세요. 한 잔 술의 빚은 갚았다고."

비로소 그녀의 말을 이해한 곡운의 몸이 마구마구 떨렸다.

"서, 설마… 조… 영이… 녀석이 살아 있단 말이… 냐… 오?"

"자신에게 너무도 술을 좋아하는 친구가 있다고 하더군요. 친구 이름이 아마 곡운이라 했지요."

그 말을 끝으로 고개를 돌린 설련이 다시 움직이기 시작했다.

"아!"

나직한 탄식과 함께 곡운은 자신도 모르게 주저앉고 말았다.

그녀에게 묻고 싶은 게 많았지만 입이 떨어지질 않았다. 그러나 한 가지만큼은 확실했다.

"살아… 있었구나. 녀석이… 살아 있었어! 그럼 그렇지. 그렇게 죽을 놈이 아니지. 암! 그렇고말고! 하하하하하!"

하늘 높이 고개를 쳐들고 미친 듯이 웃어 젖히는 곡운의 눈에서 한줄기 뜨거운 눈물이 흘러내렸다.

"지금 무슨 말을 하는 게냐? 실… 패를 했단 말이냐, 다른 누구도 아닌 네가?"

부릅뜬 눈으로 소리쳐 묻는 석류의 음성엔 강한 불신이 담겨 있었다.

"죄송해요."

"죄송으로 끝날 일이 아니지 않느냐? 어찌 된 것인지 자세히 설명해 보거라."

석류가 간단히 대답을 하고 물러나려는 설련을 붙잡고 다시 물었다.

"놈들의 무공이 생각보다 강했을 뿐. 다른 이유가 어디 있겠어요."

"믿을 수 없다. 다른 사람이 실패를 했다면, 그래, 아무리 부상을 당했다 치더라도 늑대새끼 정도는 되는 놈들이니 죽어라 발악을 했다면 실수로 그럴 수도 있을 것이란 생각을 할 수 있다. 하지만 네가 그런 실수를 했다는 것은 도저히 믿기지 않는구나. 내가 아는 한 너는 절대 그런 실수를 할 아이가 아니다."

"믿지 못하시는군요."

"믿지 못하는 것이 아니라 믿기지 않는 일이기에 그런 것이야."

"하마터면 제가 죽을 뻔했어요. 만약 그들이 정상적인 몸이었다면 이 자리에 서 있지도 못했겠지요."

"뭐라고?"

설련의 말엔 조금의 망설임도, 흐트러짐도 없었다.

곡운과 운학의 합공을 직접 경험하고 내린 결론이기에 한 치의 거짓이 있을 수 없는 것이다.

냉정한 눈으로 그녀의 표정을 살피던 석류는 그녀의 말에 거짓이 없음을 느낄 수 있었다.

그의 얼굴이 심각하게 굳었다.

비로소 문제의 심각성을 인식한 것이다.

설련은 현 마교 내에서 다섯 손가락 안에 들 만한 무공을 지니고 있었다. 제대로 드러내지 않아서 그렇지 어쩌면 교주를 제외하고 최강일 수도 있는 실력. 그런 설련이 패배를 언급하는 것이었다. 그것도 무신 공야치나 그에 버금가는 인물이 아니라 한낱 애송이에 불과한 인물들에게.

"무당의 양의합벽검진… 천하제일의 합벽검진이라더니만 소문대로란 말인가?"

석류가 침울한 표정으로 중얼거렸다.

"아니요. 그것은 아닌 것 같았어요."

"아니라니?"

석류가 깜짝 놀라 되물었다.

"정확히 알 수는 없지만 또 다른 무엇인가가 있어요. 우리에게 알려진 합벽검진이 아니라 그보다 더욱 뛰어난……."

그야말로 산 넘어 산이 아닌가!

석류는 도대체 어디까지가 진실이고 거짓인지 판단을 하지 못한 채 망연자실한 표정을 지었다.

"한데 그 상처는……?"

막 몸을 돌리려던 설련이 석류의 목덜미에서 흐르는 피를 가리키며 물었다.

"아, 이것 말이냐?"

본능적으로 상처를 만지는 석류의 얼굴이 다소 일그러졌

다. 그리곤 곧 그다지 대수롭지 않다는 듯 대꾸를 했다.
"저 계집을 잡다가 이리되었다. 앙탈이 보통 심해야지."
하지만 내심은 그럴 수가 없었다.

도주하는 추월령을 따라잡은 석류는 다소 방심을 하고 덤 볐다가 하마터면 목을 잘릴 뻔한 위기를 맞았다. 만약 조금만 고개를 트는 것이 늦었다면 천분지 일, 아니, 만분지 일이라 도 반응이 늦었다면 지금 이처럼 여유롭게 앉아 있지는 못했 을 것이다. 그때서야 비로소 어째서 그녀를 상대했던 승전이 치명적인 부상을 당하고 곽우명이 목숨을 잃었는지 똑똑히 느낄 수 있었다.

"검각의 제자로군요. 죽었나요?"
"아니. 죽이진 않았다."
"흠."

설련은 간단히 고개를 끄덕인 후 발끝으로 추월령의 몸을 툭 건드리곤 몸을 돌렸다.

바로 그때, 그녀의 눈에 추월령이 걸치고 있는 전포가 눈에 들어왔다. 보다 정확히 말하면 약간 뒤집어진 전포에 새겨진 한 줄기 글귀가 시선을 끈 것이다.

설련은 무엇에라도 홀린 듯 추월령의 전포를 살짝 쳐들었 다. 그리고 과거 추월령이 묵조영을 위해 수놓은 싯귀를 볼 수 있었다.

'군가양반아… 첩권신풍주…….'

조용히 싯귀를 읽어 내려가던 설련의 안색이 창백해졌다.

추월령의 전포에 새겨진 글귀가 지난날, 묵조영이 술만 먹으면 읊조리던 바로 그 '양반아'라는 시라는 것을 알게 된 것이다.

'서, 설마 이 여인이 바로……'

만약 묵조영이 그냥 평범한 사람이었다면 그 글귀가 어쨌건 그냥 넘어갈 수도 있었다. 그러나 이미 그의 진정한 정체를 알게 되고 단편적이지만 '양반아'에 얽힌 사연을 들었던 설련은 눈앞의 추월령이 바로 묵조영이 말하던 여인이라는 것을 대번에 직감할 수 있었다.

'어찌 우연이 있을 수 있단 말인가. 게다가 이 물건은……'

방금 전에는 묵조영이 가장 아끼는 친구를 만났고, 지금은 그가 사랑하는 여인을 만나게 되었다. 또한 묵조영과 연관이 있다면 그녀가 걸치고 있는, 평범하기 그지없어 보이는 전포는 다름 아닌 군림전포.

설련은 순간적으로 어찌 처신을 해야 할지 갈피를 잡을 수가 없었다.

"왜 그러느냐? 무슨 이상한 점이라도 발견한 것이냐?"

석류가 다가오며 물었다.

설련은 치켜들었던 군림전포를 재빨리 내려놓으며 고개를 흔들었다.

"아니요. 그냥 어떤 여인이기에 그동안 숙부를 그토록 힘들게 괴롭혔는지 궁금해서요."

그러자 석류가 쓴웃음을 지으며 고개를 흔들었다.

"실로 지독한 계집이지. 얼굴 예쁜 것이 독하기가 보통이 아니다. 너도 돌아다녀 봤으니 알 게 아니더냐. 이 계집에게 당한 수하들이 한둘이 아니다. 후~ 곡운이란 놈만 잡았으면 앓던 이가 쑥 빠지는 것이었는데……."

"죄송해요."

"아니다. 놈들에게 그런 무공이 존재한다는 것을 알아낸 것만으로도 충분한 수확이 아닐 수 없다. 보다 자세히 알아보고 그에 대한 대비를 해야 할 것 같구나."

"……."

"자, 이만 돌아가자. 일월령이 정한 시간이 코앞이다. 기간 내에 돌아가려면 조금 바삐 움직여야 할 것 같구나."

"예."

대답을 한 설련이 석류의 뒤를 따랐다. 그러다 문득 걸음을 멈추고 다시 추월령과 그녀가 걸치고 있는 전포에 시선을 두었다.

'묵조영… 추월령… 군림전포…….'

지그시 바라보는 그녀의 눈빛은 복잡하기 그지없었다.

*   *   *

이른 아침, 새벽녘에 전해진 소식으로 인해 급히 소집된 회합의 분위기는 몹시 침울했다.

누구 하나 쉽게 입을 열지 못했다. 그저 침통한 표정으로 호피(虎皮)로 치장된 의자에 깊이 몸을 묻고 생각에 잠긴 공야치의 입이 열리기만을 기다릴 뿐이었다.

"그러니까……."

한참 만에야 지그시 눈을 뜬 공야치가 입을 열었다.

"탈출에 성공한 두 명을 제외하고는 모조리 전멸을 했단 말인가?"

"포로가 있을 수 있으나 현재까지 파악한 바로는 그렇습니다."

문상 제갈술이 무거운 음성으로 대답했다.

"장로가 한 명에 호법이 두 명. 그리고 천단과 지단의 단원들이……."

"서른여덟입니다."

"꽤나 큰 손실이군."

공야치의 안색도 살짝 굳었다.

그도 그럴 것이 공야세가의 주력을 제외하고는 의천맹의 최정예라 할 수 있는 천단과 지단의 전력이 단 한 번의 판단 실수로 인해 무참한 피해를 당한 것이었다.

"놈들이 판 함정에 철저히 놀아난 꼴이외다."

원로 혁소천이 노기 어린 음성으로 탁자를 후려쳤다.

"그때까지 은영전(隱映殿)은 뭘 했단 말인가!"

분노가 한껏 담긴 그의 시선이 말단 구석에 앉아 얼굴을 들지 못하는 은영전주 청조성(青助成)에게 향했다.

"입이 있으면 말을 해보라!"

"죄, 죄송합니다."

마교에 밀은단이 있다면 의천맹엔 은영전이 있었으니 의천맹으로 들어오는 모든 정보가 바로 은영전을 통해 이루어졌고 이번 작전만 해도 은영전에서 올라온 정보를 토대로 수립된 것이었다.

물론 그들이 올린 보고에 대한 판단은 이후 군사 제갈술을 중심으로 한 천뇌전(天腦殿)에서 하는 것이었으나 애당초 잘못된 정보를 전한 책임은 면할 수가 없는 것이었다.

"제가 책임을 지겠습니다."

잘못된 정보를 전달하여 입이 열 개라도 할 말이 없었던 청조성이 책임을 통감하고 입을 열었으나 오히려 강한 질책이 뒤따랐다.

"책임을 져? 어떻게? 죽은 사람의 목숨이라도 되살릴 수 있단 말이냐!"

화운로가 버럭 소리를 질렀다.

"……."

"이번 사안이 그저 책임을 지겠다는 한마디 말로 끝날 것이라 보는가?"

 동시 다발적으로 터지는 원로들의 호통에 뭐라 대꾸할 말을 찾지 못한 청조성이 식은땀을 흘렸다.

 "책임이라……."

 공야치가 입을 열자 모두들 입을 다물었다.

 "본인이 지겠다면 져야지. 은영전주."

 "예."

 청조성이 바짝 긴장한 표정으로 대답했다.

 "어찌 책임을 질 생각이냐?"

 "그, 그건……."

 "쯧쯧, 본인의 마음도 제대로 정하지 못하고 어찌 그런 말을 함부로 내뱉을까."

 "죄송합니다. 어떠한 처분이라도 달게 받을 각오가 되어 있습니다."

 "쯧쯧, 처분은 달지 않아. 그저 쓸 뿐이지. 아무튼 원한다면 그리해 줘야지. 집법당주."

 "예, 맹주님."

 집법당주 형위(亨威)가 벌떡 일어나며 대답했다.

 "오늘 이 시간부로 은영전주 청조성의 지위를 박탈하고 보름간 참회동(懺悔洞)의 구금을 명한다. 이후 일반 대원으로서 은영전에 복귀시켜라. 또한 새로운 은영전주는 부전주로 있는 좌능파로 하여금 승계시켜라."

바로 이 순간, 십비의 한 사람이 공식적으로 언급되었으나 그것을 아는 사람은 아무도 없었다.

"존명."

형위가 허리를 꺾으며 명을 받았다.

"내 결정에 불만있느냐?"

공야치의 물음에 청조성은 고개를 흔들었다.

"없습니다."

공야치가 주변을 둘러보며 다시 물었다.

"결정에 이의가 있는 사람은?"

공야치의 물음에 아무도 토를 달지 못했다. 다만 몇몇 인물이 조금은 안타까운 표정을 짓고 있었다. 청조성이 뼈아픈 실수를 했다지만 전주에서 일반 대원으로 지위가 추락한 데다가 비록 보름간이지만 지옥을 능가한다는 참회동에서의 고통이 어떨지 너무나 잘 알고 있었기 때문이다.

"즉시 시행하라."

형위는 공야치의 명이 떨어지기가 무섭게 청조성을 끌고 밖으로 나갔다.

밖으로 나가는 청조성의 모습을 보며 제갈솔이 굳은 표정으로 입을 열었다.

"제게도 벌을 내려주십시오."

"군사에게?"

"예. 적의 함정을 파악하지 못하고 작전을 수립한 천뇌전의 문제도 있습니다."

"잘못된 정보였다."

"잘못된 정보라 하더라도 그것의 진위를 판단하여 작전을 수립하는 것은 저희들의 몫입니다. 그것을 제대로 하지 못했으니 벌을 받아 마땅합니다."

"흠, 일리있는 말이로군."

공야치가 고개를 끄덕이자 혁소천이 당치도 않다는 표정으로 말리고 나섰다.

"판단을 내리고 자시고 할 시간이 없지 않았는가? 자네 잘못이 아니네."

화운로가 맞장구를 치고 나섰다.

"아무렴. 혁 원로님의 말씀이 전적으로 옳아. 자네가 무슨 잘못이 있겠는가."

"군사의 책임까지 묻는 것은 조금 과한 처사가 아닌가 싶습니다, 맹주님."

공야일기까지 제갈솔을 두둔하고 나섰다.

"누가 뭐라 했는가? 본인이 원한 것이지."

공야치가 심드렁한 표정으로 대꾸했다. 그리곤 제갈솔을 향해 입을 열었다.

"다들 의견이 그러하니 방금 말은 없던 것으로 하겠다."

"하지만 맹주님."

"없던 것으로 한다고 했다."

뭐라 반박을 하려 했던 제갈솔은 툭 던지는 듯한, 그러나 도저히 거역할 엄두가 나지 않는 공야치의 말에 입을 다물 수밖에 없었다.
"알… 겠습니다."
"자, 그럼 그 일에 대한 건은 처리가 되었고… 강동 쪽이 어떻다고?"
"속속 올라오는 보고를 감안할 때 심각한 위기에 봉착한 듯싶습니다."
공야중의 말에 공야치는 살짝 냉소를 지으며 의자에 깊이 몸을 파묻었다.
"위기라…….''
"은영전… 군사가 보고를 드리게."
뒤를 돌아보던 공야중의 시선이 방금 전 청조성이 처벌을 받기 위해 밖으로 나갔음을 상기하곤 허탈한 표정으로 앉아 있는 제갈솔에게 향했다.
나지막한 한숨과 함께 자리에서 일어난 제갈솔은 벽면에 걸려 있는 지도를 향해 걸어가더니 어느 한 지점을 짚었다.
"며칠 전, 마교의 전초부대라 할 수 있는 광명단이 황산으로 향했습니다."
"목표는 당연히 황산묵가겠지?"
누군가의 물음에 제갈솔이 고개를 끄덕였다.
"그렇습니다. 황산묵가가 버티고 있는 한, 강동을 넘볼 수는 없으니까요."

"그래서? 어찌 되었다는 것이냐? 자세히 설명해 보라."

약간은 짜증 섞인 공야치의 말에 제갈솔이 황급히 설명을 이었다.

"황산묵가를 치기 위해 움직인 광명단은 우선 의성에 도착한 후, 세를 끌어 모으고 있습니다. 지난밤에 올라온 보고에 의하면 꽤나 많은 문파들이 굴복을 했다고 합니다. 물론 거세게 대항을 한 문파들도 있지만 그런 문파는 모조리 멸문을 당했습니다."

"그들을 희생양으로 삼겠다?"

"그렇습니다. 필시 굴복시킨 문파의 무인들을 앞세우고 공격을 할 것입니다."

"혁씨세가의 지원군은?"

화운로가 혁소천의 안색을 힐끔 살피며 물었다.

황산묵가가 무너지면 다음 목표는 바로 혁씨세가, 해서 혁씨세가는 황산묵가를 지키기 위해 큰 피해를 감수하면서도 지원을 하고 있는 상태였다.

"그것이 여의치가 않습니다."

대답은 제갈솔이 아니라 혁소천의 입에서 흘러나왔다.

"여의치가 않다니, 무슨 말인가?"

화운로가 다시 물었다.

"놈들이 의성에 안착한 이유가 바로 우리 혁씨세가가 황산묵가를 지원하는 것을 차단하기 위함이었습니다. 거듭되는 놈들의 매복 공격에 꽤 많은 피해를 당했다고 하더군요. 지원군을 보내기가 사실상 불가능한 상황이랍니다."

점점 다가오는 혁씨세가의 위기를 느껴서인지 혁소천의 안색은 그다지 좋지 않았다.

"아무리 매복이라도 그렇지……."

화운로가 믿기 힘들다는 듯 혀를 차자 제갈솔이 정색을 하며 입을 열었다.

"매복이 전부는 아닐 겁니다."

"무슨 뜻인가?"

"보고에 의하면 황산묵가를 치기 위해 움직인 것은 분명 광명단입니다. 하나, 제 생각엔 흑월단도 움직인 것이 아닌가 하는 의구심을 가지고 있습니다."

순간, 좌중의 안색이 딱딱하게 굳어졌다.

정마대전 발발 이후, 의천맹이나 정파에 가장 큰 피해를 안긴 것은 천마단이나 광명단이 아니라 다름 아닌 흑월단이었기 때문이다. 물론 그들에 의해 목숨을 잃은 사람의 수를 따지자면 천마단이나 광명단에 비해 백분지 일에도 미치지 못하는 숫자였다. 하나, 그들 개개인이 각 문파의 수뇌급들이라는 것을 감안하면 전력의 손실은 감히 따지기 어려울 정도였다.

"흑월단이라… 확실한가?"

공야일기가 착 가라앉은 음성으로 되물었다.

"확실하진 않습니다. 그리 추측을 할 뿐이지요. 단, 그 가능성을 팔 할 이상으로 보고 있습니다."

"팔 할이라면 확실하다고 보는 것이 옳겠군. 하면 검각의 지원이 지지부진한 것도?"

"예. 아마도 흑월단의 방해로 인해 그리된 것 같습니다."

"음."

묵직한 신음을 내뱉은 공야일기가 공야치에게 고개를 돌렸다.

"어찌 생각하십니까, 맹주님. 놈들이 움직였다면 황산묵가는 완전히 고립된 것이나 다름없습니다."

"지금 당장 지원을 해야 합니다."

가장 몸이 달은 혁소천이 강하게 주장하고 나섰다. 그러자 난감천과 혜초 대사까지 고개를 끄덕이며 동조를 했다.

"황산묵가가 무너지면 사실상 장강 이남은 완벽히 놈들의 손아귀에 들어가게 됩니다. 아울러 검각이나 혁씨세가마저 위험에 빠지게 될 것입니다."

"황산묵가를 구해야 합니다."

원로들의 강한 권고에도 불구하고 공야치는 묵묵부답 별다른 말을 하지 않았다. 심지어 탁자에 놓인 찻잔을 빙글빙글 돌리며 딴짓을 하는 것이 그들의 말을 무시하는 모습까지 보였다.

'제법 대단한 놈이었지.'

흑월단에 대한 말이 나오자 공야치는 지난날, 대담하게도 자신을 찾았던 엽사군을 떠올리는 중이었지만 각 문파의 최고 원로이자 동시에 정파의 최고 어른들이기도 한 원로들을 앞에 두고 그런 행동을 할 수 있는 사람은 오직 무신 공야치뿐이었다.

"이보시게, 맹주. 답답하군. 무슨 말이라도 해보시게."

보다 못한 화운로가 다시 입을 열었다.

그러자 찻잔을 내려놓은 공야치가 지그시 눈을 감고는 오른쪽 손가락으로 탁자를 톡톡 건드렸다.

그것이 어떤 결정을 내리기 전, 숙고하는 공야치의 버릇임을 알고 있던 이들은 긴장된 표정으로 그의 얼굴만 주시했다.

짧은 정적이 주변을 휘감고 답답함을 참지 못한 누군가가 긴 한숨을 내쉴 때, 탁자를 톡톡 치던 손가락의 움직임이 딱 멈추더니 감겼던 공야치의 눈이 떠졌다.

"일비."

어디선가 곧바로 대답이 흘러나왔다.

"예."

"일성(溢晟)을 혁씨세가로 보내라."

"존명."

일비의 기척이 삽시간에 사라졌다.

"일성이면… 창룡단(蒼龍團)을 보내시는 겁니까?"

공야일기의 물음에 공야치가 고개를 끄덕였다.

창룡단이라면 공야세가가 자랑하는 최강 잠룡단(潛龍團)에 비할 바는 아니나 맹룡단(猛龍團)과 함께 전력의 양대중추라 할 수 있는 곳.

공야치가 혁씨세가에 창룡단의 파견을 결정하자 혁소천의 안색이 활짝 펴졌다.

"고, 고맙습니다, 맹주."

"무슨 그런 말을. 놈들이 감히 혁씨세가를 노린다는데 어찌 가만히 있을 수 있겠소?"

"하오면 황산묵가에 대한 지원은……?"

상황이 묘하게 흘러간다고 여긴 제갈솔이 조심히 물었으나 공야치는 마치 그런 논의가 있었냐는 듯 태연스레 대꾸했다.

"이미 지원을 하기엔 늦은 것 같군."

"음."

제갈솔은 자신도 모르게 움찔하며 고개를 숙였다. 나타났다가 너무도 빨리 사라져 그 누구도 눈치 채지 못했지만 제갈솔은 공야치의 눈에 흐르던 엄청난 살기를 느낀 것이었다.

'설마 황산묵가가 맹주님의 심기를 건드린 일이라도 있는 것인가? 그것이 아니라면 도대체가……?'

영문을 알 길 없는 제갈솔은 그저 입을 다물고 있을 수밖에 없었다.

"흥, 모든 것은 자업자득(自業自得)이지……."
 공야치는 아무도 그 뜻을 헤아릴 수 없는 말을 중얼거리며 다시금 눈을 감았다.

제50장

마침내 그가 눈을 떴다

"후~"

묵조영은 심란한 얼굴로 술잔을 비웠다.

노국으로부터 누가 취몽산을 구해갔는지 밝혀낸 이상 당장에라도 사건의 진상을 제대로 살피고 부모님의 복수를 하는 것이 마땅한 일이었으나 황산으로 향하는 길에 잠시 들른 주루에 홀로 앉아 술잔을 기울이는 그의 마음은 더할 나위 없이 무거웠다.

그의 복잡한 심사를 대변이라도 하듯 잔을 비우는 그의 손길은 빨라져만 갔고 동시에 탁자 위에 놓인 술병도 금방 늘어갔다.

그렇게 서너 병의 술을 비웠을 때였다.

인근 표국의 표사로 보이는 두 사내가 묵조영과 마주한 곳에 앉더니 주문한 안주가 나오기도 전에 술잔을 주고받으며 떠들기 시작했다.

"쯧쯧, 아주 망신을 당했구만."

"그러게 말일세. 그야말로 작살이 났으니 얼굴도 제대로 들지 못할 게야."

'또 그 얘기군.'

잠시 잠깐, 그들에게 주의를 기울였던 묵조영이 곧 흥미를 잃고 시선을 거뒀다.

그는 이틀 전, 수월산에서 마교와 의천맹 간의 큰 싸움이 있었으며 의천맹이 괴멸에 가까운 피해를 당하고 고작 두 명의 생존자만이 포위망을 뚫었다는 것도 알고 있었다. 그 두 명의 생존자가 자신이 너무나 잘 알고 있는 곡운과 운학이라는 것 또한 알고 있었다.

발 없는 말이 천 리를 간다고, 사람들은 만나기만 하면 그 얘기를 하고 있었다.

하지만 또다시 이어진 대화 속에는 그가 결코 간과할 수 없는, 아니, 지금까지 마신 술 기운이 삽시간에 사라지게 할 만큼 충격적인 이야기가 있었다.

"그런데 말이야… 한 명이 더 살아 있다지?"

"나도 들었어. 쯧쯧, 근자 들어 대단한 명성을 쌓고 있더니만 결국엔······."

안타까움이 밀려오는지 말을 하던 표사가 술을 홀짝였다.

"어떻게 될까?"

"글쎄. 내가 알 리가 있나. 하지만 살기 힘들지 않을까?"

"아무래도 그렇겠지?"

"아무렴. 그녀 손에 죽은 마교도들의 수가 얼마인데. 마교에선 그녀를 일컬어 검각의 마녀라 부르면서 아주 치를 떤다고 하더만. 나라면 그동안 당한 자들의 넋을 위로하는 차원에서라도 당장 목을 칠 거야."

'검각의 마녀?'

검각이란 말에 묵조영의 눈이 번쩍 떠졌다.

"그래도 그만한 인물을 쉽게 죽일 수 있을까?"

"그건 또 무슨 말이야?"

"전장에서도 보통 포로로 잡혀 뎅강 목이 잘리는 사람들을 보면 대다수가 이름 모를 졸개들뿐이야. 어디 장수들의 목이 쉽게 날아가는 것 봤어? 수하들만 나자빠지는 것이지."

"하긴 그것도 그러네. 추월령 소저가 검각의 외동딸인 것을 감안하면 마교 놈들도 쉽게 어쩌지는 못할 것 같긴 해."

꽝!

쇠망치로 뒤통수를 맞는 느낌이 바로 이럴 것인가!

추월령이라는 이름은 묵조영의 모든 사고를 단번에 마비시켜 버렸다.

'추 소저가…….'

생각으로 시간 낭비할 이유가 없었다. 묵조영은 휘청거리는 걸음으로 사내들에게 걸어갔다. 그리곤 떨리는 음성으로 물었다.

"지, 지금 뭐라 하셨소?"

사내들은 정신 나간 사람처럼 멍한 눈동자에 온몸을 부르르 떨며 나타난 묵조영에게 경계의 눈빛을 보냈다.

"거, 검각의 추… 월령 소저라 했습니까?"

"그렇소만……."

얼떨결에 대답을 하는 한 사내.

"그, 그녀가 마교 놈들에게 사로… 잡혔다는 말이 진정 사실입니까?"

"보지 않았으니 알 수는 없지만 소문에 의하면 그렇다고 하오."

순간, 묵조영이 사내의 어깨를 움켜잡으며 소리쳤다.

"어디 있습니까? 지금, 그녀는 어디 있습니까!"

난데없이 봉변을 당한 사내는 뼈가 부스러지는 고통에 입을 쩍 벌렸다.

"무슨 짓이오!"

곁에 있던 동료가 묵조영의 팔을 잡아채며 소리쳤다. 하나, 그의 힘으론 묵조영의 팔을 움직일 수가 없었다.

"이, 이보시오. 대체 왜 이러시오? 팔을……."

고통을 참지 못한 사내가 사정을 하듯 소리쳤다.
"아!"
그제야 자신의 실수를 의식한 묵조영이 어깨를 움켜잡은 손을 풀며 사과를 했다.
"죄, 죄송합니다."
"무슨 놈의 팔힘이 이리도 세단 말이오!"
사내는 오만상을 찌푸리며 어깨를 어루만졌다. 간신히 풀려나기는 했지만 좀처럼 고통이 가시지 않는 모습이었다.
"죄송합니다."
사내들은 묵조영이 거듭 사죄를 하자 비로소 경계심을 풀었다.
"대체 무슨 일이기에 그런 것이오? 혹, 추월령 소저와 아는 사이오?"
방금 전, 어깨를 잡혔던 사내가 물었다.
묵조영은 대답 대신 질문을 던졌다.
"추 소저는 어찌 되었습니까?"
"솔직히 소문으로만 들어서……."
사내가 말을 흐리자 옆에 있던 동료가 한마디 거들었다.
"잘은 모르지만 총단으로 압송한다는 말은 있었소이다."
"총단이라면… 악양 말입니까?"
"일단 총단이라고 알려진 곳이 악양이기는 한데……."
"……."

묵조영은 입을 굳게 다물었다. 그의 표정이 어찌나 진지한지 그를 바라보는 사내들마저 절로 긴장된 표정을 지었다.

"실례가 많았습니다. 그리고 말씀 고맙습니다."

벌떡 일어난 묵조영이 고개를 숙여 인사를 했다. 그리고 사내들이 뭐라 말할 틈도 없이 몸을 돌렸다.

"허! 이거야 원……."

아닌 밤중에 홍두깨라고, 갑자기 나타나 한바탕 난리를 피우고 순식간에 사라지는 묵조영의 뒷모습을 보는 사내들은 어안이 벙벙한 모습이었다.

* * *

보슬비가 소리없이 내리는 밤.

세상은 칠흑과도 같은 어둠에 휩싸였다. 그러나 마교의 총단으로 변해 버린 신도세가는 그 어둠에 맞서 당당히 위용을 드러내고 있었으니, 거의 십 리에 달하는 담벼락 주변 곳곳엔 거대한 횃불이 밝혀져 있었고 대여섯 명이 넘는 보초들이 횃불과 횃불 사이를 끊임없이 왕래하며 혹시 모를 침입자에 대비했다.

특히, 동서남북에 각각 위치한 네 개의 문에는 무려 삼십이 넘는 인원이 항상 상주하며 가히 철통과도 같은 방어막을 구축하고 있었다.

하지만 금성철벽과도 같은 방어막도 오직 추월령을 구하겠다는 일념으로 달려온 묵조영 앞에선 큰 장애물이 될 수가 없었다.

 휙.

 묵조영의 몸이 허공을 갈랐다.

 빠르기가 가히 바람과 같다고 하여 섬전풍이라는 이름으로 불리기도 하는 마도사상 최고의 경공술 고신척영을 눈치챌 수 있는 사람은 존재하지 않았다.

 방어막을 단숨에 무력화시키고 담벼락을 넘어 들어간 묵조영은 전각과 전각 사이에 만들어진 그늘에 몸을 숨기고 때를 기다렸다. 신도세가의 구조에 대해 전혀 알지 못했기에 함부로 움직일 수가 없는 것이었다.

 그렇게 숨어 있기를 잠깐, 그의 앞으로 경계를 돌고 있는 두 명의 사내가 나란히 걸어왔다.

 묵조영은 잠시 주의를 기울였다.

 주변 십여 장 이내엔 아무런 기척도 느껴지지 않았다.

 사내들이 등을 보였을 때 묵조영의 몸이 움직였다.

 "누……."

 눈치가 빨랐던 사내의 입에서 고함이 터져 나오려는 찰나 묵조영의 손이 그의 목줄기를 틀어쥐었다. 물론 옆에 있던 동료 또한 같은 신세를 면하지 못했다.

 "조용히……."

나직한 경고와 함께 그들을 조금 전 은신했던 곳으로 끌고 온 묵조영이 살기가 번들거리는 눈으로 그들을 위협했다.

"반항하지 않으면 죽이진 않는다. 대신 조그만 낌새라도 보이면 그 순간, 목숨이 끊어질 것이다. 내 말 알아들었나?"

사내들은 얼떨결에 고개를 끄덕였다.

묵조영이 그들의 목줄기를 죄고 있던 손을 풀었다. 하나, 점혈을 당한 그들은 옴짝달싹을 하지 못했다.

"추월령 소저는 어디에 갇혀 있느냐?"

"모, 모르오."

왼편에 있던 사내가 고개를 흔들었다.

"다시 한 번 묻지. 목숨과 직결되어 있으니 신중히 대답해라. 추 소저는 어디에 있느냐?"

"나, 나는 모르… 적이……."

고개를 흔들던 사내가 냅다 소리를 지르려 했다. 물론 그는 끝까지 내뱉지도 못하고 그 자리에서 쓰러졌다. 묵조영의 수도가 그의 목을 친 것이었다.

"쓸데없는 짓은 곧바로 죽음이라고 분명 경고했다."

쓰러진 사내를 차갑게 노려본 묵조영이 두려움에 벌벌 떨고 있는 사내에게 시선을 돌렸다.

"행여나 누가 들었을 것이란 기대는 버려라. 소리를 지른다고 들을 수 있는 사람은 아무도 없다. 너와 나를 제외하고는."

 말인즉슨, 주변의 음파를 차단하고 있다는 것. 사내는 묵조영의 말을 금방 알아들었다.

 "네가 아니더라도 물어볼 사람은 얼마든지 있다. 삶을 택할 것인지 죽음을 택할 것인지는 네가 판단할 몫이다."

 소름 끼치는 눈빛으로 사내를 압박한 묵조영이 조용히 물었다.

 "추 소저는 어디에 갇혀 있느냐?"

 "그… 그것은……."

 "대답을 하면 죽이지는 않는다."

 "저, 정말입니까?"

 "물론이다."

 "그것을… 어찌 믿습니까?"

 먼저 간 동료를 힐끗 살피는 사내의 음성이 살짝 떨렸다.

 "믿고 안 믿고는 네 자유. 하나, 망설이면 바로 죽는다. 셋을 세마. 하나!"

 "자, 잠깐……."

 "둘!"

 묵조영이 슬쩍 손을 치켜 올렸다. 기겁을 한 사내가 고개를 마구 흔들었다.

 "마, 말하겠습니다!"

 묵조영은 별다른 말 없이 지그시 그를 응시했다. 그것에 더 공포를 느낀 사내가 행여나 늦을까 빠르게 입을 열었다.

"검각의 계집… 아, 아니, 추, 추 소저는 일심전(一心殿)에 갇혀 있습니다."

"그곳이 어디냐? 감옥이냐?"

"아닙니다. 그곳은 천마단이 거주하는 왼편에……"

묵조영의 싸늘한 시선에 사내는 말을 잇지 못했다.

"쓸데없는 소리 집어치우고 이곳을 중심으로 설명해라. 일심전이 어디냐?"

"좌, 좌측 소로를 따라가 십여 장을 가다가 우회전을 하면 자그마한 연못이 나옵니다. 그 연못을 끼고 다시 좌회전을 하다 보면……"

그렇게 시작된 사내의 설명은 한참이나 이어졌다. 그의 설명이 워낙 복잡해 몇 번이나 인상을 구겼지만 묵조영은 머릿속에 추월령이 갇혀 있다는 일심전의 위치를 확실히 아로새겼다.

"고맙다."

그 말을 끝으로 정신을 잃은 사내의 신형이 힘없이 무너졌다.

나란히 누워 있는 두 사내.

방금 전만 해도 술이 어떠니, 계집이 어떠니 떠들어대던 둘의 생과 사는 그렇게 엇갈렸다.

'제길, 복잡하기도 하군.'

사내가 설명한 대로 길을 찾아왔음에도 일심전은 보이지 않았고 더구나 사방에 널려 있는 보초들 때문에 식은땀을 흘린 것이 한두 번이 아니었다.

만약 갑자기 강해진 빗줄기가 아니었다면 발각이 돼도 한참 전에 되었을 터. 이마를 타고 흐르는 땀을 씻어내며 한숨을 내쉬는 묵조영의 초조함은 극에 달했다.

'놈의 말대로라면 이 건물의 뒤쪽이 일심전인데⋯⋯.'

사내의 설명을 되짚으며 신중히 몸을 움직이는 묵조영.

눈앞의 건물을 막 돌았을 때, 그의 눈에 마침내 일심전의 모습이 들어왔다.

'찾았다.'

묵조영의 눈에서 기쁨의 기운이 일었던 것도 잠깐, 어느새 눈빛이 차갑게 가라앉았다. 그리고 일심전을 지키고 있는 사내들의 면면을 살피기 시작했다.

숫자는 모두 여섯.

잠시 강해진 비를 피하기 위함인지 모두 정문의 처마 밑 횃불 주변에 모여 대화를 나누고 있었다.

'두 번은 없다. 일격에 끝을 보아야 한다.'

자칫하여 누군가의 비명이라도 주변으로 퍼져 나가면 추월령을 구하는 것은커녕 오히려 그 자신이 뼈를 묻어야 했다. 하지만 거리가 문제였다.

그들과 묵조영이 숨어 있는 곳과의 거리는 약 십 장, 아무리 빨리 움직여도 미처 도착하기 전에 발각될 수밖에 없었다. 그 사이에 몸을 숨길 만한 것도 전무했다.

그렇다고 가능성이 전혀 없는 것은 또 아니었다. 그에겐 먼 거리에서도 얼마든지 타격이 가능한 천마조가 있었기 때문이다.

'너만 믿는다.'

천마조를 움켜쥐는 묵조영의 태도는 신중하기 그지없었다.

크게 심호흡을 한 묵조영이 적을 향해 달려가며 천마조를 휘둘렀다.

취리릿!

숨겨져 있던 다른 마디들이 일제히 몸을 드러내며 날카로운 파공성을 냈다.

일심전을 지키던 사내들이 그 소리를 파악하고 묵조영을 발견했을 때, 묵조영과 그들의 거리는 오 장이었다. 천마조로는 어림도 없는 거리였다.

하나, 그들의 목숨을 위협한 것은 정작 다른 물건이었다.

피리릿.

천마조가 만들어낸 파공성에 비해 힘은 떨어질지 몰라도 더욱 날카로운 소리가 들리고 어둠 속에서 새하얀 줄기가 모습을 드러냈다. 동시에 여섯 개의 수급이 허공으로 튀어 올랐다.

　비명은 없었다.

　목을 잃고 힘없이 쓰러지는 몸뚱어리들의 몸부림만이 있을 뿐이었다.

　툭툭툭.

　허공으로 치솟았던 수급들이 땅에 떨어졌다.

　거기엔 적을 발견하고 놀란 모습, 소리를 지르려는 모습, 목이 잘리던 순간 눈을 깜빡이던 모습, 심지어 하품을 하려는 표정이 그대로 남아 있었다.

　"후~"

　단 한 번의 공격에 폭발적인 힘을 기울인, 그러면서도 성공의 확신을 하지 못한 묵조영이 안도의 한숨을 내쉬며 천마조를 거둬들였다. 그리곤 조심히 일심전의 문을 열었다.

*　　*　　*

　완벽하게 빛이 차단된 밀실에 덩그러니 놓여 있는 옥관.

　긴 장검을 가슴에 품은, 오랫동안 햇빛을 받지 못한 얼굴은 창백하고 심장의 박동 또한 미약하기 그지없었으며 마치 영원을 기다리는 사람처럼 조용히 눈을 감고 있는 인물.

　성녀를 지키지 못한 책임을 지고 스스로 실혼인이 되는 선택을 했다는 성녀의 수호장 마상.

마침내 그가 눈을 떴다.

* * *

일심전은 꽤나 어두웠다.
몇 개의 등잔이 주변을 밝히고는 있었지만 쉽게 사물을 확인할 수 있을 정도는 아니었다.
묵조영은 행여나 또 다른 기척이 있을까 한껏 주의를 기울이며 추월령을 찾아 움직였다.
일심전에는 모두 네 개의 방이 있었는데 딱히 기거하는 사람이 없는지 세 곳의 방은 깨끗하게 비워져 있었다.
추월령은 바로 맨 우측의 마지막 방의 침상에 죽은 듯이 누워 있었다.
"추… 소저. 월령……."
마침내 추월령을 발견한 묵조영은 침상 앞에 우뚝 서서 한동안 말을 잇지 못했다.
첫 만남, 사랑, 헤어짐, 오해와 갈등, 그리고 마지막 천목산 절벽에서의 순간까지 그 짧은 시간 동안 오만 가지 사연들이 뇌리를 맴돌았다.
"추 소저……."
묵조영이 가만히 손을 뻗어 그녀의 볼을 만졌다.
부드러웠다.

그녀의 볼은 세상 그 무엇에도 비견할 수 없을 정도로 부드럽고 따스했다.

손끝으로 미약한 숨결이 느껴졌다.

안도의 한숨이 절로 흘러나왔다.

묵조영은 자신도 모르게 얼굴을 갖다 댔다. 그리곤 앵두보다 더 붉고 도톰한 입술에 입맞춤을 했다.

포근했다.

달콤하기도 했다.

텅 빈 머릿속에서 천둥번개가 치고 세상 모든 것들이 환희가 되어 가슴으로 밀려들었던 첫 번째 입맞춤과는 또 다른 느낌이었다.

혼자만의 느낌인지는 몰라도 우아하게 휘어진 그녀의 눈썹이 파르르 떨리는 것 같았다.

바로 그때였다.

그를 시샘이라도 하는 것인지, 아니면 둘의 만남을 축복하고 어루만져 주기 위함인지 살짝 열린 문틈 새로 바람이 불어왔다.

휘이이이.

시원스런 바람이 목덜미를 훑고 지나가자 그제야 몽롱하게 풀린 묵조영의 눈동자가 제자리를 찾았다.

"미… 미친!"

퍼득 정신을 차린 묵조영이 황급히 입술을 뗐다.

"제정신이 아니구나, 묵조영! 지금이 어떤 상황인데… 그리고 행여나 추 소저가 정신을 차린다면 이 상황을 어찌 설명할 것이냐! 정신을 차려라!"

묵조영은 과거 천목산에서 추월령이 과거의 기억을 회복했음을 알지 못했다.

천목산 절벽에서 떨어지기 일보 직전, 그녀가 마지막 싯귀를 완성했음을, 기억을 찾았음을 알고 기쁘게 죽음을 받아들인 순간이 있었음에도 오히려 그가 그 순간을 기억하지 못하고 있는 것이었다.

심하게 자책을 한 묵조영이 추월령을 흔들었다.

"추 소저, 추 소저."

하지만 추월령은 아무런 반응이 없었다.

볼을 살짝 때려보기도 하고, 억지로 몸을 세워보기도 했지만 연체동물처럼 흐느적거리며 쓰러질 뿐 도통 정신을 차리지 못했다.

큰 부상은 보이지 않았다.

살짝 짚어본 기의 흐름도 그다지 나쁘지는 않았다.

비로소 그녀의 몸에 뭔가 심상치 않은 일이 일어나고 있음을 깨달은 묵조영은 이를 악물곤 그녀를 등에 업었다.

다행히 침상 옆 탁자에 군림전포가 곱게 접혀 있었다.

묵조영은 군림전포를 그녀의 등에 덮었다. 그리곤 침상의 이불보를 이용해 자꾸만 처지는 그녀의 몸을 자신의 등에 확실히 고정시켰다.

'놈들이 알아채기 전에 빠져나가야 한다.'

시간이 많지 않음을 의식한 듯 전신에서 긴장감이 넘쳐흘렀다.

바로 그때, 밤을 일깨우는, 잠자고 있는 사자를 일으켜 세우는 경적 소리가 울려 퍼졌다.

삐이이이!

경적 소리를 듣는 묵조영의 얼굴이 일그러졌다.

자신의 움직임이 언제까지 들키지 않을 것이란 생각은 없었으나 발각된 시간이 너무 빨랐다.

'그렇게 시간을 허비했으니······.'

묵조영은 그 모든 것이 쓸데없이 시간을 지체한 자신의 죄라는 것을 통감하며 크게 심호흡을 했다.

'반드시, 반드시 빠져나간다.'

각오를 굳힌 묵조영이 일심전의 문을 박차고 뛰어나갔다.

일심전 방문 앞엔 동료들의 시신을 발견하고 경적을 울린 사내를 비롯하여 벌써 십여 명에 가까운 사내들이 있었고, 사방에서 몰려오는 인원으로 그 수는 급격히 늘고 있었다.

'빌어먹을 놈!'

문을 박차고 뛰어나온 묵조영은 그 탄력을 이용하여 아직도 경적을 물고 있는 사내의 얼굴을 그대로 걷어차 버렸다.

"컥!"

미처 발길질을 피하지 못한 사내가 경적을 입속 깊이 박은 채 외마디 비명을 지르며 쓰러졌다.
"쳐랏!"
묵조영을 발견한 사내들이 일제히 달려들기 시작했다.
사방에서 달려드는, 더구나 동료들의 죽음을 본 그들의 기세는 살벌함 그 자체였다.
'뒤는 없다. 오직 전진뿐!'
묵조영의 손에는 어느새 길게 모습을 드러낸 천마조가 들려 있었다.

*   *   *

일월령의 발동으로 마교의 모든 수뇌진들이 모여 있는 의사청.
늦은 밤임에도 서로 의견을 주고받는 그들의 열기는 좀처럼 사그라들지 않았다.
"이보시게, 교주."
곽홍이 꽤 지친 모습으로 의자에 앉아 있는 철포혼을 불렀다.
"예, 사부님."
"밤이 깊었으니 오늘은 이만 하는 것이 어떻겠는가?"
"하지만 아직 얘기가 끝나지 않았습니다."

"못다 한 얘기는 내일 해도 늦지는 않을 것일세."

우상 건위령도 거들고 나섰다.

"태상의 말씀이 옳은 것 같소이다, 교주. 어차피 중요한 얘기는 다 끝나지 않았소? 그리고 다들 조금씩은 지친 것 같고."

"그런가요? 알겠습니다. 못다 한 얘기는 나중에 하도록……"

철포혼은 그렇게 회의를 마치려 했다.

바로 그 순간, 의사청의 문이 열리며 한 사내가 뛰어들었다.

"무엄하다! 이곳이 어디라고 부산을 떠는 것이냐!"

말석에 앉아 있던 호법 한비록이 버럭 화를 내며 소리쳤다.

움찔 놀란 사내가 숨을 몰아쉬며 대답을 했다.

"저, 적이 침입했습니다."

"뭣이! 적이라니!"

"의천맹 놈들이 공격을 해왔단 말이냐!"

의사청은 한바탕 난리가 났다.

"그, 그게 아니라……"

사내는 자신의 말이 순식간에 확대 해석이 되자 어쩔 줄을 몰라 했다.

"똑바로 말해보거라. 뭐가 어찌 된 것이냐?"

한비록이 다시 물었다.

"누, 누군가가 일심전에 침입을 했다는……."
곧바로 불호령이 떨어졌다.
"누군가? 하면 고작 한두 놈 때문에 이 난리를 피는 것이란 말이냐!"
당황한 사내가 뭐라 대답을 하기도 전에 환몽의 음성이 들려왔다.
"그 누군가가 바로 묵조영이라는 놈입니다. 아마도 추월령을 구출하기 위해 온 것 같습니다."
묵조영이란 이름이 나오자마자 이곳저곳에서 여러 반응이 터져 나왔다.
가장 격렬히 반응한 것은 당연히 범장과 석류였다. 그리고 다른 의미에서 설련의 눈꺼풀이 파르르 떨렸다.
"놈이 왔다는 말이냐!"
범장이 벌떡 일어나며 소리쳤다.
"자세히."
철포혼의 말에 환몽의 설명이 이어졌다.
"신도 바로 보고를 받은 터라… 묵조영으로 확실시되는 인물이 일심전으로 잠입해 추월령을 구출했다는 정도만 알고 있습니다."
"제가 가보겠습니다."
말과 함께 석류의 몸은 어느새 의사청을 벗어나고 있었다.
범장이 그 뒤를 따르고 몇몇 호법들, 장로들도 분분히 자리에서 일어났다.

"가보시겠는가?"

철포혼이 몸을 일으키는 것을 본 곽홍이 물었다.

"예. 녀석이 어느 정도의 인물인지 보고 싶군요."

"그럼, 함께 가보도록 하지."

어느 순간, 뜨거운 열기를 뿜어내던 의사청은 텅 비어버렸다.

* * *

"하아. 하아."

짧은 시간이었지만 워낙 격렬히 몸을 움직였기 때문인지 묵조영의 입에선 벌써부터 거친 숨결이 흘러나왔다.

금방 쓰러뜨린 사내의 시신을 밟고서 잠시 호흡을 가다듬은 묵조영은 사방에서 밀려드는 적의 공세에 지그시 입술을 깨물었다.

촤르르르르.

천마조가 꿈틀대며 길을 개척했고, 주변을 휘감은 낚싯줄이 적의 공격으로부터 그와 추월령을 보호했다.

"크악!"

천마조에 얼굴을 얻어맞은 사내가 비명을 지르며 나뒹굴었다.

광대뼈가 주저앉았는지 한쪽 얼굴이 함몰된 사내가 피를 뿜었다. 피 속엔 부러진 이빨이 한 무더기나 보였다.
 '멈추면 끝장이다. 전진, 오직 전진뿐이다.'
 비교적 포위망이 약하다고 생각한 곳으로 방향을 잡은 묵조영이 천마조를 앞세우며 몸을 날렸다.
 취리리릿!
 예리한 파공성을 내며 천마조가 좌우로 꿈틀댔다.
 뱀처럼 사방을 휘저으며 전진하는 천마조.
 보기엔 한낱 낚싯대에 불과했지만 그것에 담긴 묵조영의 힘은 가히 상상을 초월할 정도였다.
 부딪치는 족족 모든 무기가 힘없이 날아가거나 박살이 났고, 힘을 감당하지 못한 이들이 추풍낙엽처럼 쓰러졌다.
 "으아악!"
 "컥!"
 계속해서 비명이 터져 나왔다.
 그들 대부분이 천마조에 맞아 발목이 부러진 이들이었다.
 인의 장막을 헤치며 순식간에 하나의 길이 만들어졌다.
 물론 충원된 인원으로 금방 사라지고 말았지만 바다가 갈라지듯 묵조영이 지나온 뒤로 일직선의 길이 만들어진 것은 부정할 수 없었다. 그리고 그 주변으로 수많은 이들이 쓰러져 신음했다.
 한 인간의 힘에 의해 그토록 많은 이들이 굴욕적인 모습을 보일 줄 누가 상상이나 했을 것인가!

 그 모습을 보며 의사청을 떠나 막 장내에 도착한 이들 모두 경악을 감추지 못했다.

 필마단기(匹馬單騎)로 전장을 헤집고 다닌 조자룡의 위세와도 같은 묵조영의 가공할 기세에 그들은 탄성과 함께 두려움 섞인 눈으로 그의 행보를 지켜봤다.

 심지어 철포혼마저 입을 쩍 벌리고 바라볼 정도로 묵조영의 힘은 전율스러웠다.

 "허! 이거야 원, 난리도 아니구나!"

 철포혼을 따라나선 곽홍이 주변에 널브러져 있는 수하들을 보며 기가 막히다는 듯 혀를 찼다. 팔다리가 부러져 신음하는 이들이 어림잡아도 삼십은 되어 보였다.

 "명색이 제 사제가 되는 놈입니다. 이 정도는 해야지요."

 조금 전, 놀란 표정과는 달리 전방을 주시하는 철포혼은 의외로 담담했다.

 "그렇다 해도 이건 정도가 지나치지 않은가? 행여나 놈을 놓치는 날엔 이런 망신이 없어."

 "그럴 리야 없지요."

 싱긋 웃은 철포혼이 묵조영을 향해 접근하는 이들을 가리켰다.

 추혼귀창을 빙글빙글 돌리며 가장 앞장서서 달리는 사람은 역시 범장이었다.

"허!"

묵조영을 향해 내달리는 범장은 눈앞에 들어오는 광경에 할 말을 잃고 말았다.

묵조영을 에워싸고 있는 인원은 아무리 적게 잡아도 이백은 족히 되었다. 물론 직접적으로 그와 부딪치는 인원은 훨씬 적겠지만 그래도 그 정도 인원이라면 모든 것을 포기하고 스스로 목숨을 끊게 만들 정도로 위압적이었다.

하지만 묵조영은 그 숫자를 비웃기라도 하듯 거침없이 밀고 나갔다. 오히려 두려움에 전전긍긍하는 것은 묵조영이 아니라 그를 포위하고 있는 이들이었다.

"대단하다!"

비록 적이지만, 아들을 죽음으로 몰아넣은 원수지만 한 사람의 무인으로서 감탄하지 않을 수 없었다. 동시에 호승심이 미친 듯이 치밀어 올랐다.

"으아아아아악!"

그의 호승심을 부추기라도 하듯 주변을 쩌렁쩌렁 울리는 비명이 있었다.

후미에서 묵조영을 암습하던 사내가 오히려 뒤로 접근한 낚싯줄에 발목이 감겨 허공으로 치솟은 것이었다.

묵조영은 그 즉시 천마조를 수평으로 휘둘렀다.

후훙. 후훙.

묵직한 파공음과 함께 낚싯줄에 발목이 잡힌 사내가 낚싯바늘에 걸린 물고기처럼 사방을 날아다녔다.

사내의 비명 소리는 더욱 거세지고, 묵조영을 포위한 이들은 행여나 동료가 다칠까 손을 쓰지 못하고 전전긍긍했다. 그러다가 몇몇은 사내의 몸에 부딪쳐 볼썽사납게 나뒹굴기도 했다.

그것을 본 범장의 입에서 노한 외침이 터져 나왔다.

"멍청한 놈들!"

노호성과 같이 하여 추혼귀창이 귀곡성을 내뱉으며 묵조영을 향해 짓쳐들었다.

"헛!"

뒤쪽에서 들이닥치는 귀곡성에 헛바람을 내뱉은 묵조영이 몸을 틀며 황급히 천마조를 끌어당겼다.

퍽!

가죽 터지는 소리와 함께 낚싯줄에 감겨 있던 사내의 몸이 흔적도 없이 날아가 버렸다. 엄청난 속도로 회전하여 날아온 추혼귀창의 압력을 감당하지 못한 것이었다.

무려 십여 장이나 떨어진 곳에서 날아와 묵조영의 걸음을 멈추게 하고 사내의 몸뚱이를 날려 버린 추혼귀창은 우아한 호선을 그리며 주인의 손으로 되돌아갔다.

추혼귀창과 범장이 등장하자 묵조영을 막고 있던 이들은 약속이라도 한 듯 포위망을 뒤로 물렸다.

'추혼귀창… 그렇다면?'

고수의 출현을 직감한 묵조영의 얼굴이 딱딱하게 굳었다.

"타합!"

천천히 다가오던 범장이 힘찬 기합성과 함께 허공에 몸을 띄우며 추혼귀창을 내리찍었다.

가히 상상도 할 수 없이 빠르면서도 어마어마한 힘이 깃든 창날이 묵조영의 머리를 향해 짓쳐들었다.

피하기엔 상대의 공격이 너무 빨랐다.

더구나 창날 위로 치솟은 강기를 생각했을 때, 단순히 뒤로 물러나거나 몸을 튼다고 피할 수 있을 것 같지가 않았다.

'밀리면 끝장이다!'

물러설 수 없다고 판단한 묵조영이 천마조를 위로 쳐올렸다.

쫭!

창날과 천마조가 부딪치며 요란한 충돌음을 만들어냈다.

허공에 뜬 범장의 몸이 잠시 주춤거리는가 싶더니 오히려 충돌의 여파를 이용해 하늘 위로 몸을 솟구쳤다 내려오며 창을 뻗었다. 순간, 주변의 모든 공간이 시뻘건 창영으로 가득 찼다.

끼요오오오오.

소름이 절로 돋는 귀곡성을 동반한 추혼귀창의 창영은 화려하면서도 신비롭기 그지없었다.

봄바람에 무수한 꽃잎이 흩날리는 것 같기도 했고, 수십,

수백의 폭죽을 터뜨려 불꽃놀이를 하는 것 같기도 했다.

"음."

온 하늘을 가득 뒤덮으며 밀려오는 창영에 묵조영의 안색이 딱딱하게 굳었다.

과거 경험해 본 적이 있는 공격이었다.

하나, 그때와 지금은 상황이 너무나 달랐다.

당시보다 실력이 늘었기는 해도 상대의 실력 또한 그 이상인 데다가 추월령을 등에 업은 지금이 오히려 운신하기엔 힘이 들었다.

코앞까지 접근한 창영을 침착히 바라보던 묵조영의 눈이 금빛으로 물들고, 손목이 살짝 움직이는 것과 동시에 몸을 휘감고 돌던 낚싯줄이 회전 반경을 크게 하며 하늘로 치솟았다.

취리리리릿.

꽝! 꽝! 꽝!

일진광풍을 뿜어내며 회전을 시작한 낚싯줄에 막힌 창영이 요란한 소리와 함께 하나둘 사라지기 시작했다.

하지만 그것이야말로 범장이 기다리고 있던 기회.

창영 하나하나에 힘을 실었던 범우와는 달리 범장이 일으킨 대부분의 창영은 그저 눈속임, 즉 허초에 불과했다.

그가 감추고 있는, 모든 힘을 쏟아 부은 진정한 실초는 무수한 창영이 낚싯줄에 걸려 사라진 직후에 모습을 드러냈다.

마침내 그가 눈을 떴다 *327*

휘류류류룽.

귀곡성과 함께 어울린 파공성이 대기를 찢어발기고, 마침내 진정한 정체를 드러낸 창날이 정확히 그와 추월령의 사이를 노리며 날아들었다.

기겁을 하며 황급히 몸을 트는 묵조영.

낚싯줄이 그를 보호하기 위해 따라붙었지만 추혼귀창이 일으킨 기력에 힘없이 튕겨져 나가고 말았다. 그래도 찰나의 틈을 얻는 데엔 성공을 했다.

"큭!"

묵조영의 입에서 답답한 신음이 터져 나왔다.

간신히 피하기는 했어도 어깨와 옆구리 쪽에 느껴지는 고통이 장난이 아니었다.

직격을 당한 것도 아니고 꽤나 차이를 두고 스쳐 지나갔음에도 피가 튀고 살이 찢겨져 나갔다. 추혼귀창에 걸린 회전의 힘은 그만큼 무지막지한 것이었다.

'헛!'

황급히 자세를 바로잡는 묵조영의 얼굴에 순간적으로 당황한 기색이 떠올랐다.

그와 그녀를 하나로 묶고 있던 이불보가 추혼귀창의 힘을 감당하지 못하고 힘없이 끊어진 것이었다.

재빨리 팔을 돌려 등 뒤로 떨어지는 추월령을 잡은 묵조영은 일순 어찌해야 할지 갈피를 잡을 수가 없었다.

눈앞의 상대는 전력을 다해 싸워도 승패를 알 수 없을 정도의 강자. 하물며 추월령을 안고 싸워선 상대가 될 수 없었다. 그렇다고 무작정 도망을 치기에도 주변 여건이 너무 좋지 않았다.

한데 어찌 된 일인지 범장은 그 좋은 기회를 그냥 지나쳤다. 아니, 오히려 한발 물러나며 소리쳤다.

"치워라!"

"……"

묵조영은 물끄러미 범장을 바라봤다.

자신감이 넘치는 태도에서 그의 자존심, 무인으로서의 자부심을 느낄 수 있었다. 어쩌면 방금 공격은 그와 추월령을 분리시키려는 의도란 생각이 들 정도였다.

묵조영은 범장이 원하는 대로 추월령을 바닥에 눕혔다. 그런데 그녀의 허리 쪽에서 이상한 느낌이 들었다.

끈적끈적하면서도 불쾌한 느낌.

'피?'

심장이 덜컥 내려앉았다.

그는 황급히 추월령의 상세를 살폈다.

군림전포의 보호를 받고 있었기에 다행히 큰 부상은 아니었다.

그러나 그녀가 상처를 입었다는 것, 피를 흘린다는 것 자체가 그에겐 용서할 수 없는 일이었다.

후우우우웅.

묵조영의 전신에서 무시무시한 살기가 뿜어져 나오며 온몸에서 가공할 기세가 발산되었다.

"하앗!"

묵조영의 분노에 찬 외침과 함께 천마조가 채찍처럼 휘어져 범장을 노렸다.

"흠."

격렬하게 흔들리며 접근하는 천마조를 보며 범장의 표정이 심각해졌다.

취리리릿.

예리한 파공성을 동반한 천마조의 움직임은 너무나 빠르고 날카로웠으며 예측하기가 무척이나 힘들었다.

무엇보다 낚싯대와는 전혀 따로 움직이며 또 다른 독니를 드러내는 낚싯줄의 기괴함이 신경이 쓰였다.

쳇.

천마조에 앞서 낚싯줄이 범장의 목을 노리며 접근했다.

범장은 창날을 이용해 추혼귀창을 휘감아 돌리며 낚싯줄의 움직임을 묶었다. 그리고 단숨에 끊어버리겠다는 기세로 추혼귀창을 비틀며 잡아당겼다.

한데 낚싯줄은 꿈쩍도 하지 않았다. 오히려 그로 인해 추혼귀창이 결박당한 상태가 돼버렸다.

천마조가 그 틈을 비집고 들어왔다.

옆구리를 후려쳐 오는 천마조를 보며 범장의 안색이 확 바뀌었다. 그는 본능적으로 창을 아래로 끌어 내리며 옆구리를 보호했다.

땅!

간발의 차이로 옆구리 직격은 막을 수 있었다.

하지만 추혼귀창에 가로막힌 천마조는 그 탄력을 이용하여 뒤쪽으로 크게 휘어들어 가더니 범장의 등줄기를 후려쳤다.

"컥!"

뼛속까지 울리는 고통에 이를 악문 범장이 천마조를 밀어내고 뒤로 몸을 날렸다. 그리곤 창날을 감고 있는 낚싯줄을 끊어내기 위해 바닥을 후려쳤다.

꽝!

움푹 파인 땅에서 흙먼지가 일어났다. 그러나 이번에도 그의 생각은 빗나가고 말았다.

그의 의도를 간파한 묵조영이 재빨리 낚싯줄을 풀어버린 것이었다.

또다시 자유로운 움직임을 허락받은 낚싯줄은 범장이 상황을 파악하기도 전에 슬금슬금 움직여 그의 발목을 낚아채려 했다.

범장도 두 번 당하지는 않았다.

"어디서 이따위 잔재주를!"

차갑게 소리친 범장이 좌우 사선으로 창을 휘두르고 창에서 뻗어 나온 기운이 낚싯줄을 허공으로 날려 버렸다.
 하나, 그것으로 공격이 끝나지 않았다.
 허공으로 날아올라 간 낚싯줄이 때마침 삐죽이 뻗어 있는 나뭇가지에 걸리고, 그 힘을 이용한 묵조영이 마치 줄놀이를 하듯 허공을 가르며 범장에게 들이닥쳤다.
 팡! 팡! 팡!
 낚싯줄에 의지해 연속적으로 세 번의 발길질을 하는 묵조영.
 전혀 생각지도 못한 변칙적인 공격에 당황한 범장은 추혼귀창의 창대를 이용하여 간신히 가슴을 보호할 수 있었다.
 "빌어먹을!"
 무려 다섯 걸음이나 무방비로 밀린 범장은 묵조영의 공격이 잠시 끊어진 찰나, 창의 방향을 바꿔 땅을 찍은 뒤에야 간신히 중심을 바로잡았다.
 한데 자세를 바로잡은 범장의 표정이 실로 가관이었다.
 발길질에 살짝 가격을 당한 손목이 시퍼렇게 부어올랐고, 등에서 느껴지는 극통은 끊이지 않았다. 축축한 느낌이 이어지는 것을 보면 꽤나 깊은 상처를 입은 것 같았다.
 지금껏 이런 꼴을 당해본 적이 있던가!
 어이가 없어 말이 나오지 않았다.
 그런 반응은 범장뿐만이 아니라 싸움을 지켜보는 모든 이들의 공통적인 생각이었다.

범장이 누구던가!

강자만이 살아남는다는 마교에서 한 시대를 풍미한 절대고수였다. 그런 그가 이제 겨우 스물서넛 되어 보이는 애송이를 어쩌지 못하고 있었다. 아니, 누가 봐도 범장이 일방적으로 밀리는 싸움이었다.

과거 묵조영의 무위를 직접 본 석류나 몇몇 호법은 그럴 수도 있다고 생각하고 있었으나 그들을 제외한 모든 이들의 놀람은 가히 기절할 지경이었다.

특히, 묵조영이 강하다는 것을 어느 정도 눈치를 채고 있었어도 막상 그의 실력을 처음 보는 설련의 놀람은 극에 달했다.

"실력을 인정 안 할 수가 없구나."

치욕적인 패배감에 사로잡힌 범장의 눈빛이 돌변했다.

반드시 끝장을 내겠다는, 그래서 자식의 원수를 갚고 구겨진 체면까지 되찾겠다는 그의 의지가 추혼귀창에 그대로 투영되었다.

휘류류륭!

청광을 띠던 그의 눈빛은 어느새 금빛으로 변하고 추혼귀창을 중심으로 금빛 강기가 소용돌이쳤다.

두두두두!

지축이 울렸다.

땅거죽이 뒤집히고, 흙과 자갈의 파편이 일제히 비산하기 시작했다.
"뇌붕천멸(雷鵬天滅)이로구나!"
곽홍이 놀라 소리쳤다.
추혼창법에서도 최강의 공격력을 자랑하는 초식. 그만큼 엄청난 공력이 필요했다.
"끝장을 보시려는 모양이군요."
철포혼이 담담히 대꾸했다.
"건방진 애송이의 최후로군."
금광이라면 십성 이상의 천마호심공.
그 힘을 바탕으로 펼치는 뇌붕천멸의 위력을 알기에 그 누구도 범장의 승리를 믿어 의심치 않았다.
하나, 석류만큼은 범장의 승리를 확신하지 못했다. 만약 공격이 실패했을 시 그 결과는 생각만으로도 끔찍한 것이었다.
그는 심각한 표정으로 자리에 앉으며 칠현마금을 무릎 위에 올려놓았다.
그것을 본 곽홍이 노기 띤 음성으로 물었다.
"지금 무슨 짓을 하려는 게냐?"
"위험하실 수도 있습니다."
"하면 합공을 하겠다는 말이냐!"
"……."
"쓸데없는 짓 하지 말거라. 질 리도 없지만 그렇게 이기는 것은 좌상이 원하지 않을 것이다."
"하지만······."
"말씀을 따르게. 좌상 어르신을 믿어보자고."
철포혼이 석류의 어깨를 두드리며 그의 움직임을 만류했다.

그사이 범장과 묵조영이 최후의 격돌을 했다.
드드드드.
미약하게 시작된 충돌음이 마치 화산이라도 폭발하는 듯한 굉음으로 변한 것은 순식간이었다.
쿠쿠쿠쿵!
꽈과과꽝!
충격의 여파를 고스란히 간직한 기운들이 주변을 휩쓸기 시작했다.

수백, 수천 가닥으로 흩어진 기운 하나하나가 웬만한 검기의 위력을 능가하고 미세한 흙먼지도 치명적인 암기로 작용했다.
"피해랏!"
누군가 목이 터져라 부르짖었다.
하나, 그 경고보다 사방에서 터져 나오는 비명이 빨랐다.
"으아아악!"
"아악!"
포위망을 구축한 채 싸움을 지켜보던 이들의 상당수가 난데없이 들이닥친 기운을 감당하지 못하고 무참히 쓰러졌다.
 충돌의 여파가 사방 십여 장을 강타한 상황에서 무사한 사람은 오직 묵조영의 뒤쪽에 누워 그의 보호를 받는 추월령뿐이었다.
 한데 뒤엉킨 흙먼지가 시야를 흐리고 극도의 혼란이 거듭되는 찰나, 은밀히 움직이는 신형이 있었다.
 묵조영이었다.
 마구 흐트러진 모양새며 전신에 보이는 선혈들, 입가에 흐르는 피의 색으로 보아 꽤나 중상을 당한 것 같았지만 재빨리 추월령을 안아 드는 움직임을 보면 당장 쓰러질 정도는 아닌 것 같았다.
 그에 반해 묵조영이 추월령을 안고 도주를 하는 것을 눈앞에서 뻔히 보면서도 범장은 움직일 줄을 몰랐다.
 그는 땅에 떨어진 추혼귀창을 보며 할 말을 잃고 있었다.
 칠십 평생을 갈고닦은, 몸에 남은 한 줌의 기력까지 끌어올려 감행한 공격이었다. 한데 그것이 막히고 말았다. 그것도 너무도 간단히, 무참하게.
 무엇보다 그를 놀라게 한 것은 자신과 같이 금빛을 뿜어내던 묵조영의 눈에서 한순간 광채가 사라지고 오히려 너무도 평범해졌다는 것.
 '설마 십이성이란 말인가…….'
 생각은 이어지지 못했다.

전신의 기력을 탈진한 그는 정신을 잃고 그대로 앞으로 고꾸라지고 말았다.

"놈이 도주한다!"

"막아랏!"

비로소 묵조영의 도주를 눈치 챈 이들이 난리법석을 떨었다. 그러나 한번 기세를 탄 묵조영의 발걸음을 막기란 쉽지 않았다.

달리는 속도를 전혀 줄이지 않고 천마조를 휘두르는 묵조영.

주인의 급박한 사정을 알기라도 하듯 금빛 광채를 뿜어내며 사위를 휩쓰는 천마조는 그 위용을 세상에 마음껏 드러냈다.

'응?'

어느 순간, 앞으로 치고 내달리던 묵조영은 앞쪽에서 밀려오는 거대한 기운에 흠칫하여 속력을 줄이며 그 기운의 주인을 살폈다.

아직 본격적으로 자세를 잡은 것도 아니고 그저 가만히 앉아 있는 것만으로도 압도적인 존재감을 풍기는 인물.

석류였다.

"여기까지다."

차갑게 웃은 석류가 손가락을 퉁겼다.

띠디딩.

청아한 금음 소리가 울려 퍼졌다.

고통스런 비명, 괴성, 살기 띤 외침으로 아수라장으로 변한 장내의 분위기와는 전혀 어울리지 않지만 금음은 모든 이의 귓가에 너무도 또렷이 들려왔다.

순간, 묵조영의 얼굴이 딱딱하게 굳었다.

그가 아는 한, 석류는 조금 전 상대했던 범장의 하수가 절대로 아니었다. 문제는 그에게 발목이 잡히면 다시는 빠져나갈 기회가 없다는 것.

'무리를 해서라도 단숨에 뚫고 나가야 한다.'

묵조영의 눈빛이 차갑게 가라앉고, 천마조에서 금빛 강기의 소용돌이가 일렁이는가 싶더니 어느 순간 금룡의 꿈틀거림이 보였다.

그럼에도 석류의 반응은 별다르지 않았다.

그저 차가운 조소를 지으며 또다시 금을 튕길 뿐이었다.

땅땅.

모든 이의 가슴을 시원케 해주는 맑은 소리.

한데 그것이 전부였다.

지난날, 칠현마금의 음공에 곤욕을 치른 터라 바싹 긴장을 하고 신중히 움직이던 묵조영이 의아해할 정도로 석류의 공격은, 아니, 공격이라 할 것도 없을 정도로 금음은 너무나 평범했다.

다만 마음에 걸리는 것이 있다면 이상할 정도로 침착한 모습과 더욱더 짙어지는 입가의 미소였다.
 그 미소의 의미를 알아차리는 것은 오랜 시간이 걸리지 않았다.
 언제부터인지 괴이한 시선을 느낀 묵조영이 고개를 숙였다. 그리고 그는 어느새 눈을 뜬 추월령이 자신을 빤히 바라보고 있음을 알게 되었다.
 "추, 추 소저."
 "……."
 추월령은 아무런 대꾸도 없이 그저 멍한 눈으로 묵조영을 응시했다.
 "정신을 차린 것입니까?"
 다시 물었으나 그녀는 별다른 반응을 보이지 않았다.
 따리링.
 또다시 한줄기 금음이 들려왔다.
 동시에 멍한 눈으로 묵조영을 응시하던 추월령의 눈에 생기가 돌았다.
 "추… 헉!"
 반가운 마음에 추월령을 부르던 묵조영의 입에서 갑자기 단말마의 비명이 터져 나오고 얼굴이 삽시간에 일그러졌다.
 추월령의 손이 그의 가슴을 파고든 것이었다.
 본능적으로 몸을 튼 덕에 심장을 꿰뚫는 것은 면했지만 그것만으로도 이미 치명적인 부상이었다.

묵조영은 도저히 믿기지 않는 표정으로 추월령을 응시했다.

그의 품에서 벗어난 추월령은 여전히 멍한 눈으로 그를 바라보고 있었다.

"무, 무슨……."

그러나 추월령은 대답하지 않았다.

띠띠떵.

다시금 들려오는 금음.

순간, 추월령의 몸이 부르르 떨리더니 그 자리에서 쓰러지고 말았다.

"이런! 아직 무리였나 보군. 쯧쯧, 그래도 조금만 더 버텨 줄 것이지. 뭐, 그래도 충분히 역할을 했지만 말이야."

혀를 차며 내뱉는 석류의 말에 묵조영은 그 즉시 추월령의 이지(理智)가 석류에게 제압당해 있음을 깨달을 수 있었다.

"네, 네놈이!"

활화산과도 같이 붉게 달아오른 시선이 석류에게 향했다.

"아무리 적이라도 그렇지 사람의 정신을……."

"적은 적일 뿐. 그리고 원래 배반은 생각지도 못한 사람에게 당할수록 치명적인 것이지."

석류가 실로 사악한 웃음을 흘리며 조롱을 보냈다.

"으으으으."

두 주먹을 꽉 움켜쥔 묵조영의 전신이 격렬하게 떨었다.

"죽.인.다!"
"글쎄, 그게 마음대로 될까?"
"으으으으으으으."
석류의 빈정거림에 묵조영의 분노가 마침내 폭발하고 말았다.
"크아아아아!"
처절한 울부짖음과 찢어진 옷자락이 미친 듯이 펄럭였다.
미처 지혈이 되지 못한 가슴의 상처에선 피분수가 뿜어져 나왔다.
머리카락은 하늘 끝까지 뻗쳐오르고 천마조에서 시작된 금빛 강기의 소용돌이가 천지를 휘감기 시작했다.
묵조영의 기세가 심상치 않다고 여긴 석류가 황급히 입가의 미소를 지웠다.
휘류류류룽.
금빛 강기의 소용돌이는 어느새 온 천하를 집어삼킬 듯 거대해져 있었고 발산하는 빛은 가히 태양을 연상시킬 정도였다.
한데 어느 순간, 금빛으로 빛나던 묵조영의 눈빛이 원래의 색으로 돌아오는 것과 동시에 주변을 환히 빛내던 금광도 삽시간에 사라졌다. 단지 몇 마리 금룡만이 무섭게 꿈틀댈 뿐이었다.

그런 묵조영의 변화를 보는 철포혼의 몸이 덜덜 떨렸다.
그의 뇌리에 그 옛날 사부로 모셨던 을파소의 말이 떠올랐다.

"천마호심공은 성취에 따라 삼성에 녹광, 오성에 묵광, 칠성에 혈광, 구성에 청광, 십성을 넘어서면 금광의 눈빛을 띠는데 마지막 대성을 이루었을 땐 모든 빛을 안으로 갈무리하여 오히려 평범한 상태로 되돌아오게 된다. 그러한 경지에 이르렀을 때 천하에 그 누구도 네 적수는 없으리라."

십이성의 천마호심공.
석류의 힘으론 도저히 감당할 수 없었다.
"피해랏!"
그의 외침이 끝나기도 전에 묵조영을 중심으로 하늘이 무너지는 듯한 폭음이 주변을 휩쓸었다.
쿠쿠쿠쿠쿵!
"크악!"
"으아아악!"
묵조영에게 접근하던 이들의 입에서 처절한 비명이 흘러나오는 것을 시작으로 사방에서 끔찍한 비명이 터져 나오기 시작했다.
"피해! 피해랏!"

철포혼이 피를 토하듯 소리치고 수하들을 지키기 위해 몇몇 장로들과 호법들이 묵조영을 향해 달려들었다.
바로 그 순간, 천마조의 끝에서 조금 전과는 또 다른 기운이 꿈틀대기 시작했다.
하얀색 빛줄기.
그것은 마치 여의주를 물고 승천하는 백룡(白龍)과 같았다.
한데 그런 백룡이 하나둘이 아니었다.
한 마리, 두 마리, 네 마리…….
기하급수적으로 늘어 한 모금 호흡이 끝나기도 전, 주변을 완전히 장악한 백룡은 묵조영의 분노를 고스란히 담은 채 마교도들을 공격하기 시작했다.
"도망쳐라!"
너나 할 것 없이 뒤로 몸을 날리는 이들. 하나, 부질없는 몸부림일 뿐이었다.
파파파팍!
백룡이 훑고 지나간 자리에 남는 것은 아무것도 없었다.
"크아!"
"으아아악!"
매끈하게 잘린 팔다리가 허공으로 치솟았다.
겁에 질린 표정이 고스란히 남아 있는 머리가 무참히 나뒹굴고 주인을 잃은 몸뚱이는 제각기 뒤뚱거리다 힘없이 무너져 내렸다.

"멈춰랏!"

"이놈!"

노한 장로들과 호법들이 그 백룡에 맞서 싸웠지만 그들의 힘으로도 미쳐 날뛰는 백룡을 제어하지 못했다. 오히려 무공이 약한 이들은 백룡의 역공을 받아 치명적인 부상을 당했다. 심지어 목숨을 잃은 호법도 있었다.

"검을!"

보다 못한 철포혼이 손을 뻗자 그의 손에 마도십병 중 서열 이위인 화룡성검이 쥐어졌다.

눈앞에서 한순간에 수많은 수하들을 잃은 철포혼은 지금 치미는 분노를 참지 못하고 있었다.

그가 검을 가슴께로 치켜 올렸다.

그러자 화룡성검에서 묵조영이 일으킨 금룡, 백룡과는 확연히 대비되는 화룡(火龍)이 그 당당한 모습을 드러냈다.

단지 그것만으로도 그의 주변을 넘보던 백룡의 그림자가 사라지고 말았다.

천마조와 화룡성검.

마침내 마도십병 중 최강의 무기라는 두 병기가 맞부딪치는 순간이 다가왔다.

하나, 아쉽게도 그 광경을 볼 수는 없었다.

무시무시한 기세로 사위를 휩쓸던 백룡이 순식간에 힘을 잃고 사라졌기 때문이었다.

그 이유는 간단했다.

묵조영이 제아무리 천마호심공을 대성했다 하더라도 성취의 수준, 숙련도에 있어서 보다 많은 노력이 필요했다. 또한 몸속에 있는 음양쌍두사, 만년홍학의 기운이 천마호심공으로 인해 반목하지 않고 하나로 융합이 되었다고는 하지만 몸에 완전히 녹아들지는 못한 터. 연이은 싸움, 특히 범장 같은 고수와의 싸움 직후, 그런 엄청난 힘을 계속 쏟아 부을 수는 없었다. 그 무엇보다 추월령에게 당한 상처가 치명타였다.

잠시 잠깐, 지옥의 불길처럼 타오른 분노가 그의 이성을 마비시키고 몸을 점령하면서 엄청난 폭주를 하게 만들었지만 몸은 이미 십이성의 천마호심공으로 일으킨 기운을 감당할 수 없는 지경이었다. 그것도 모르고 결국 무리하게 힘을 쓰다 오히려 주화입마의 상황에 닥치고 만 것이었다.

"커헉!"

묵조영이 탁한 신음과 함께 검붉은 피를 쏟아내며 비틀거렸다.

간신히 쥐고 있는 천마조는 땅바닥에 축 처져 있고 낚싯줄도 힘을 잃고 아무렇게나 흩어져 있었다.

한데 괴이한 점이 하나 있었다.

어찌 된 일인지 천마조의 끝에 매달린 낚싯줄이 하나둘이 아니었다. 사방으로 펼쳐져 있는 것이 수십, 아니, 수백 가닥은 되는 것 같았다.

바로 그 낚싯줄이 조금 전, 미친 듯이 날뛰며 주변의 모든 생명체를 쓸어버린 백룡의 진실된 정체였다.

묵조영이 무의식중으로 일으킨 기운에 하나로 엮여 있던, 인면지주로부터 얻은 백여 가닥의 거미줄이 본래의 모습을 회복하여 그토록 무시무시한 위력을 보인 것이었다.

하지만 그것이 과거 천마 조사가 생사평에서 선보인 마지막 초식 시산혈해(屍山血海)와 거의 흡사하다는 것을 아는 사람은 아무도 없었다. 심지어 거의 무의식 상태로 펼쳐서 그런 것인지 아니면 우연찮게 일어난 현상이라 생각한 것인지 묵조영 본인조차 제대로 파악을 못하고 있었다.

"놈을 잡아라!"

방금 전, 온몸을 덮쳐 오던 백룡에 곤욕을 치른 석류가 소리를 지르고 몇몇 수하가 묵조영에게 달려들었다.

묵조영은 적이 달려듦에도 손가락 하나 까딱할 힘이 없었다. 그저 무의식 상태에서도 끝까지 보호를 했던, 죽은 듯이 누워 있는 추월령의 모습을 안타까움과 허탈함이 교차하는 눈으로 바라볼 뿐이었다.

'월령, 우리의 운명이 참으로 고약키도 하구려.'

묵조영은 천목산에 이어 또다시 찾아온 비극에 진저리를 쳤다.

"받아랏!"

앞서 달려온 두 사내가 묵조영을 향해 손을 뻗었다.

바로 그 순간, 한줄기 빛이 그들과 묵조영 사이로 날아들었다.

그 빛줄기에 격중당한 사내들은 묵조영에게 제대로 접근도 하지 못한 채 양단이 되어 그대로 고꾸라졌다.

그들이 쓰러지는 것과 동시에 묵조영에게 접근한 누군가가 그의 몸을 낚아채 내달리기 시작했다.

"저, 저!"

갑작스런 상황에 다들 멍한 눈으로 묵조영을 낚아채 도주하는 사내를 쳐다봤다.

"막앗!"

"쪼, 쫓아라!"

사태를 파악한 누군가가 소리를 쳤을 땐 그의 신형은 이미 포위망을 거의 벗어나고 있었다. 사내의 움직임이 무척이나 신속하고 빠른 이유도 있었지만 묵조영의 공격으로 인해 포위망이 상당히 무너져 버렸기 때문이었다.

그러나 마지막 고비가 있었다.

포위망 끝에 버티고 선 사람은 다름 아닌 설련.

무적뇌도를 비스듬히 세우고 있는 그녀의 몸에서 흘러나오는 투기는 가공함, 그 자체였다.

누구라도 멈칫할 수밖에 없는 상황. 그럼에도 괴인은 조금의 머뭇거림도 없이 그녀에게 달려들었다.

"음."

설련의 입에서 나직한 탄식이 터져 나왔다.

눈동자가 마구 흔들리는 것이 고민을 하는 모습이 역력했다.

'묵… 조영.'

당연히 손을 써 괴인을 쓰러뜨리고 묵조영을 잡아야 했다. 하나, 그녀는 쉽게 결정을 내리지 못했다.

괴인과 그녀의 거리가 순식간에 좁혀졌다.

자칫 결정을 미루다간 오히려 당할 수 있는 상황.

결국 무적뇌도가 움직이기 시작했다.

마교를 위해서, 감찰단주라는 자신의 위치를 생각했을 때 절대 망설여서는 안 된다고 여긴 것이다.

[마 공이 성소지환의 주인을 찾았거늘 어디서 함부로 칼을 들이대느냐? 어서 길을 트거라.]

때마침 들려온 전음성에 느리기는 해도 가히 천만 근의 힘으로 움직이던 무적뇌도가 움직임을 딱 멈췄다.

그것뿐만이 아니라 비로소 괴인의 정체를 파악한 설련은 오히려 슬그머니 몸을 틀어 괴인이 도주하기 쉽게 길을 내주기까지 했다.

"무, 무슨 짓이냐!"

뒤늦게 달려온 석류가 기겁을 하며 소리쳤다.

그녀는 표정 하나 바뀌지 않고 대답했다.

"제 힘으론 막을 수 없습니다."

"누가 그런 말도 안……."

버럭 소리를 지르려던 석류는 뭔가 짚이는 것이 있었는지 두 눈을 동그랗게 치떴다.

"서, 설마… 놈을 데리고 간 괴인이… 무… 혼?"

"……."

"무, 무혼이 맞더냐?"

"예."

순간, 석류의 얼굴이 참담하게 일그러졌다. 설마했던 예상이 들어맞은 것이었다.

"아무리 그렇다고 해도 그렇지. 놈이 본 교에 어떤 짓을 했는지 알지 못한단 말이냐!"

"……."

"대답을 하여라. 설마 다른 이유라도 있는 것이냐!"

"……."

설련은 여전히 묵묵부답이었다. 하나, 그녀의 뇌리엔 자신을 무심히 바라보던 묵조영의 시선이, 그리고 곁을 스쳐 지나가며 고맙다고 읊조린 음성을 기억하고 있었다.

"입이 있으면 뭐라 말을 해보거라!"

노기를 참지 못한 석류가 콧김을 내뿜으며 방방 뛰었다. 그러자 뒤늦게 다가온 철포혼이 그를 조용히 달랬다.

"그만 하게. 련아가 막기 싫어서 그랬겠나? 이유가 있겠지."

"죄는 달게 받겠습니다."

설련이 담담한 음성으로 죄를 청했다.

"애당초 놈이 묵조영이 맞다면 성소지환을 지니고 있었을 것. 무혼이 성소지환에 반응을 한다는 것을 잊은 우리들 잘못이 더 크지. 그리고 그것을 막지 못하고 오히려 방조한 사람도."

철포혼의 싸늘한 시선이 딴청을 피우고 있는 신로에게 향했다. 그의 표정으로 보아 신로가 절체절명의 순간에 설련에게 전음을 보낸 것을 파악하고 있는 듯했다.

"그러나 네가 무혼을 막지 못했다는 것이 조금 이상하기는 하구나. 그가 아무리 강한 무공을 지녔다고는 해도 네 무공이라면……"

"죄송합니다."

"사과할 필요까지는 없다. 그냥 그렇다는 것이니까."

철포혼이 그녀의 어깨를 두드리며 담담한 웃음을 흘렸다.

하나, 착 가라앉은 그의 눈은 예리하게 그녀를 살피고 있었다.

'부디 다른 이유는 없으리라 믿는다. 그게 좋을 게야. 너를 위해서. 그리고 나를 위해서.'

알 수 없는 기운에 흠칫 몸을 떠는 설련.

그녀가 그 이유를 찾기 위해 주의를 기울일 때 철포혼이 몸을 빙글 돌렸다.

"후~ 그나저나 한 사람에게 당해도 너무 당했어. 망신도 이런 망신이 없군 그래."

"죄, 죄송합니다, 교주님."

석류가 무릎을 꿇고 사죄를 했다.

석류가 무릎을 꿇자 곽홍을 비롯하여 몇몇 장로와 호법들을 제외하고 대다수가 무릎을 꿇으며 죄를 청했다.

'하필이면 무혼이 놈을… 결국 성소의 주인은 따로 있는 것인가?'

마교의 또 다른 힘이 숨어 있다는 성소, 그곳을 찾을 수 있는 기회를 눈앞에서 잃어버린 철포혼은 지그시 입술을 깨무는 것으로 아쉬움을 달래야 했다.

그렇게, 묵조영과 오직 성소지환의 주인에게만 충성을 다하는 마상의 운명적인 만남으로 무림의 운명은 또다시 요동치기 시작했다.

『마도십병』 제5권 끝

Book Publishing CHUNGEORAM

우린 이 작품을 너무나도 오래 기다렸다.

사라전종횡기의 작가 수담·옥이 펼치는 웅휘한 대륙적 대서사시
『청조만리성(淸朝萬里城)』

수담·옥 新 무협 판타지 소설
FANTASTIC ORIENTAL HEROES

清朝萬里城

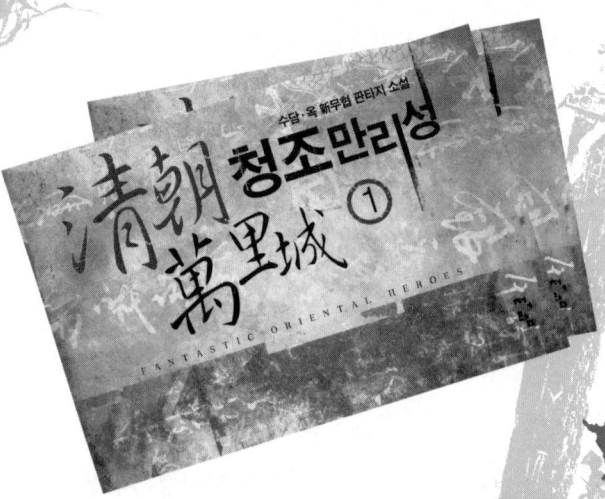

"굴욕스럽게 살 바에는 차라리 죽어라!"

명말, 폭정의 왕조를 타도하고자 뭇 영웅이 저마다 일통 강호를 외치며 궐기한다.
명(明), 청(淸), 진(眞), 초(楚), 이로써 천하는 사국쟁패의 각축장이 되니,
난세를 평정할 진정한 영웅은 과연 어디에 있는가.

유행이 아닌 자유추구 -
WWW.chungeoram.com

Book Publishing CHUNGEORAM

EXCITING! BLUE! 블루부크(BLUE BOOK) 청어람의 또 다른 이름입니다.

BLUE BOOK 출범 및 칠대천마 출간 기념 이벤트!

빠르게 발전해 가는 장르문학의 변화를 리드하고 절대적인 재미와 감동, 무궁무진한 상상력으로 **도서출판 청어람의 뉴 브랜드 블루부크**가 출범하였습니다.

높은 완성도와 끊임없는 반전의 연속, 감동을 전해 드릴 것을 약속드리며 시작하는 **블루부크**의 첫 번째 출판작

칠대천마!!(七代天魔)

그 눈부신 첫 작품이 독자 여러분의 곁을 찾아갑니다.

**그리고 몰아치는 대폭풍 같은 이벤트
칠대천마 읽고 쏟아지는 사은품을 노려라!**

ONE. 칠대천마 퀴즈 풀고 문화상품권을 잡아라!

Q1. 수석장로 전홍이 소운에게 쓰는 사람에 따라 모습이 변하는 가면을 주었는데, 그 가면의 이름은?

Q2. 혈창천마의 전 대제자이자 혈창천마의 아들로 현마교의 십장로인 인물은?

문제는 **총 5문제!!**
www.cyworld.com/bluebook 로 접속해서 나머지 문제를 확인하세요!

TWO. 블루부크를 응원만 해도 도토리가?

싸이월드 미니홈피에서 **블루부크** 로고를 스크랩하고 응원메세지를 남기면 **도토리 300개**가 쏟아진다!

언제까지?
기간은 6월 10일까지!

지금 바로 싸이월드 **블루부크 미니홈피**에 접속하세요!

BLUE! STYLE!EXCITING! BLUE! BLUE BOOK

BOOK Publishing CHUNGEORAM

EXCITING! BLUE! 블루부크(BLUE BOOK) 청어람의 또 다른 이름입니다.

BLUE BOOK
도서출판 청어람

BLUE BOOK
BLUE! STYLE! EXCITING! BLUE!

블루부크

과거와 현재에 머물러 있지 않고
새로움과 낯섦에 도전합니다.
BLUE STYLE!

젊음과 활기가 넘치는
무한 상상과 무한 내공의 힘으로 함께합니다.
EXCITING! BLUE!

無限 상상 無限 도전
블루부크(BLUE BOOK)
청어람의 또 다른 이름입니다.

유행이 아닌 자유추구 -
www.chungeoram.com   Book Publishing CHUNGEORAM